abc
LA COLLECTION

Réussite

Le **BAC** efficace
et un bon dossier pour Parcoursup

SES 2de

Fabien Gennetier

Nathan

QR codes Nathan

À l'aide de votre smartphone, **flashez les QR codes** que vous voyez apparaître au fil des pages.

Ils vous donneront accès à des **ressources numériques*** (vidéos, articles, podcasts…) sélectionnées par les auteurs.

1. Flashez les QR codes

Vidéo

2. Accédez aux différentes ressources numériques

* Les éditions Nathan ne sont pas garantes de la pérennité des liens.

Directrice éditoriale : Raphaëlle Mourey
Coordination éditoriale : Marion Gautier et Julie Langlais assistées d'Alix de Kersauson
Édition : Mirna Bousser et Géraldine de Saint Palais
Schémas : Coredoc
Conception graphique intérieur : Julie Lannes
Couverture : Hugues Vollant, Marc Henry
Compositeur : CGI
Fabrication : Kévin Magar

ISBN : 978-2-09-157113-3

Mode d'emploi

Un ouvrage synthétique pour réviser et progresser avec méthode !

Cours

L'essentiel | Méthode | Exercices | Corrigés

- Le cours est structuré en doubles-pages, pour faciliter les révisions. La page de gauche présente un **cours précis et concis**.
- La page de droite présente les **documents** associés au cours, ainsi que le **vocabulaire**.

L'essentiel

Cours | Méthode | Exercices | Corrigés

- Une **double page Révision Express** résume les points importants à retenir, les mots importants et présente un schéma récapitulatif.
- Un **Quiz** permet de se tester rapidement.

Méthode

Cours | L'essentiel | Exercices | Corrigés

- Cette rubrique présente de manière simple la résolution de questions classiques qu'il est indispensable de maîtriser en SES.
- Ces **fiches-méthodes** s'appuient sur des **cas concrets** et présentent la démarche à suivre de manière très détaillée grâce à un exercice corrigé.

Exercices

Cours | L'essentiel | Méthode | Corrigés

- Des questions de **vérification des connaissances** vous permettent de voir si le cours est bien acquis.
- Variés, les **exercices d'entraînement** ont pour but de manipuler les notions du chapitre et de s'exercer à la méthode.

Corrigés

Cours | L'essentiel | Méthode | Exercices

- Les corrigés sont accompagnés de petites « bulles » présentant des **conseils**, des **remarques**, des **astuces pour gagner des points**…

Sommaire

CHAPITRE 2 Comment se forment les prix sur un marché ?

PARTIE II • Sociologie et science politique

CHAPITRE 3 Comment devenons-nous des acteurs sociaux ?

CHAPITRE 4 Comment s'organise la vie politique ?

PARTIE III • Regards croisés

CHAPITRE 5 Quelles relations entre le diplôme, l'emploi et le salaire ?

Annexes

Infographies

La classe de Seconde

1 Les moments-clés

A. Le test de positionnement

- Ce **test numérique** qui a lieu en début de Seconde permet de connaître vos **acquis** et vos **besoins** en **Français** et en **Mathématiques**. C'est la première étape de l'accompagnement personnalisé : soutien, approfondissement et aide à l'orientation.

Qui ?
▶ Tous les élèves de 2de

Quand ?
▶ Au mois de septembre

Pourquoi ?
▶ Préparer l'accompagnement personnalisé de chaque élève

Où ?
▶ Au lycée, sur une plateforme numérique

MATHÉMATIQUES* — 50 min
- ▶ Organisation et gestion de données
- ▶ Nombres et calculs
- ▶ Géométrie
- ▶ Calcul littéral

FRANÇAIS* — 50 min
- ▶ Compréhension de l'oral
- ▶ Compréhension de l'écrit
- ▶ Compréhension du fonctionnement de la langue

* Les résultats des élèves sont communiqués à leurs représentants légaux et sont utilisés lors de l'accompagnement personnalisé.

B. Les semaines de l'orientation

- **Les semaines de l'orientation** (novembre-décembre et entre janvier et mars) per-mettent de vous informer et d'explorer plusieurs perspectives d'orientation.
- **Au cours de ces différents moments consacrés à l'orientation**, vous pourrez échanger avec les équipes pédagogiques de l'établissement, rencontrer des acteurs de l'enseignement supérieur, échanger avec des acteurs du monde économique, social et professionnel...

c. Le choix des spécialités

- Au **2e trimestre**, vous formulez vos **intentions d'orientation** sur la « fiche dialogue » (souhait d'aller en voie générale, en voie technologique ou d'être réorienté vers la voie professionnelle). Vous formulez aussi **4 vœux provisoires d'enseignements de spécialité** parmi les 13 proposés en voie générale : Arts ; EPS (éducation physique, pratiques et cultures sportives) ; HGGSP (histoire-géographie, géopolitique et sciences politiques) ; Humanités, littérature et philosophie ; Langues, littérature et cultures étrangères ou régionales ; Littérature, langues et culture de l'Antiquité (latin ou grec) ; Mathématiques ; Numérique et sciences informatiques ; Physique-chimie ; Sciences de l'ingénieur ; SES (sciences économiques et sociales) ; Sciences de la vie et de la Terre ; Biologie-écologie (dans les lycées agricoles uniquement). Le conseil de classe donne un avis sur vos intentions.
- Au **3e trimestre**, vous choisissez vos **3 enseignements de spécialité définitifs.**

2 Les enseignements de la classe de 2de

ENSEIGNEMENTS COMMUNS

Français	4h00
Histoire-Géographie	3h00
LVA et LVB	5h30
Mathématiques	4h00
Physique-Chimie	3h00
SVT	1h30
EPS	2h00
EMC	18h00/an
SES	1h30
Sciences numériques et technologie	1h30

ENSEIGNEMENTS OPTIONNELS 2 MAXIMUM

Enseignement général AU CHOIX

LCA : Latin*	3h00
LCA : Grec*	3h00
LVC étrangère ou régionale	3h30
Langue des signes française	3h00
Arts (arts plastiques, cinéma-audiovisuel, histoire des arts, danse, musique ou théâtre)	3h00
EPS	3h00
Arts du cirque	6h00

Enseignement techno AU CHOIX

Management et gestion	1h30
Santé et social	1h30
Biotechnologies	1h30
Sciences et laboratoire	1h30
Sciences de l'ingénieur	1h30

et d'autres...

* les LCA peuvent être prises en plus des 2 enseignements optionnels

Introduction

CHAPITRE INTRO

Comment les économistes, les sociologues et les politistes raisonnent-ils et travaillent-ils ?

1 Comment allouer efficacement des ressources rares ?

De quoi s'agit-il ? **L'objet d'étude de l'économie est la richesse. L'économiste cherche à savoir comment produire des richesses afin de satisfaire au mieux les besoins.**

1 Qu'est-ce que la richesse en économie ?

- La **richesse** en économie correspond à l'**ensemble des biens et des services utiles, rares et dont l'obtention nécessite un effort**. À noter qu'en économie, trois types d'acteurs, nommés agents économiques, interviennent : le consommateur, l'entreprise et l'État.
- Un bien ou un service est utile à partir du moment où il correspond à un besoin, une envie. Il n'est pas seulement utile au sens pratique du terme. La satisfaction de certains besoins est vitale, on parle de **besoins primaires**, comme l'alimentation. Les **besoins secondaires** sont liés à l'équipement, au confort (meubles, automobile). Enfin, les **besoins tertiaires** correspondent à l'épanouissement (santé, éducation, loisirs).
- En économie, il faut **envisager la rareté en fonction des besoins**. Beaucoup de ressources semblent abondantes (eau, céréales, forêts), mais compte tenu des besoins importants des populations, elles doivent être considérées comme rares.
- L'air, bien que d'une grande utilité n'est pas un bien économique, parce qu'il existe en quantité immense et ne nécessite aucun effort pour se le procurer. En revanche, sous l'eau, le plongeur devra se procurer des bouteilles d'air. **L'air devient alors un bien économique en devenant rare** (**Doc.**).

2 Des ressources limitées qui imposent de faire des choix

- **Nos besoins sont multiples et insatiables**, car sans cesse nourris par le progrès technique et la publicité. En revanche, **les ressources sont rares**, ce qui nous oblige à faire des choix, aussi bien individuellement que collectivement.
- **Au niveau de l'individu**, la contrainte est imposée par le **revenu**, qui constitue l'essentiel des ressources, et les prix relatifs des biens que l'on désire. Le consom-

mateur, en fonction de ses préférences (utilité) cherchera à obtenir le maximum de satisfaction pour un minimum de dépenses.

- **Au niveau collectif**, la société, à travers l'État et l'ensemble des pouvoirs publics, est également amenée à faire des choix. Les besoins collectifs sont nombreux (santé, éducation, sécurité), mais le budget de l'État n'est pas illimité.
- L'économie est donc la **science des choix dans un environnement aux ressources limitées**. Elle cherche à saisir et calculer les situations économiquement optimales, en tenant compte également des attentes sociales. Son objectif est donc de parvenir à une allocation efficace des ressources.

Doc. **Pourquoi travaillons-nous ?**

À la question « Pourquoi travaillez-vous ? », 95 % des Français répondent : « Pour gagner de l'argent ». Cette réponse n'est pas fausse, mais elle est superficielle. Nous travaillons pour produire. Et ainsi pour pouvoir consommer.

Toutes les choses que nous consommons sont en effet des créations du travail humain, même celles que nous jugeons en général les plus naturelles comme le blé, les pommes de terre ou les fruits : toutes ces créations de l'homme ne subsistent que parce que nous les défendons contre la nature ; elles valent pour l'homme mais ne valent que pour l'homme.

À plus forte raison, les objets manufacturés sont des produits artificiels créés par le seul travail de l'homme. Qu'en conclure, sinon que l'homme est un être étrange, dont les besoins sont en total désaccord avec la planète où il vit ?

Pour bien le comprendre, il faut d'abord comparer l'homme aux animaux. Dès qu'ils sont rassasiés de nourriture, aucun d'eux ne cherchera à se procurer un vêtement, une montre, une pipe ou un poste de radio. L'homme seul a des besoins non naturels.

Et ces besoins sont immenses. L'oxygène de l'air est le seul produit naturel obtenu sans travail qui satisfasse entièrement et parfaitement l'un des besoins de l'homme. Nous travaillons pour produire, pour transformer la nature naturelle, qui satisfait mal ou pas du tout les besoins humains, en éléments artificiels qui satisfassent ces besoins.

Jean Fourastié, *Pourquoi nous travaillons*, PUF, 1959.

Vocabulaire

Économie : science qui étudie la façon dont les agents opèrent des choix dans un contexte marqué par la rareté.

Besoin : sentiment de manque, de privation, face à un désir encore non satisfait. En économie, un besoin n'est pas forcément synonyme de nécessité.

Rareté : caractère limité des ressources. Il n'y a pas forcément d'idée de caractère précieux ou peu ordinaire.

Prix relatif : rapport entre le prix d'un bien et celui d'un autre. Élément de comparaison entre différents biens.

Utilité : satisfaction procurée par la consommation d'un bien ou d'un service.

Budget : sommes réservées à des dépenses particulières.

Allocation : attribution des richesses, des ressources (allouer une somme d'argent).

2 Comment fait-on société ?

De quoi s'agit-il ? L'un des objectifs de la sociologie est de comprendre comment les individus s'organisent pour vivre ensemble. Il s'agit aussi de décrypter les mécanismes à l'origine de la construction du lien social.

1 Règles et institutions

- Si les individus arrivent à coexister, à coopérer et à construire des communautés humaines c'est parce qu'ils produisent des règles qui organisent la vie en société. Ce sont des **prescriptions** (commandement, recommandation), comme « être poli », et des **interdits**, comme « ne pas voler », auxquels les individus doivent se soumettre.
- Ces règles peuvent être **formelles**, c'est-à-dire formulées explicitement sous forme de **lois** (dans le Code pénal par exemple). Elles peuvent aussi être **informelles**, c'est-à-dire relever de **conventions** admises par les individus sans être écrites (la manière de s'habiller par exemple). Dans ce cas on parlera de normes.
- Or, ces règles qui permettent aux individus de vivre ensemble et donc de « faire société » ne sont pas le produit de la nature. **Ce sont les hommes qui les produisent.** Pour les produire, les transmettre et faire fonctionner la société, l'homme se dote d'institutions comme le droit, l'État, la religion ou la famille.
- La sociologie cherche à mettre en évidence les mécanismes à l'œuvre dans la construction et le fonctionnement des sociétés, ainsi que leur évolution.

2 La création du lien social

- Pour comprendre le fonctionnement d'une société, le sociologue s'intéresse à **ce qui rattache les individus ou les groupes sociaux** les uns aux autres et permet la **cohésion sociale** et l'**intégration** (**Doc.**).
- Pour « faire société », il faut que les individus s'associent autour de mêmes valeurs, c'est-à-dire des **principes qui donnent un sens commun** à leurs actions et leurs relations. Par exemple, la laïcité fait partie des valeurs républicaines auxquelles sont attachés les Français. L'entraide, l'amour, sont des valeurs qui dominent les relations familiales aujourd'hui.
- Ces valeurs s'expriment dans des **symboles** (le drapeau pour la nation ou le mariage pour la famille), des **pratiques communes** (le vote, les fêtes religieuses ou nationales), qui viennent rappeler que nous sommes une **communauté**. On peut parler ici de « **sacralisation de la société** ».

Doc. **Les aventures de Nicolas et Marie-Ange**

Nicolas a 29 ans. Il est instituteur dans une école à Créteil et vit dans un petit appartement, non loin de son travail.

Marie-Ange a 38 ans. Elle est divorcée, a deux enfants et est sans emploi. Elle fait des ménages au noir, touche des allocations familiales, et perçoit une pension alimentaire de son ex-époux. Elle vit aussi à Créteil, dans le même quartier que Nicolas. Ils se croisent parfois, mais ne se connaissent pas et ne se sont jamais parlé.

Et pourtant ils sont unis par des liens sociaux invisibles. Des liens très concrets.

Comme tout salarié, Nicolas paie des impôts et cotise à la Sécurité sociale : assurance maladie, chômage, vieillesse. Si demain Marie-Ange est malade, elle sait que ses soins seront remboursés. Ils seront payés en partie à partir des cotisations prélevées sur le salaire de Nicolas. Nicolas n'y pense même pas. Il ne compte que son salaire net, en oubliant la part invisible de la redistribution sociale qui y est incluse. Pourtant, en France, le montant des cotisations sociales (Sécurité sociale + mutuelle) correspond à 30 % du PIB.

Lorsque Marie-Ange va au supermarché faire ses courses, elle ne sait pas qu'une partie de ses achats serviront à payer Sandrine, la concubine de Nicolas, qui travaille comme comptable. Elle ne se rend pas compte aussi qu'en payant ses dépenses, elle paie un impôt (la TVA) qui va servir à alimenter les caisses de l'État, et donc l'école où vont ses enfants.

Nicolas et Marie-Ange ne se connaissent pas. Mais la société a pourtant tissé entre eux, comme entre des millions d'autres gens, une infinité de petits liens de dépendance réciproques : à travers le commerce, les impôts, les assurances. À travers l'école aussi : Nicolas est l'instituteur des enfants de Marie-Ange.

Jean-François Dortier, « Aux sources du lien social », *Sciences humaines*, hors-série n° 31, 2001.

On retrouve dans ce texte des éléments qui lient les individus les uns aux autres. Ce sont des liens économiques : le salaire que Sandrine reçoit, en partie, grâce aux achats de Marie-Ange ; des liens politiques : le système de solidarité qui permet à Marie-Ange de se soigner, grâce, aux cotisations sociales de Nicolas ; des liens sociaux : les rencontres entre Marie-Ange et Nicolas dans la rue ou à l'école.

Vocabulaire

Règle : prescription d'ordre moral ou pratique, plus ou moins impérative, relative au domaine social, juridique, administratif, idéologique ou religieux.

Société : collectivité organisée d'individus régie par des règles et des institutions propres.

Normes : règles et usages informels socialement prescrits. À différencier des lois qui sont, elles, des normes écrites formelles.

Institution : structure d'origine coutumière ou légale, faite d'un ensemble de règles, qui participe à l'organisation de la société ou de l'État.

Sociologie : science qui étudie l'homme vivant en société. Elle s'intéresse aux facteurs sociaux qui conduisent les individus à adopter tel ou tel comportement et cherche à comprendre le sens que les individus donnent à leur action.

Valeurs : idéaux orientant la conduite des individus ou des groupes sociaux.

3 Comment expliquer les comportements sociaux ?

De quoi s'agit-il ? Nos actions sont très largement déterminées par notre environnement social. La sociologie étudie les comportements sociaux, c'est-à-dire l'ensemble des manières de faire, d'agir et d'interagir des individus dans la société.

1 Des comportements sous influence

- Un comportement est dit « social » à partir du moment où :
  - il se caractérise par une **dimension collective** (un grand nombre de personnes adopte ce comportement) ;
  - il est **régulier** (on l'observe de façon récurrente) ;
  - il est le produit de **facteurs extérieurs** à l'individu (environnement social).
- On peut d'abord distinguer ce qui relève de l'inné (qui existe dès la naissance) de ce qui relève de l'acquis (produit d'un apprentissage) dans nos comportements. Manger, dormir, se déplacer, se reproduire, sont des **comportements innés**, qui relèvent de la nature.
- En revanche, les goûts alimentaires, le langage, les croyances, les rapports avec les autres sont **construits** par nos interactions sociales (avec les proches, à l'école, au travail).
- Cet environnement est encadré par des **normes** et des **valeurs**. Très tôt l'individu intègre dans ses comportements sociaux ce cadre qui s'impose, consciemment ou non, à lui. Se comporter comme une fille ou un garçon, comme un jeune ou un adulte, ne va pas de soi ; il y a des statuts et des rôles sociaux à acquérir.
- **Le sociologue doit « démasquer la société »** (Pierre Bourdieu). Il doit comprendre et mettre en évidence ce qu'il y a derrière ces comportements, des facteurs les plus évidents aux variables cachées.

2 L'évolution des comportements sociaux

- Si les sociétés traditionnelles (comme les communautés villageoises sous l'Ancien Régime) se caractérisent par une certaine inertie des mœurs où, de générations en générations, les comportements sont semblables, les sociétés modernes, depuis la Révolution industrielle, sont davantage soumises aux **changements**.
- Les transformations de la famille, l'évolution de la place des femmes et des enfants, les pratiques religieuses, les modes vestimentaires ou musicales sont autant d'exemples de la vitesse avec laquelle **nos comportements évoluent**.

- Certaines pratiques considérées hier comme répréhensibles (déviantes) sont aujourd'hui tolérées, voire constituent la norme. Plus d'une naissance sur deux a lieu hors mariage aujourd'hui en France, contre à peine 10 % en 1980, et près d'un mariage sur deux finit par un divorce, divorces 4 fois moins nombreux il y a 50 ans (**Doc.**).
- **Le sociologue analyse ces phénomènes et tente d'en déterminer les causes et les conséquences.** Il ne les juge pas, même si lui-même est immergé dans la vie sociale ; il les étudie avec la distance et la neutralité nécessaires à toute démarche scientifique.

Doc. Évolution du nombre de divorces en France

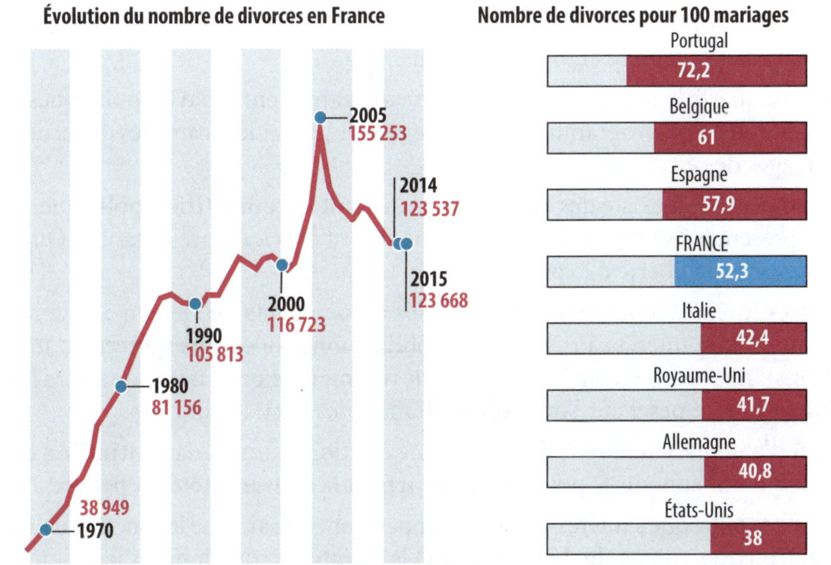

Source : EUROSTAT, OCDE

Vocabulaire

Inné : ce qui est donné à la naissance.

Acquis : ce qui se construit par l'apprentissage et l'expérience.

Interactions sociales : réactions réciproques entre l'individu et son environnement (autres individus, institutions).

Statut social : place, souvent hiérarchisée, qu'un individu ou un groupe occupe dans la société.

Rôle social : conduite attendue par les membres de la société.

Mœurs : ensemble des pratiques sociales communes à un groupe social ou à une société.

4 Comment se conquiert et s'exerce le pouvoir politique ?

De quoi s'agit-il ? Toute société est soumise à un pouvoir politique chargé de la gouverner. La science politique s'intéresse à la manière dont on conquiert ce pouvoir, mais aussi au rapport qu'entretient l'État avec sa population et les groupes intermédiaires (syndicats, partis, associations).

1 La compétition politique en démocratie

- Dans la vie politique, la **lutte pour le pouvoir** est centrale et permanente. Si, durant de nombreux siècles, le pouvoir a été conquis par les armes, dans nos sociétés occidentales, où s'est imposée la démocratie représentative, la **compétition politique** s'est pacifiée et organisée autour d'élections.
- Pour conquérir le pouvoir, la compétition s'organise entre **partis politiques** qui tentent, autour d'un programme, de mettre en avant des idées capables de recueillir les suffrages des électeurs.
- En démocratie, il existe des **règles qui encadrent la compétition politique**. Qui peut se présenter ? Qui peut voter ? Comment sont élus les représentants ? Quelles limites poser à la liberté d'expression ?
- D'autres forces, comme les **syndicats**, les **associations** de citoyens, tentent de faire valoir leurs intérêts à travers des mobilisations collectives (grèves ou manifestations). Ils cherchent également le relais des **médias** pour faire connaître leurs revendications et peser sur l'opinion publique et les partis politiques.
- Le fait d'obtenir la **majorité des voix** à une élection donne de la **légitimité** à celui ou ceux qui ont conquis le pouvoir. Ils incarnent la **souveraineté du peuple**.
- La science politique s'intéresse à cette compétition. Elle analyse le **fonctionnement des élections**, les **enjeux du débat public** et les **stratégies** développées par les forces politiques pour conquérir, mais aussi exercer, le pouvoir.

2 Un exercice du pouvoir encadré

- Un État de droit suppose l'existence de **règles** pour protéger la population de l'arbitraire. **Le droit encadre donc l'action politique**.
- Ces règles permettent également de **servir l'intérêt général** et de **dépasser les clivages particuliers** tout en préservant la **liberté des débats**. L'action d'un gouvernement est donc soumise à des obligations (procédure, constitution) et aux critiques des opposants (droit de grève, de manifester, liberté de la presse).

• Plusieurs éléments renseignent sur la « **qualité** » **de la vie démocratique** : le pluralisme politique (**Doc.**), le taux de participation aux élections, le niveau de culture politique de la population, sont autant d'indicateurs que la science politique cherche à mesurer et analyser.

Doc. Le pluralisme politique en France en 2023

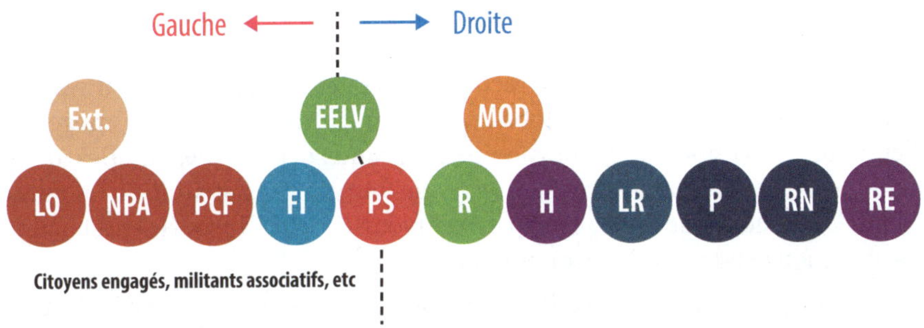

LO (Lutte ouvrière), **NPA** (Nouveau Parti Anticapitaliste), **PCF** (Parti Communiste Français), **Ext.** (Autres partis d'extrême gauche se revendiquant du marxisme), **FI** (France insoumise), **PS** (Parti socialiste), **MOD** (Mouvement Démocrate), **LR** (Les Républicains), **P** (Les Patriotes), **RN** (Rassemblement National), **R** (Renaissance), **H** (Horizon), **RE** (Reconquête !)

Vocabulaire

Démocratie représentative : une démocratie (pouvoir du peuple, par le peuple et pour le peuple) est dite représentative quand la conduite du pouvoir est assurée par des représentants élus et non directement par le peuple lui-même.

Opinion publique : manière de penser la plus répandue dans la population. Elle est souvent mesurée par des sondages.

Science politique : discipline qui étudie les processus politiques mettant en jeu des rapports de pouvoir entre les individus, les groupes, l'État. Elle s'intéresse par exemple aux institutions, aux partis et aux comportements politiques (comportement des électeurs).

État de droit : système dans lequel la puissance publique est soumise au droit, au même titre que l'ensemble de la population.

Pluralisme : système politique qui reconnaît la diversité des opinions et de leurs représentants.

5 Recueillir et traiter des données

De quoi s'agit-il ? Pour analyser les phénomènes économiques et sociaux, les économistes, sociologues et politistes s'appuient sur des données tirées de la réalité. Pour garantir une rigueur maximale, leur collecte et leur traitement s'appuient sur des méthodes bien établies.

1 Le recueil et l'utilisation des données quantitatives

- Pour mesurer un phénomène, on recueille alors des données quantitatives. Pour les **phénomènes économiques** globaux, comme la croissance, le chômage ou le déficit public, l'économiste se tourne vers les **grands organismes publics**, dont la fonction est de collecter les informations et de fournir des statistiques. En France, les données économiques sont principalement fournies par l'**Insee** (Institut national de la statistique et des études économiques).
- Pour les **phénomènes sociaux**, il n'y a pas d'organisation publique dédiée, car ils interviennent dans des univers très distincts. Il faut donc recueillir les statistiques **auprès de chaque instance chargée du domaine étudié** (données du ministère de l'Intérieur pour analyser la délinquance ; l'Éducation nationale pour l'échec scolaire).
- Pour rendre compte d'un phénomène le plus précisément possible, il faut « faire parler » les chiffres. On utilise alors des **outils statistiques**, qui permettent de faire ressortir des informations (proportions, moyenne, élasticité).

2 Le recueil et l'utilisation des données qualitatives

- **Tous les phénomènes économiques et sociaux ne sont pas quantifiables.** On recueille alors des données qualitatives. Un sociologue qui travaille sur le harcèlement scolaire aura besoin, en plus des statistiques, d'avoir des témoignages de victimes ou de harceleurs pour comprendre le phénomène. Pour analyser une nouvelle pratique sociale qui se développe, il lui faudra observer, écouter les acteurs de ce phénomène. C'est une **enquête de terrain**.
- Pour les économistes, la compréhension des stratégies économiques et commerciales, de l'organisation du travail ou du management passe aussi par un **travail d'observations et d'échanges** avec les acteurs concernés.
- Pour traiter ces informations, on mobilise des outils plus conceptuels, des **notions théoriques** qui aident à la compréhension d'un phénomène. Le concept d'utilité en économie éclaire sur les motivations des consommateurs ; celui de groupe social en sociologie aide à appréhender des phénomènes propres à une communauté.

3 L'utilisation des sondages

- Pour obtenir à la fois des données quantitatives et qualitatives, les sociologues et politistes utilisent des sondages (**Doc.**). Ils élaborent des **questionnaires en fonction des objectifs de recherches**.
- Pour connaître une opinion générale sur un fait social ou politique, on posera une **question fermée** (réponse « oui/non ») ou avec des réponses préétablies (« Très satisfait » à « Pas du tout satisfait », par exemple). Si, en revanche, on souhaite connaître l'opinion de façon plus précise, on posera une **question ouverte**, laissant la personne interrogée fournir des arguments.
- Un sondage peut reposer sur un échantillon représentatif de la population (panel), mais peut aussi se faire **de manière aléatoire**. Dans ce cas, il faudra un grand nombre de personnes interrogées pour s'approcher de la réalité.

Doc. Les Français et l'insécurité à l'école

QUESTION : **Pour chacune des mesures suivantes**, dites-moi si vous pensez **qu'elle serait vraiment efficace** pour améliorer la sécurité au sein des établissements scolaires ?

La représentativité de l'échantillon est assurée par la méthode des quotas appliqués aux variables suivantes : sexe, âge, niveau de diplôme et profession de l'interviewé après stratification par région et catégorie d'agglomération.

Ce sondage a été réalisé à partir de la méthode de l'échantillon représentatif. Les réponses fournies sont présentées en % et sont censées représenter l'état de l'opinion française sur le problème à l'instant où les questions ont été posées.

Vocabulaire

Données quantitatives : données auxquelles on peut attribuer une valeur. Elles permettent de mesurer un phénomène.

Statistiques : ensemble des données numériques concernant un phénomène quelconque.

Données qualitatives : données auxquelles on ne peut pas donner de valeur (des sentiments, une opinion). Elles permettent de répondre aux questions « comment ? » ou « pourquoi ? ».

Sondage : enquête statistique dont le but est de connaître, à un moment précis, la manière dont se répartissent les opinions individuelles sur une question donnée.

6 Utiliser des modèles

De quoi s'agit-il ? **En SES, un modèle est une représentation simplifiée d'un système économique ou social. Il aide à étudier et prévoir le fonctionnement d'un secteur économique ou des comportements sociaux.**

1 Simuler le fonctionnement d'une économie

- Un modèle est une « maquette » idéale de l'économie ou une **reproduction à échelle réduite** d'un secteur d'activité. Pour le construire, il faut « simplifier » cette réalité, en garder les traits les plus importants.
- Un modèle n'est donc pas une représentation parfaite de la réalité, mais une **représentation schématisée**, simplifiée, qui a pour ambition d'en montrer les principaux aspects.
- Pour les économistes, c'est l'outil mathématique qui permet de modéliser les comportements des agents en établissant des **relations entre différentes variables** (à l'aide d'une équation mathématique par exemple).
- Pour faire fonctionner un modèle (**Doc.**), les économistes, tout comme d'autres scientifiques, formulent des hypothèses de départ. On considère par exemple que les consommateurs cherchent toujours à obtenir le plus de satisfaction possible, que les entreprises veulent réaliser le maximum de profits, etc.
- Ils testent ensuite leur modèle sur la réalité (**vérification empirique**) pour le valider, le corriger ou le rejeter.

2 Décrire un phénomène ou proposer des alternatives

- Le modèle sert à **présenter un phénomène** et à **en comprendre le fonctionnement**. Par exemple, on fait travailler un ouvrier pendant 10 heures et on mesure, à chaque heure, son volume de production. On constate que son volume de production par heure augmente jusqu'à la cinquième heure, mais qu'il décroît ensuite. Il est alors possible de construire un modèle sur les liens entre temps de travail et production.
- Mais le modèle peut également servir à simuler **différents scénarios en faisant jouer plusieurs variables** : en donnant des pauses à l'ouvrier, en améliorant son confort de travail… On prévoit ainsi plusieurs possibilités et leurs conséquences à grande échelle, si on les généralise à l'ensemble des ouvriers.
- Ces modèles sont utilisés à l'échelle d'**un consommateur, d'une entreprise** : c'est une échelle microéconomique. Mais ils peuvent aussi être construits à une échelle

supérieure : celle d'**un secteur d'activité** (le marché automobile par exemple) ou de **l'économie d'un pays**, voire de la planète dans son ensemble. On parle alors d'échelle macroéconomique.

- On prévoit ainsi l'évolution des ventes chez Renault, du marché de l'automobile français dans son ensemble, mais aussi les futures rentrées d'argent dans les caisses de l'État en fonction de la croissance économique qu'on a modélisée.
- **Il n'existe pas un seul modèle en économie**, mais plusieurs, qui sont parfois complémentaires et parfois en concurrence les uns avec les autres. Si les modèles diffèrent, c'est avant tout parce que les économistes n'analysent pas le système économique de la même façon, et qu'en fonction de leur analyse, ils ne vont pas nécessairement retenir les mêmes variables explicatives, et donc les mêmes hypothèses.

Doc. Méthode de construction d'un modèle en économie

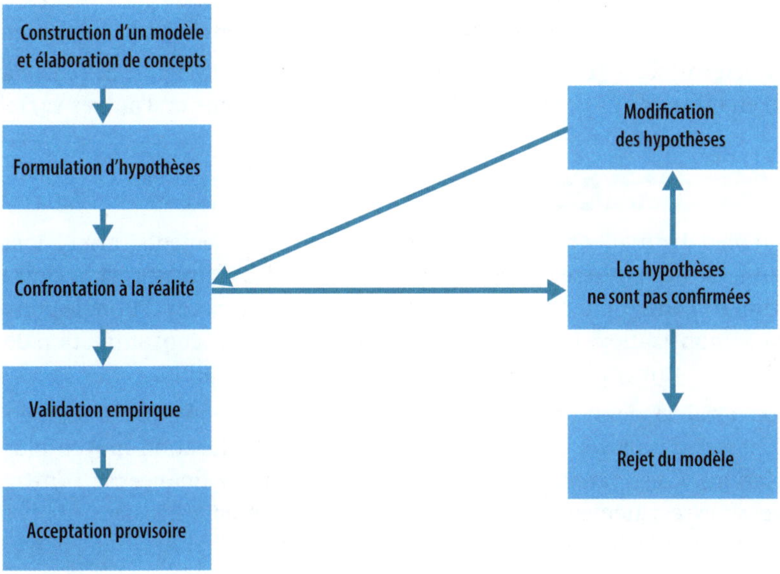

Vocabulaire

Modèle : représentation simplifiée de la réalité. Cette représentation est souvent mathématisée.

Variable : élément qui peut prendre des valeurs différentes au sein d'un ensemble ou d'une relation.

Hypothèse de départ : proposition visant à fournir une base à un raisonnement, à une démonstration.

Microéconomie : approche de l'économie à l'échelle de l'agent individuel (consommateur, entreprise).

Macroéconomie : approche de l'économie à l'échelle globale, généralement d'un État.

7 Établir des corrélations et des liens de causalité

De quoi s'agit-il ? **En analysant des données statistiques, témoignages ou observations, on s'aperçoit que des éléments varient ensemble, qu'ils semblent liés. Existe-t-il alors un rapport de cause à effet entre les deux ?**

1 Corrélations positives et négatives

- Pour tenter de comprendre un phénomène, on cherche à voir si, parallèlement à celui-ci, d'autres éléments évoluent également. On veut établir des corrélations.
- Par exemple, quand on étudie la réussite scolaire, on s'aperçoit que plus le temps passé devant un écran est important, moins les résultats à l'école sont bons. Ici, **les deux variables évoluent en sens inverse**, c'est une corrélation négative. En revanche, si on constate que plus il fait chaud, plus la consommation de glaces est élevée, on parlera de corrélation positive (**les deux éléments varient dans le même sens**).
- Pour déterminer les causes d'un phénomène, il faut donc établir des corrélations, mettre en lumière des **liens possibles entre ce phénomène et d'autres variables**.

2 Corrélations et causalité : des rapports multiples

- Il faut bien distinguer corrélation et causalité. Si deux éléments varient ensemble, on peut faire l'hypothèse que **la variation de l'un des éléments est la cause de la variation de l'autre**. On parlera ici d'un lien de causalité, à condition de pouvoir en faire la démonstration. L'espérance de vie diminue avec la consommation de tabac (corrélation) ; fumer provoque des maladies graves (causalité).
- Deux variables peuvent avoir un **lien de causalité réciproque**. L'augmentation des richesses d'un pays s'accompagne d'un niveau d'éducation moyen plus élevé (corrélation). C'est parce que le pays a les moyens pour financer la construction d'écoles et le recrutement d'enseignants (l'enrichissement est la cause de l'amélioration du niveau d'éducation). Mais on peut également envisager que, parce que le niveau d'éducation est meilleur, le pays peut s'enrichir. Établir un lien ne renseigne pas sur le sens du lien : quel élément est la cause, lequel est l'effet ? Dans l'exemple pris, **les deux variables sont à la fois cause et effet** (relation de réciprocité).
- Parfois, deux éléments semblent liés, mais l'explication (causalité) est ailleurs. On parle alors de « **variable cachée** ». Le journal *Le Monde* a publié en 2018 une enquête sur les prénoms dont les porteurs obtiennent une mention Très bien au bac. 25 % des Garance et 18 % des Augustin obtiennent la mention Très bien. Plus significatif encore, en 2017 et en 2018, les Juliette obtiennent le même taux de 20 % de mentions Très bien, alors que ce ne sont pas les mêmes élèves.

• **Il y a bien corrélation** entre le prénom et la mention au bac, **mais la cause n'est pas le prénom** lui-même : c'est le **milieu social**, qui pèse sur le choix du prénom et sur la réussite scolaire.

Doc. Vote, diplôme et religion

Suffrages exprimés (en %) au premier tour des élections présidentielles de 2017

	Ensemble	Dernier diplôme obtenu			Religion		
		Inférieur au bac	Bac	Au moins Bac + 3	Catholique pratiquant régulier	Autre religion	Sans religion
N. Artaud + P. Poutou	1,9	2	3	1	1	2	2
J.-L. Mélenchon	19,2	17	21	20	8	23	28
B. Hamon	6,2	4	6	10	3	9	9
E. Macron	23,7	19	24	30	20	23	25
F. Fillon	19,7	19	15	24	51	21	7
N. Dupont-Aignan	4,9	6	5	4	5	4	4
M. Le Pen	21,9	30	24	9	11	15	23
Autres candidats	2,5	3	2	2	1	3	2
Total (en %)	100	100	100	100	100	100	100

Champ : sondage effectué du 19 au 22 avril 2017, auprès de 4 698 personnes inscrites sur les listes électorales (18 ans ou plus), représentatives de la population française.

Source : d'après « 1er tour présidentielle 2017 : sociologie de l'électorat », Sondage IPSOS/SopraSteria, 23 avril 2017.

Le politiste va chercher des variables explicatives du vote des électeurs. Pour ce faire, il croise différents éléments susceptibles d'influencer les choix. Par exemple, dans ce document, on voit clairement que le vote pour François Fillon progresse avec la pratique religieuse, à l'inverse du vote J.-L. Mélenchon. Le vote E. Macron progresse avec le diplôme, à l'inverse du vote M. Le Pen, dont le meilleur score se situe chez les non-bacheliers. Il y a bien corrélation entre vote et diplôme et vote et religion. Pour trouver un lien de causalité, il faudrait s'interroger sur ce qui peut expliquer qu'un catholique pratiquant préfère voter pour F. Fillon (valeurs familiales, proximité affichée du candidat avec l'Église).

Vocabulaire

Corrélation : lien entre deux éléments qui varient ensemble.

Corrélation positive : se dit lorsque deux variables liées évoluent dans le même sens.

Corrélation négative : se dit lorsque deux variables liées évoluent en sens contraire.

Causalité : lien qui rattache une cause à un effet.

RÉVISION EXPRESS

LES POINTS À RETENIR

- En SES, **différentes disciplines** interviennent. Si leur objet d'étude peut être différent, elles s'appuient sur des **démarches similaires**.
- La question centrale de l'**économie** est de savoir comment produire pour satisfaire au mieux les besoins de la population. Pour la **sociologie**, il s'agit de comprendre comment les individus arrivent à vivre ensemble et d'expliquer les comportements individuels et collectifs. Enfin, la **science politique** analyse les enjeux autour de la question du pouvoir.
- Pour étudier et comprendre ces phénomènes, ces disciplines vont **collecter et traiter des données**. Ces données peuvent être des statistiques (nombres de personnes, volumes de production…), des relevés d'observations de terrain, des témoignages.
- Des **outils mathématiques** (proportions, moyennes, taux de variation…) sont nécessaires pour traiter ces données. On peut ensuite construire des **modèles** qui représentent la réalité de façon simplifiée ou schématisée, afin de pouvoir comprendre un phénomène et prévoir différents scénarios possibles.
- Comprendre les phénomènes économiques, sociaux et politiques, c'est pouvoir établir des **corrélations**, c'est-à-dire des liens entre différents éléments qui varient ensemble. Une fois ces corrélations établies, il faudra rechercher les rapports de cause à effet (**causalité**) qui permettent d'expliquer comment et pourquoi un phénomène se produit.

LES MOTS IMPORTANTS

- Besoin
- Causalité
- Corrélation
- Économie
- Inné/acquis
- Interaction
- Modèle
- Normes
- Opinion publique
- Pluralisme
- Rareté
- Règles
- Science politique
- Sociologie
- Sondage
- Statistiques
- Valeurs

LE SCHÉMA IMPORTANT À RETENIR

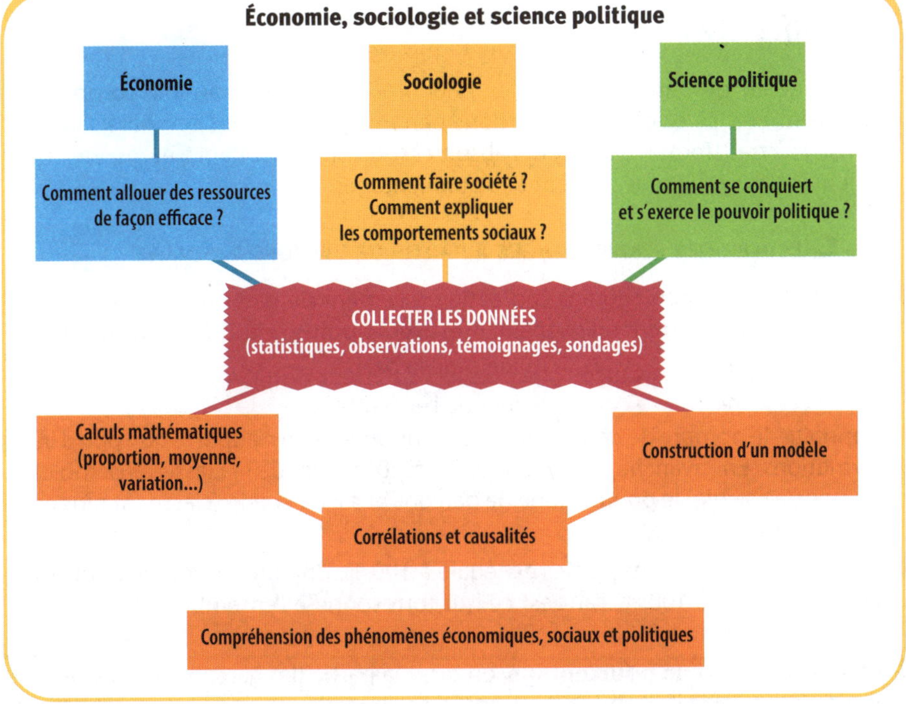

Quiz

1. Nos besoins évoluent.
☐ Vrai ☐ Faux

2. La sociologie s'intéresse aux comportements innés.
☐ Vrai ☐ Faux

3. L'opinion publique se mesure.
☐ Vrai ☐ Faux

4. Un modèle économique est unique.
☐ Vrai ☐ Faux

5. Corrélation et causalité sont synonymes.
☐ Vrai ☐ Faux

→ Réponses p. 37

Calculer et lire des pourcentages de répartition

MÉTHODE

- Pour décrire des situations ou des phénomènes, il faut **pouvoir comparer des données**. Le calcul de proportions permet de faciliter les comparaisons. Il consiste à transformer des valeurs absolues (millions d'habitants, euros, etc.) en valeurs relatives, le plus souvent des pourcentages.

1. Calculer des pourcentages à partir de valeurs absolues

- Pour calculer un pourcentage (on parle également de part ou de taux), il faut rapporter la partie dont on souhaite **mesurer le poids relatif à un ensemble**.

$$\text{Part en } \% = \frac{\text{valeur de la partie}}{\text{valeur de l'ensemble}} \times 100$$

- Connaître le nombre de garçons (partie) dans une classe n'apporte que peu d'informations. En revanche, si on connaît l'effectif global de la classe (ensemble), on pourra calculer le pourcentage de garçons et savoir si cette classe est plus ou moins masculine.
- La somme de toutes les parties est égale à 100 %. Une proportion ne peut pas être supérieure à 100 %, car c'est ce qui correspond à l'ensemble. Elle ne peut pas être inférieure à 0.
- Pour la **lecture d'un pourcentage**, on dira : la partie (les garçons par exemple) représente x % de l'ensemble (la classe par exemple).
- Exemple : si dans une classe de 30 élèves, les garçons sont 12 et les filles 18, la proportion (ou le pourcentage) de garçons dans la classe sera de :

$$\frac{12 \text{ (partie)}}{30 \text{ (ensemble)}} \times 100 = 40 \%$$

Lecture : Les garçons représentent 40 % des élèves de la classe.

2. Calculer des valeurs absolues à partir de pourcentages

- Dans certaines situations, il est intéressant de connaître le nombre, en **valeur absolue**, que représente un pourcentage. Si un lycée, par exemple, a 95 % de réussite au bac, il a donc 5 % d'échecs. Le lycée voudra savoir combien d'élèves vont probablement redoubler. Il faudra alors calculer ce que représente un pourcentage sur un ensemble.

$$\text{Valeur de la partie} = \frac{\text{pourcentage} \times \text{ensemble}}{100}$$

- Dans notre exemple, si 400 élèves ont passé le bac, on aura :

$$\frac{5 \times 400}{100} = 20$$

élèves n'ont pas eu le bac et risquent donc de redoubler.

3. Bien identifier les parties et l'ensemble

- Dans une partie, on peut vouloir encore détailler les éléments qui la composent (calculer des pourcentages de pourcentages). Il faut être attentif à chaque calcul pour faire correspondre la partie au bon ensemble et obtenir ainsi le résultat désiré.
- Pour connaître, parmi un ensemble de candidats au bac, la part de filles de Terminale ayant suivi la spécialité SES qui ont obtenu une mention Très bien, il faut procéder avec méthode et par étape.
- Exemple : 400 élèves d'un lycée obtiennent le bac. Parmi eux, 55 % sont des filles dont 24 % ont choisi la spécialité SES. 15 % d'entre elles obtiennent la mention Très bien.
- On aura :

Nombre de filles qui obtiennent le bac (55 % de 400 élèves) :

$$\frac{55 \times 400}{100} = 220$$

Nombre de filles qui ont le bac et qui suivent la spécialité SES (24 % de 220 filles) :

$$\frac{24 \times 220}{100} = 53$$

Nombre de filles qui ont le bac, suivent la spécialité SES et obtiennent la mention Très bien (15 % de 53) :

$$\frac{15 \times 53}{100} = 8$$

Il y a donc 8 filles, dans le lycée, qui ont suivi la spécialité SES et qui obtiennent le bac avec mention Très bien.

L'astuce du prof

50 %	=	« la moitié de »
33,3 %	=	« un tiers de »
25 %	=	« un quart de »
20 %	=	« un cinquième de »
10 %	=	« un dixième de »
5 %	=	« un vingtième de »

APPLICATION : EXERCICE CORRIGÉ

Pratiques alimentaires des Français

	Nombre d'individus déclarant être...	% de filles	Part des 15-34 ans
... végan[1]	**22**	85	**67**
... végétariens[2]	**38**	80	62
... flexitariens[3]	**281**	60	55
... sans régime particulier	**559**	41	23
Ensemble	900		

1. N'utilise aucun produit animal.
2. Ne mange pas de viande.
3. Mange de tout, mais réduit sa consommation de viande.

Sources : sondage Harris-Interactive, 31 janvier 2017.

QUESTIONS

1. Calculez le taux de végans et de flexitariens. Calculez la proportion de personnes à régime alimentaire particulier. Rédigez une phrase avec les résultats trouvés.

2. Quelle est le nombre de filles qui sont flexitariennes ? de garçons végans ? Arrondissez à l'entier supérieur.

3. Calculez le nombre de filles végans de 15-34 ans. Arrondissez à l'entier supérieur.

CORRIGÉ

1. Taux de végans : $\frac{22}{900} \times 100 = 2{,}4~\%$

Taux de flexitariens : $\frac{281}{900} \times 100 = 31{,}2~\%$

Proportion des individus à régime alimentaire particulier :

$$\frac{(22 + 38 + 281)}{900} \times 100 = \frac{341}{900} \times 100 = 37{,}9~\%$$

2,4 % des individus déclarent être végans.

31,2 % des individus déclarent être flexitariens.

37,9 % des individus déclarent avoir un régime alimentaire particulier.

2. $\frac{60 \times 281}{100}$ = 169. 169 filles déclarent être flexitariennes.

$\frac{15 \times 22}{100}$ = 3. 3 garçons sont végans (100 % – 85 % pour trouver la proportion de garçon végans).

3. $\frac{85 \times 22}{100}$ = 19. 19 filles sont végans.

$\frac{67 \times 19}{100}$ = 13. 13 filles de 15-34 ans sont végans.

Vérifiez vos connaissances

1 Questions courtes

1. Pourquoi l'économie impose-t-elle des choix ?
2. Comment nos comportements sont-ils conditionnés ?
3. Comment faire en sorte qu'un sondage d'opinion soit représentatif de la population ?
4. Qu'est-ce qui distingue une donnée quantitative d'une donnée qualitative ?
5. Pour quelles raisons la construction d'un modèle est-elle utile en économie ?
6. Comment une corrélation devient-elle une causalité ?

2 Texte à trous

Un bien économique doit répondre à un .... Il doit également exister en quantité limitée : on dit qu'il est .... L'économie est la science qui répond à ces deux contraintes, elle aide à faire des .... qui permettront l'allocation efficace des ....

La sociologie, quant à elle, tente de comprendre les .... sociaux. Les individus et groupes sociaux obéissent à des .... et des .... qui guident leur conduite. On distingue alors ce qui relève de l'.................. et qui est donné à la naissance et ce qui est .... et qui a été transmis par la société.

Nos sociétés sont organisées politiquement de façon .... Notre fonctionnement politique est soumis à des .... C'est la science .... qui étudie comment fonctionne le pouvoir. Lors des élections, des .... politiques entrent en compétitions. Le politiste tente alors de savoir qui peut l'emporter en utilisant des .... qui permettent de connaître l'opinion publique. Pour comprendre le vote, ils peuvent croiser des variables, comme l'âge ou la pratique religieuse, et voir s'il existe des .... entre celles-ci.

Exercices d'entraînement

1 Comment allouer des ressources rares

Doc. 1 Nombre de ménages[1] (en milliers) en France

Nombre de personnes dans le ménage	Nombre de ménages en 2000	Nombre de ménages en 2017
1	7 381	9 678
2	7 414	10 178
3	3 848	4 046
4	3 276	3 522
5	1 322	1 227
6 et plus	567	456
Ensemble	23 808	31 807

1. Ensemble de personnes vivant sous un même toit.

Champ : France métropolitaine
Source : Insee, 2017.

Doc. 2 Équivalent d'années de salaire net moyen pour l'achat d'un logement

Équivalent années de salaire net moyen pour l'achat d'une maison en France

1984	2017
5,1 ans	10,2 ans

Équivalent en années de salaire net moyen pour l'achat d'un 75m² à Paris

1984	2017
13,3 ans	23,8 ans

Source : UFC, 2017.

1. Rédigez une phrase avec les données soulignées du **Doc . 1**.

2. Calculez la proportion de ménage à 1 personne en 2000 et 2017, puis celle de ménages à 4 personnes pour les deux mêmes dates (**Doc. 1**). Rédigez une phrase avec les résultats trouvés.

3. Mesurez l'évolution des données fournies pour l'achat d'une maison en 1984 et 2017 (**Doc. 2**). Faites la même chose pour l'achat des 75 m² à Paris. Qu'en concluez-vous ?

4. Quels liens peut-on faire entre les documents 1 et 2 ? En quoi ces évolutions traduisent-elles un phénomène d'allocation des ressources ?

2 Observer et comprendre des comportements sociaux

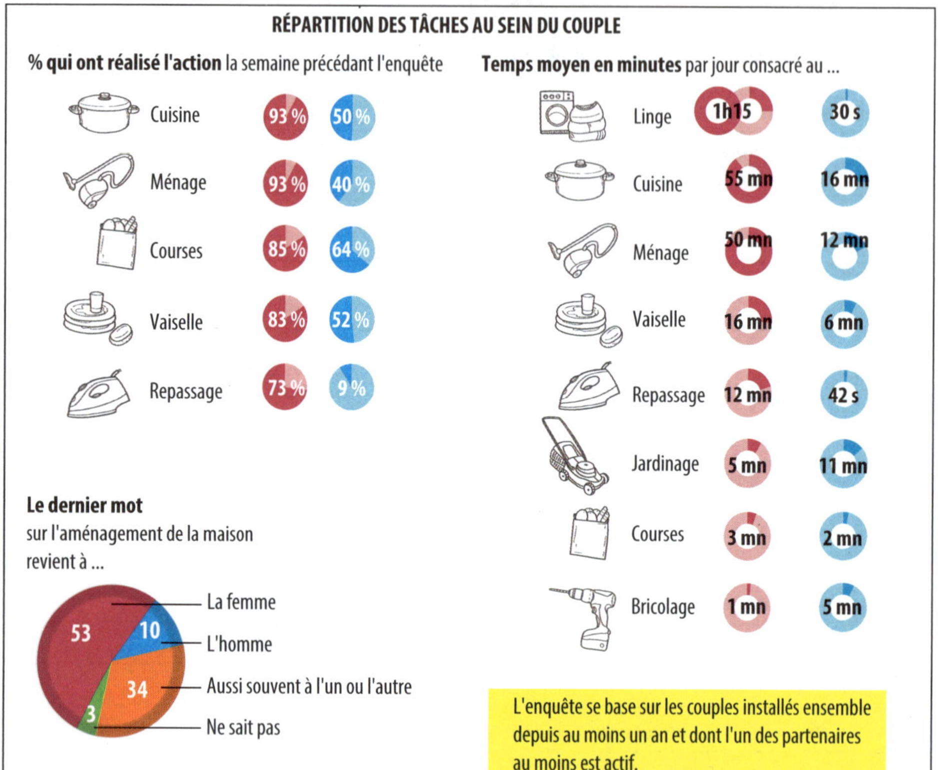

Source : CREDOC 2015

1. Quelle est la proportion de femmes et d'hommes qui ont réalisé, selon le document, les actions suivantes la semaine précédant l'enquête :

a. faire la cuisine ;

b. faire le repassage ;

c. faire les courses ?

2. Citez deux activités (temps moyen en minutes par jour) principalement effectuées par les femmes/par les hommes. Que constatez-vous ?

3. Doit-on considérer le fait d'effectuer des tâches domestiques comme de l'inné ou de l'acquis ?

4. D'après vos connaissances, quels sont les éléments susceptibles d'expliquer cette répartition inégale des tâches domestiques ?

3 Le pluralisme politique dans les médias

Le pluralisme politique est essentiel pour garantir que vous receviez une information politique diversifiée. C'est à ce titre que vous pourrez exercer votre liberté d'opinion et de choix, points fondamentaux de la démocratie.

Ce pluralisme passe par une juste représentativité de chacun des courants politiques. Notre rôle est de veiller à son respect.

Pour y parvenir, nous nous appuyons sur un décompte des temps d'intervention des personnalités politiques dans les différentes émissions produites (journaux, magazines et autres). Ce calcul s'effectue à la radio et à la télévision, au cours des périodes électorales mais aussi en dehors de celles-ci.

Dans ces circonstances, le législateur s'est efforcé de mettre en œuvre cette exigence constitutionnelle. La **loi du 30 septembre 1986** prévoit ainsi que le **CSA**[1] « *assure le respect de l'expression pluraliste des courants de pensée et d'opinion dans les programmes des services de radio et de télévision, en particulier pour les émissions d'information politique et générale* ».

La vie démocratique repose notamment sur l'activité des partis politiques. C'est la raison pour laquelle la loi impose au CSA de communiquer chaque mois aux présidents des deux assemblées et aux responsables des partis politiques représentés au Parlement le relevé des temps d'intervention des personnalités politiques dans :

- les journaux et les bulletins d'information ;
- les magazines d'information ;
- les autres émissions des programmes.

À travers une méthode de décompte quantitative du temps de parole des représentants politiques, la législation française garantit juridiquement le respect de l'expression pluraliste des courants de pensée et d'opinion.

Communiqué du Conseil supérieur de l'audiovisuel, 21 juin 2017.

1. Conseil supérieur de l'audiovisuel, qui contrôle les contenus des chaînes de télévision et des radios.

1. Quel exemple de rôle des médias dans la vie démocratique est donné dans ce texte ?

2. Pourquoi le CSA mesure-t-il le temps de parole des partis politiques sur les chaînes de télévision et de radios en France ?

4 Utiliser un modèle : trois scénarios pour la population mondiale

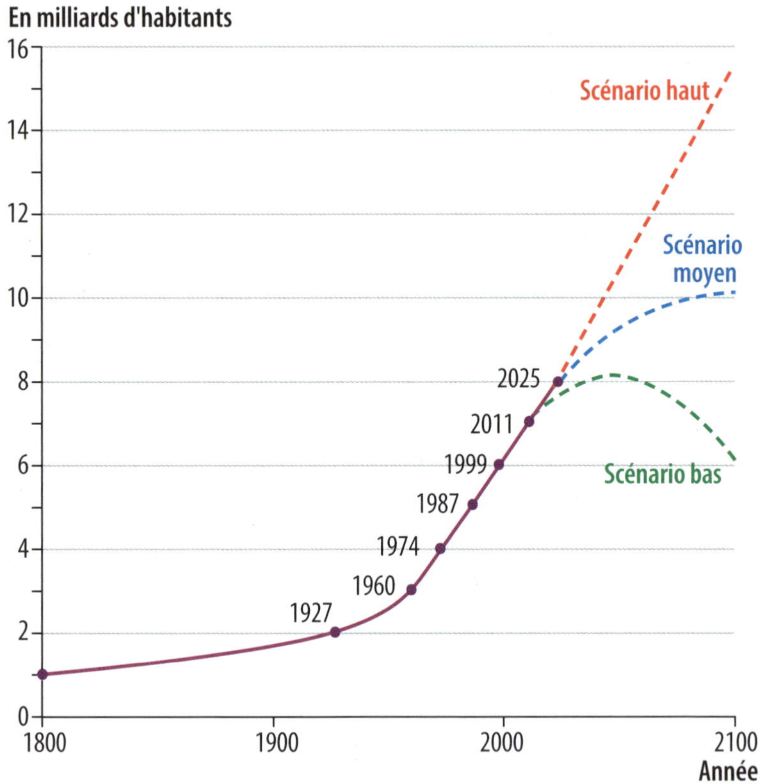

1. Pourquoi ce graphique correspond-il à un modèle?

2. Quelles variables changent pour chacun des scénarios ?

5 Corrélation et causalité : le comportement routier

Évolution de la mortalité routière en France métropolitaine

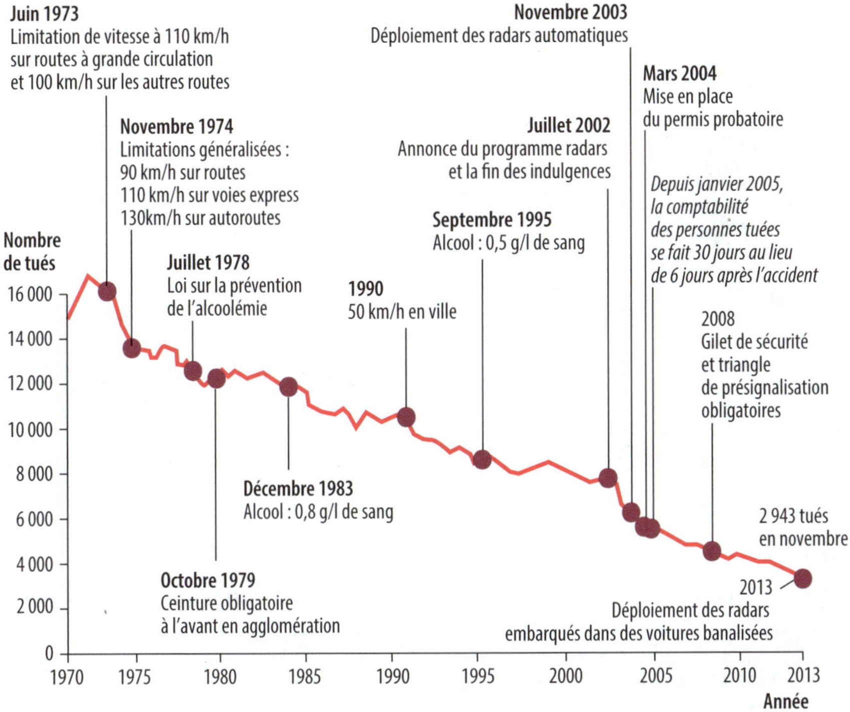

Source : securité routière

1. Quel lien peut-on établir entre l'évolution de la mortalité routière et celle du Code de la route ?

2. D'après vos connaissances, existe-t-il des variables cachées qui pourraient aussi expliquer cette évolution ?

6 De nouveaux liens sociaux

Usage d'Internet pour les relations sociales selon l'âge en 2017

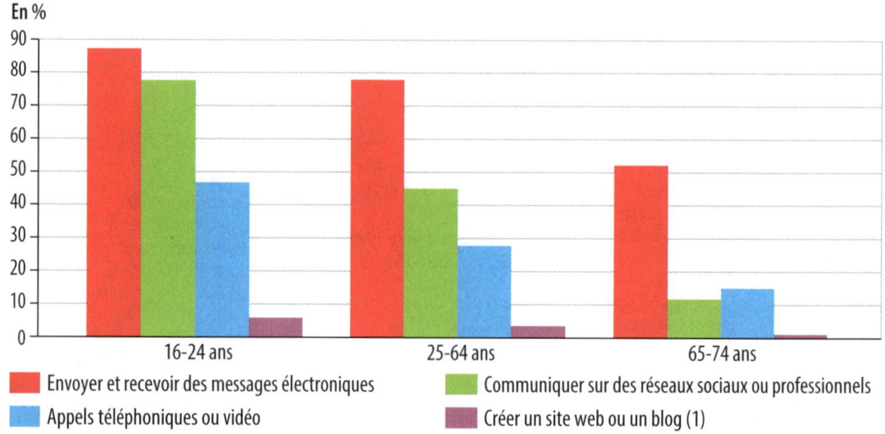

1 : données 2016.
Champ : France, ensemble des particuliers.

Source : Eurostat (extraction du 2 juillet 2018), EU-TIC.

1. Faites la lecture des données pour les quatre modes de communication chez les 16-24 ans.

2. Mesurez les écarts d'utilisation des réseaux sociaux selon la catégorie d'âge.

3. Quelle corrélation peut-on établir à partir des données du document ?

4. Donnez une explication (causalité) possible.

QuiZ

1 Vrai. Une fois satisfaits, nos besoins changent. Ils sont de plus stimulés par la nouveauté et la publicité.

2 Faux. L'inné relève de la nature. C'est donc à la biologie, à la médecine de s'y intéresser.

3 Vrai. On utilise des sondages d'opinion qui reflètent à un moment donné l'état d'esprit d'une société vis-à-vis de tel ou tel sujet.

4 Faux. Comme les économistes partent d'hypothèses différentes, ils construisent des modèles divers, parfois même contradictoires.

5 Faux. La corrélation est le simple constat d'évolutions similaires ou contraires entre deux variables. Pour qu'il y ait causalité, cela suppose que l'une des variables explique l'autre. Parfois, c'est un troisième élément qui explique l'évolution des deux autres. Parfois, il n'y a aucun lien (c'est une coïncidence).

Vérifiez vos connaissances

1 Questions courtes

1. L'économie impose de faire des choix, car nous avons des besoins illimités et des ressources rares. C'est ce double constat qui nous pousse à faire appel aux économistes pour trouver le choix le plus satisfaisant.

2. Notre environnement social (famille, société) produit des normes et des valeurs que nous devons intégrer pour pouvoir participer à la vie sociale. Nos façons d'agir ou de penser devront être conformes aux attentes sociales.

3. Pour qu'un sondage soit représentatif de la population, il faut choisir un échantillon de personnes interrogées à l'image de la population. On prendra les proportions identiques pour chaque caractéristique de la population (âge, sexe, lieu d'habitation, profession...).

4. Les données quantitatives servent à mesurer des phénomènes (leur volume, leur intensité…). Les données qualitatives servent à comprendre le sens que les agents économiques et sociaux donnent à ces phénomènes.

5. La construction d'un modèle en économie permet de simplifier la réalité pour en faciliter la description ou la compréhension. Une fois le modèle établi, on peut le faire fonctionner selon divers scénarios et ainsi anticiper des évolutions futures.

6. Une corrélation devient une causalité quand l'évolution d'un des éléments explique l'évolution de l'autre. Il faut trouver le rapport de cause à effet, les mécanismes à l'œuvre.

2 Texte à trous

Un bien économique doit répondre à un **besoin**. Il doit également exister en quantité limitée : on dit qu'il est **rare**. L'économie est la science qui répond à ces deux contraintes, elle aide à faire des **choix** qui permettront l'allocation efficace des **ressources**.

La sociologie, quant à elle, tente de comprendre les **comportements** sociaux. Les individus et groupes sociaux obéissent à des **normes** et des **valeurs** qui guident leur conduite. On distingue alors ce qui relève de l'**inné** et qui est donné à la naissance et ce qui est **acquis** et qui a été transmis par la société.

Nos sociétés sont organisées politiquement de façon **démocratique**. Notre fonctionnement politique est soumis à des **lois**. C'est la science **politique** qui étudie comment fonctionne le pouvoir. Lors des élections, des **partis** politiques entrent en compétitions. Le politiste tente alors de savoir qui peut l'emporter en utilisant des **sondages** qui permettent de connaître l'opinion publique. Pour comprendre le vote, ils peuvent croiser des variables, comme l'âge ou la pratique religieuse, et voir s'il existe des **corrélations** entre celles-ci.

Exercices d'entraînement

1 Comment allouer des ressources rares

1. Selon l'Insee, en 2017, il y avait 9 678 000 ménages composés d'une personne en France. En 2017, il y avait 31 807 000 ménages en France.

2. La proportion de ménages composés d'une personne en 2000 est de :

$$\frac{7\,381}{23\,808} \times 100 = 31\ \%.$$

En 2017 :

$$\frac{9\,678}{32\,807} \times 100 = 29{,}4\ \%.$$

La proportion de ménages composés de 4 personnes en 2000 est de :

$$\frac{3\,276}{23\,808} \times 100 = 13{,}8\ \%.$$

Remarque

On voit qu'avec une augmentation en valeur absolue des ménages composés de 1 et 4 personne(s), les pourcentages restent proches, car le total des ménages a lui aussi augmenté.

En 2017 :

$$\frac{4\,522}{32\,807} \times 100 = 13{,}7\ \%.$$

31 % des ménages étaient composés d'une personne en 2000, contre 29,4 % en 2017.

13,8 % des ménages étaient composés de 4 personnes en 2000, contre 13,7 % en 2017.

3. En 2017, il faut consacrer 10,2 années de salaires nets moyens pour s'acheter une maison, contre moitié moins en 1984. Il faut compter 23,8 années de salaires nets moyens pour s'offrir 75 m² à Paris ; il en fallait 10 de moins en 1984. Entre 1984 et 2017, le logement est devenu plus cher.

4. Le document 1 montre une augmentation importante du nombre de ménages notamment de 4 personnes. Ceci peut expliquer la hausse des prix des maisons et du m² à Paris, car les besoins en logement sont plus importants.

2 Observer et comprendre des comportements sociaux

1. a. Selon le Credoc, 93 % des femmes contre 50 % des hommes ont fait la cuisine la semaine précédant l'enquête.
b. 73 % des femmes contre 9 % des hommes ont repassé la semaine précédant l'enquête.
c. 85 % des femmes contre 64 % des hommes ont fait les courses la semaine précédant l'enquête.

2. Le repassage (12 minutes contre 42 secondes) et le linge (1 h 15 contre 30 secondes) sont principalement effectués par les femmes. Le jardinage (11 minutes contre 5 minutes) et le bricolage (5 minutes contre 1 minute) sont des tâches principalement effectuées par les hommes On remarque une inégale répartition des tâches ménagères entre hommes et femmes, que ce soit sur le type de tâche ou le temps passé.

3. Les tâches domestiques relèvent de l'acquis, puisqu'il s'agit d'un apprentissage et non d'un don naturel.

4. La répartition des tâches peut s'expliquer par les habitudes sociales traditionnelles reproduites à travers les générations et s'appuyant sur des stéréotypes, notamment à travers les jouets offerts aux petites filles et petits garçons.

3 Le pluralisme politique dans les médias

1. D'après le texte, les médias servent de moyen de diffusion et d'expression des opinions politiques.

2. Le CSA mesure le temps de parole afin que toutes les formations politiques soient traitées de façon identique. Cette mesure permet de respecter l'équilibre entre toutes les opinions et de permettre à tous de s'exprimer de façon équitable. Cela répond donc au principe du pluralisme, qui veut que toutes les opinions puissent s'exprimer.

4 Utiliser un modèle: trois scénarios pour la population mondiale

1. Ce schéma correspond à un modèle car il présente des situations fictives, reposant sur des hypothèses différentes.

2. L'évolution de la population sera différente selon l'évolution du nombre moyen de naissances par femmes et l'espérance de vie moyenne au niveau mondial.

5 Corrélation et causalité : le comportement routier

1. On observe une corrélation entre la baisse du nombre de tués sur les routes et la mise en place progressive de règles qui réduisent les facteurs de risque.

2. L'amélioration de la qualité des routes, de la sécurité des automobiles (ABS, airbag…) et l'éducation ont aussi joué un rôle dans le recul de la mortalité.

6 De nouveaux liens sociaux

1. Selon Eurostat en 2017, 88 % des jeunes de 16-24 ans utilisent des messages électroniques dans leurs relations sociales. Ils sont 78 % à communiquer par réseaux sociaux ou professionnels, 47 % à utiliser les appels téléphoniques et vidéos et 5 % à créer des sites web ou des blogs.

2. En 2017, selon Eurostat, les 25-64 ans sont 45 % à utiliser les réseaux sociaux ou professionnels dans leurs relations sociales, soit 33 points de pourcentage de moins que les 16-24 ans. Les 65-74 ans sont 11 % à le faire, soit 4 fois moins en proportion que les 25-64 ans et 7 fois moins que les 16-24 ans.

3. On peut clairement établir une corrélation entre l'utilisation d'internet pour les relations sociales et l'âge. Cette corrélation est la suivante : plus l'âge est élevé, plus l'usage d'internet dans les relations sociales est faible.

4. Pour expliquer cette corrélation on peut tout d'abord évoquer le facteur générationnel : les plus jeunes ont baigné, dès leur plus jeune âge, dans les nouvelles technologies de la communication, alors que les plus âgés ont été éduqués à d'autres modes de communication. Ce seraient donc le degré de familiarité avec internet et les habitudes sociales qui expliquerait ces écarts d'utilisation.

PARTIE 1 Science économique

CHAPITRE

1 Comment crée-t-on des richesses et comment les mesure-t-on ?

1 Qui produit les richesses ?

De quoi s'agit-il ? **Les richesses sont créées par différents types de producteurs. En fonction des objectifs recherchés, la richesse créée sera de nature différente.**

1 Les entreprises

- Une entreprise est une **organisation productive** dont le but est de réaliser des profits. Elles réalisent l'essentiel de la production marchande, c'est-à-dire les biens et les services vendus sur le marché à un prix supérieur aux coûts de productions.
- **Elles sont classées par taille, secteur d'activité ou statut juridique** (entreprise individuelle, SARL ou SA). C'est le volume d'activité, les contraintes financières ou encore le niveau de risque qui déterminent le choix du statut.
- L'écrasante majorité des entreprises en France est de petite taille (95 %), mais leur poids économique est plus faible que les grandes entreprises, qui ne représentent qu'à peine 0,1 % du total des entreprises, mais concentrent à elles seules plus du quart des effectifs salariés.
- D'autres, enfin, appartiennent à l'économie sociale (coopératives, mutuelles…). Le profit ici n'est pas une finalité, mais un moyen de répondre à des enjeux sociaux.

2 Les administrations publiques

- **Les administrations publiques fournissent des biens et services gratuits ou quasi-gratuits** à la population et aux entreprises. Cette production non marchande est réalisée par des agents publics fonctionnaires ou contractuels (contrats de droit privé).
- Elles interviennent à plusieurs niveaux. Les **administrations centrales** assurent les grandes missions de l'État, comme la sécurité, l'éducation ou la santé. Les **administrations locales**, comme la commune, le département ou la région, remplissent des missions à l'échelle plus locale (transports publics, voirie…).
- Le rôle des administrations publiques est de fournir à tous les citoyens des **services utiles au fonctionnement du pays**. Elles assurent également une mission de solidarités et de justice sociale (protection sociale et réduction des inégalités).

3 Les associations

- **Les associations produisent principalement des biens et services non marchands**, mais peuvent aussi vendre des biens (badges, t-shirts) et services pour financer leur cause. C'est pour cette raison que l'on parle de **but non lucratif**.
- Elles interviennent dans les loisirs, la vie politique, la défense des droits et des libertés ou dans l'humanitaire. Certaines opèrent à un **niveau très local** (chorale d'un village) ; d'autres agissent au **niveau national** (syndicats, Restos du cœur) ; certaines, enfin, interviennent à l'échelle planétaire sur des enjeux humanitaires (Médecins sans frontières) ou environnementaux (Greenpeace). Ici, on parlera plutôt d'ONG (organisations non gouvernementales), dont les budgets et le nombre de salariés et bénévoles peuvent être très importants. (**Doc.**)

Doc. Qui produit des richesses ?

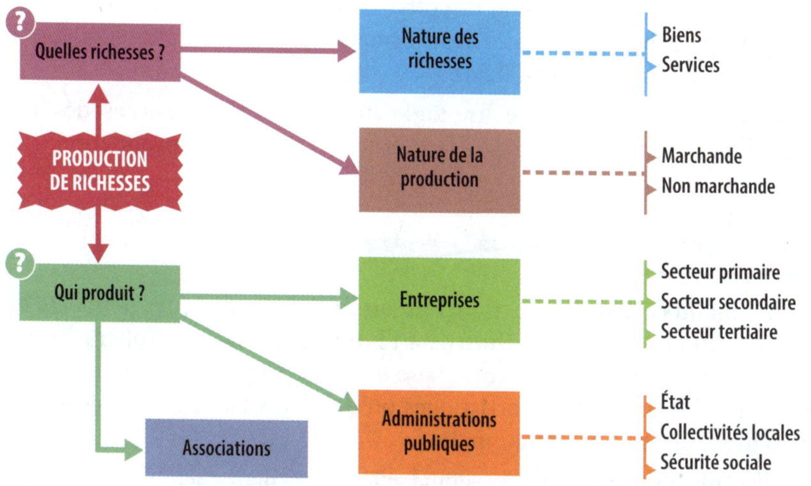

Vocabulaire

Production marchande : biens et services dont la vente permet de dégager un profit (prix supérieur aux coûts de production).

Production non marchande : biens et services destinés à être offerts ou vendus à un prix très inférieur aux coûts de production.

Entreprise : organisation productive dont l'objectif est de réaliser des bénéfices.

Association : regroupement d'individus qui décident de mettre en commun des moyens afin d'exercer une activité ayant un but premier autre que leur enrichissement personnel.

2 La production dans l'entreprise

De quoi s'agit-il ? Pour produire des richesses, les agents économiques mobilisent des ressources appelées facteurs de production. Le choix de ces facteurs obéit à des impératifs techniques, mais aussi économiques.

1 Mobiliser des facteurs de production

- **Pour produire, l'entreprise a d'abord besoin de travail**. Il peut s'exercer dans le cadre d'un statut **indépendant** ou d'un statut de **salarié**, quand le travailleur vend ses compétences à un employeur.
- Il peut être **manuel** ou **intellectuel** en fonction des besoins de l'entreprise ; qualifié ou non en fonction des compétences attendues pour la production à réaliser.
- Pour produire, il faut également du **capital technique**, comme des matières premières et de l'énergie (capital circulant), dont les **ressources naturelles** font partie, mais qui peuvent être aussi transformées en matériaux plus élaborés ou des machines et des locaux (capital fixe).
- Ces capitaux intègrent de la **technologie**, c'est-à-dire, des avancées, des innovations, améliorant la performance ou la qualité des facteurs de production.

2 Des facteurs de production qui se combinent

- En fonction du type de production, **l'un ou l'autre des facteurs peut être dominant**. Dans un environnement hostile à l'homme (forages pétroliers en mer ou mise en orbite de satellite), une entreprise utilisera principalement des machines. Inversement, des productions artistiques ou des soins psychologiques font appel quasi exclusivement au travail humain.
- Dans d'autres cas, le recours à du capital exige le recrutement d'un travailleur. Une entreprise de transports routiers, lorsqu'elle mobilise un camion (capital), mobilise également un chauffeur (travail). On dit pour ces situations que **les facteurs de production sont complémentaires**.
- Enfin, de nombreuses productions sont réalisables aussi bien par des machines que des travailleurs. On parle **de facteurs de production substituables**. Le travail peut être remplacé par une machine et inversement. Par exemple, le progrès technique dans l'agriculture a permis de substituer du capital au travail. Autrement dit, le travail humain dans les exploitations agricoles a reculé au profit de l'utilisation de machines (**Doc.**).

3 Chercher la meilleure combinaison productive possible

• Si plusieurs combinaisons productives sont possibles, **l'entreprise va opter pour celle qui, à niveau de production égal, coûte le moins cher**. Ainsi, on observe que pour produire un même bien, certaines entreprises profiteront d'une main-d'œuvre peu coûteuse dans un pays où les salaires sont bas, tandis que d'autres préféreront utiliser une production robotisée permise par des machines coûteuses, mais aux rendements très élevés.

• Le choix de combinaison des facteurs de production, quand ceux-ci sont substituables, suppose donc de connaître le **coût du travail** (salaire et charges sociales) **et du capital** (coûts d'investissement et entretien), mais aussi leur productivité respective.

Doc. Les vendanges, deux combinaisons productives possibles

Choix de production exclusivement basé sur le travail (probablement lié à la qualité du vin).

Usage d'une machine qui permet une récolte plus rapide et moins coûteuse. On observe ici une substitution du capital au travail.

Vocabulaire

Facteurs de production : moyens de production durables : travail, capital et ressources naturelles.

Travail : activités humaines socialement organisées dans le but de produire des richesses et donnant lieu à une rémunération.

Capital circulant : moyens de production détruits ou transformés lors du processus de production. Il s'agit principalement des matières premières et de l'énergie.

Capital fixe : moyens de production durables matériels (machines, locaux) ou immatériels (logiciels et brevets).

Progrès technique : ensemble des innovations permettant d'améliorer l'efficacité du système productif, de créer de nouveaux produits ou de nouveaux procédés commerciaux.

Productivité : rapport entre les quantités produites et les moyens utilisés (travail et capital). La productivité mesure l'efficacité des facteurs de production.

3 Comment mesurer les richesses créées ?

De quoi s'agit-il ? Mesurer la richesse créée par les entreprises, les administrations et les associations, c'est pouvoir connaître réellement la richesse disponible à l'échelle d'une nation, notamment pour son partage et son utilisation.

1 La valeur ajoutée marchande

- La valeur ajoutée marchande correspond à la **richesse créée principalement par les entreprises** (**Doc. 1**). On cherche à mesurer ici ce que l'entreprise a apporté en plus, par son activité, à l'économie. Ce sont les richesses nouvellement produites.
- Pour produire, une entreprise a besoin de matières premières, d'énergie ou de services que d'autres entreprises ont produits. Ces ressources, également nommées « **consommations intermédiaires** » (ou capital circulant), doivent donc être ôtées de ce que l'entreprise a produit. Une entreprise produisant des automobiles ne produit pas l'acier de la carrosserie, elle l'achète à une autre entreprise. On ne doit donc pas le compter deux fois dans la valeur ajoutée.
- **Pour calculer la valeur ajoutée**, on part du chiffre d'affaires, c'est-à-dire la valeur de la production vendue (prix × quantités vendues), duquel on soustrait les consommations intermédiaires (**Doc. 2**).

2 La valeur ajoutée non marchande

- **Les services non marchands**, produits notamment par les administrations, **ne donnent pas lieu à une vente**. Ils sont gratuits ou quasi-gratuits. **Ils sont cependant sources de richesse** pour la collectivité.
- Sans valeur marchande, on les évalue à leurs **coûts de production,** principalement les salaires versés aux agents qui les produisent. Un enseignant créera par exemple comme richesse son salaire et l'énergie nécessaire à l'éclairage, au chauffage et aux outils qu'il utilise.

3 Une richesse dont on tire des revenus

- **Le capital et le travail**, associés, **permettent de créer la richesse**. Ceux qui fournissent ces facteurs vont être rémunérés et recevoir une partie de la valeur ajoutée.
- Aux travailleurs, vont les **salaires**, les primes et avantages (mutuelle). Au capital, revient le bénéfice qui servira à payer les propriétaires de l'entreprise (dividendes pour les actionnaires), à investir ou à être épargné. Ce bénéfice correspond au chiffre d'affaires duquel on retire les sommes dépensées pour produire.

Doc. 1 Valeur ajouté par branche d'activités en France

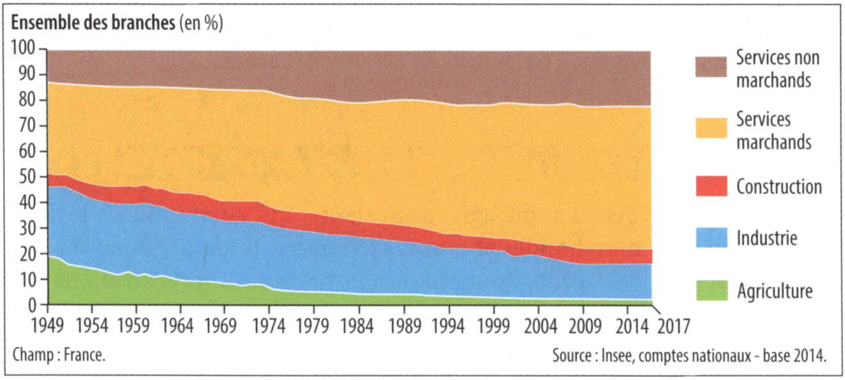

Remarque : la part des services dans la valeur ajoutée progresse nettement au détriment de l'industrie et de l'agriculture. C'est un des signes de la tertiarisation de l'économie.

Doc. 2 Les différents indicateurs de mesure de la richesse dans l'entreprise

Chiffre d'affaires (CA) = prix de vente unitaire × quantités vendues

Chiffre d'affaires (CA) – **Consommation intermédiaires** (Biens et services détruits ou transformés lors de la production) = **Valeur ajoutée** (valeur créée par les entreprises à chaque étape de la transformation des produits)

Valeur ajoutée (VA) –
- Salaires
- Taxes, impôts
- Cotisations sociales

= **Bénéfices** (montant qui reste à l'entreprise une fois qu'elle a payé tous ses coûts de production)

→ Dividendes aux actionnaires | Placements financiers | Investissements

Vocabulaire

Chiffre d'affaires : quantités vendues × prix de vente. On parle également de recettes.

Valeur ajoutée : chiffre d'affaires – consommations intermédiaires

Bénéfice : chiffre d'affaires – coûts de production (ensemble des dépenses et des charges associées à la production). On parle également de profit ou d'excédent brut d'exploitation.

4 Mesurer la richesse et la croissance à l'aide du PIB

De quoi s'agit-il ? **Le PIB (produit intérieur brut) est un outil qui permet de mesurer la richesse créée et la croissance économique d'un territoire sur une période donnée.**

1 Le PIB : un outil central dans la mesure de la richesse

- Le **PIB est un agrégat** (il additionne des valeurs) **qui correspond à la somme des valeurs ajoutées marchandes et non marchandes**. Il mesure donc la richesse créée par l'ensemble des agents économiques durant une année sur un territoire donné. Pour être tout à fait précis, il faut y ajouter la TVA et les droits de douane.
- Ce sont **tous les agents économiques présents sur le territoire** qui entrent dans le calcul du PIB. La production des usines du constructeur automobile japonais Toyota présentes en France entre donc dans le calcul du PIB français. À l'inverse, une société française produisant à l'étranger sera exclue du calcul.

2 PIB et niveau de vie

- Le PIB par habitant (appelé aussi PIB par tête) permet d'avoir une **mesure plus précise du niveau de vie**. En effet, le PIB calcule un volume global de richesse qui dans certains cas peut être très important. Le PIB de la Chine est de 13 000 milliards de dollars en 2017, alors que celui de la France est de 2 700 milliards. Or, une fois rapporté à la population, le PIB par habitant de la Chine n'est plus que de 16 700 dollars, alors que celui de la France se situe à plus de 40 000 dollars.
- Il faut noter que **le PIB par habitant indique un niveau de vie moyen, qui peut masquer d'importantes inégalités** (**Doc.**). C'est le cas notamment dans les monarchies pétrolières (Qatar, Arabie Saoudite) qui, avec un PIB par tête très élevé, se révèlent être des nations très inégalitaires du fait d'une concentration importante des richesses autour de quelques familles, laissant une large population dans la précarité.

3 Mesurer la croissance à l'aide du PIB

- **Le PIB permet de calculer la croissance économique**, c'est-à-dire dans quelle proportion (en %) les richesses s'accroissent dans le temps.
- Mesurer la croissance économique revient à calculer un taux de variation du PIB (cf. Méthode p. 56).
- Pour un pays comme la France dont le PIB en 2018 dépasse les 2 600 milliards d'euros, une croissance de 1 % sur une année équivaut à une richesse supplémentaire de 28 milliards d'euros disponible pour le pays.

Doc. **PIB et PIB par habitant de quelques États**

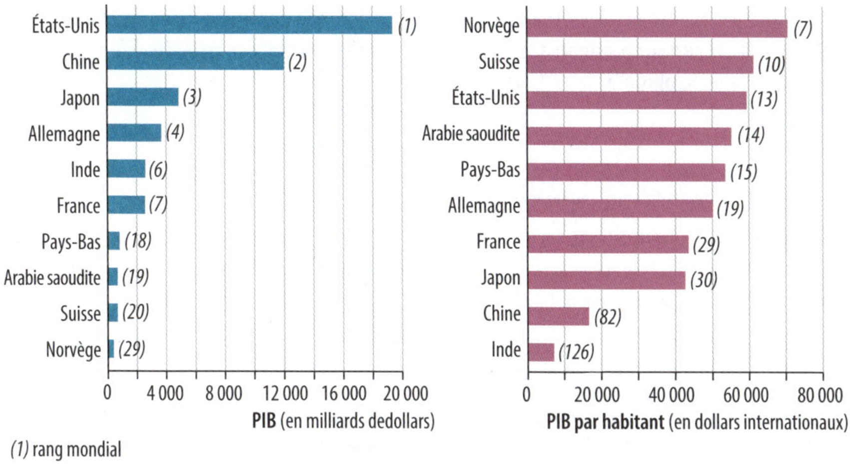

Ces deux documents montrent bien comment le PIB par habitant change le classement par rapport au PIB global. Les États-Unis sont 1ers au classement du PIB, mais reculent à la 13e place pour le PIB par habitant. C'est encore plus marqué pour la Chine ou l'Inde. À l'inverse, la Norvège ou la Suisse qui sont au-delà de la 20e place pour leur PIB, se retrouvent parmi les premières nations une fois le PIB rapporté à leur population.

Vidéo

Vocabulaire

PIB : ensemble des richesses créées sur un territoire sur une année. PIB = somme des valeurs ajoutées + TVA + droits de douane.

TVA : taxe sur la valeur ajoutée. Il s'agit d'un pourcentage appliqué par l'État sur l'ensemble des prix des biens vendus. Elle est payée par le consommateur final.

Droits de douane : taxes fixées par un État ou une communauté d'États (Union européenne) qui s'ajoutent au prix des produits importés à l'entrée du territoire.

PIB par habitant : PIB/population totale. Il s'agit d'une richesse moyenne par habitant. C'est un indicateur de niveau de vie.

5 La croissance : les grandes tendances mondiales

De quoi s'agit-il ? **La croissance économique est un phénomène déjà ancien pour les pays occidentaux, elle s'étend sur plusieurs siècles. Désormais, même si elle est instable, elle concerne une grande partie de la planète.**

1 Deux siècles de croissance...

- À la fin du XVIIIe siècle, un premier pays connaît un décollage économique : l'Angleterre. Cette forte croissance est permise par des **découvertes technologiques**, l'**augmentation des rendements agricoles et de la population**. C'est à cette période que s'impose la manufacture (l'usine) comme cadre de la production.
- La diffusion du progrès technique, l'usage croissant des machines et l'apparition de nouveaux moyens de transports (chemin de fer) permettent des gains de productivité importants, faisant baisser les prix et augmenter les profits.
- À partir du milieu du XIXe siècle, la croissance s'installe en Europe, aux États-Unis et au Japon. Cette période sera nommée « **Révolution industrielle** ».
- C'est durant la période, allant de l'après-Seconde Guerre mondiale jusqu'aux années 1970, que les pays occidentaux connaissent l'expansion économique la plus importante de leur histoire, avec plus de **5 % de croissance annuelle moyenne**. Cette période est appelée en France les « **Trente Glorieuses** ».
- À partir des années 1980, **ce sont les pays dits émergents** comme la Chine, l'Inde ou le Brésil, **qui connaissent à leur tour des taux de croissance inédits**, poussés par la mondialisation et le rattrapage économique. La Chine, notamment, voit son PIB augmenter de plus de 10 % par an sur cette période. (**Doc. 1**)

2 ... ponctués de périodes de crises.

- Si la tendance sur le long terme est à l'augmentation générale des richesses, des **périodes de recul économique** surviennent, provoquées notamment par des crises.
- De 1873 à 1896, puis surtout dans les années 1930 (suite au krach de Wall street), le monde est touché par des **dépressions économiques durant lesquelles le PIB recule nettement**. Les prix s'effondrent, tandis que le chômage et la pauvreté explosent.
- Après un ralentissement notable au milieu des années 1970 (double choc pétrolier), c'est en 2008, suite à la crise dite « des subprimes », qu'à nouveau l'ensemble des pays de la planète est touché par la récession. (**Doc. 2**)

Doc. 1 Évolution du PIB mondial depuis 1820

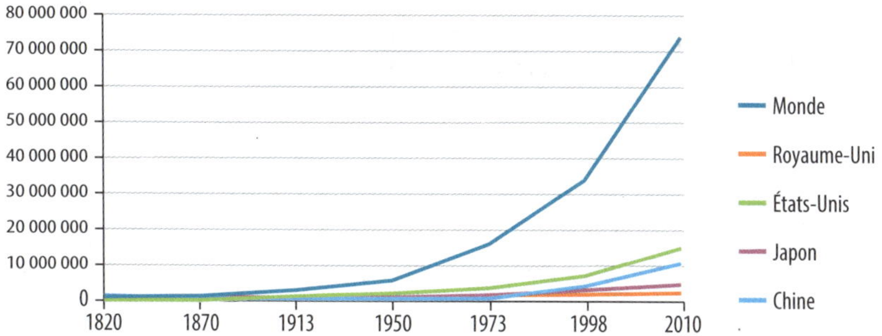

À partir des années 1950, le PIB mondial augmente nettement. Le volume de richesses est multiplié par 10 entre 1950 et 2010.

Doc. 2 Évolution du PIB mondial depuis 2000

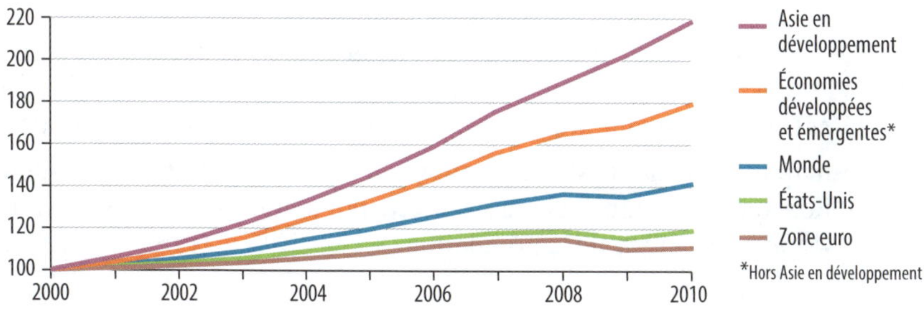

Depuis 2000, on constate que la croissance des pays émergents, en particulier en Asie, a un rythme 2 fois plus soutenu que celle des pays occidentaux (indice 220, contre 110 à 120 pour l'Europe et les États-Unis).

Vocabulaire

Gains de productivité : augmentation de l'efficacité du processus productif. On produit autant, voire plus, en utilisant une quantité moindre de facteurs de production.

Expansion : phase de croissance économique soutenue et durable.

Crise: dégradation brutale de l'activité économique qui se traduit par un fort ralentissement de la croissance, voire d'un recul du PIB.

Dépression : période caractérisée par une réduction forte et durable du PIB.

Crise des subprimes : nom donné à la crise financière et bancaire qui débute en 2008 aux États-Unis par l'effondrement du marché de l'immobilier.

Récession : période de ralentissement ou de recul temporaire de l'activité économique.

6 Inégalités et soutenabilité de la croissance

De quoi s'agit-il ? **Le PIB donne une mesure de la richesse produite, mais il n'éclaire pas sur son partage ni sur les effets nuisibles de la production, notamment sur l'environnement.**

1 Des richesses produites inégalement réparties

- Avec un PIB de plus de 2 500 milliards d'euros, la France a un PIB par habitant d'environ 38 000 euros. Mais **derrière cette moyenne, il existe des inégalités importantes** (**Doc.**).
- D'une part, **au niveau des salaires** : si le salaire mensuel net moyen en France est de 2 300 euros, le salaire médian n'est que de 1 710 euros (la moitié des salariés gagnent moins de 1 710 euros). 5 % des salariés gagnent plus de 5 000 euros par mois, 1 % plus de 10 000 euros.
- Par ailleurs, la **possession d'un patrimoine** accentue les inégalités de revenus. Détenir des biens immobiliers permet de les louer et d'en tirer des revenus supplémentaires.
- Mais c'est surtout du côté des **actionnaires des grandes entreprises** que les rémunérations impressionnent. Par exemple, Bernard Arnault, propriétaire du groupe de luxe LVMH touche chaque année autour de 700 millions d'euros de dividendes.
- Enfin, **une part croissante de la population ne vit que de minima sociaux**, comme le RSA ou le minimum vieillesse. Cette population qui représente plus de 7 millions d'individus (12 % de la population) reçoit 1,2 % du PIB.

2 Une croissance qui pèse sur l'environnement

- **La production de masse, à laquelle répond une consommation de masse, a représenté un modèle de croissance** durant les « Trente Glorieuses ». Ce modèle, bien qu'ayant subi des évolutions, reste dominant et s'est développé à l'échelle mondiale.
- Avec l'émergence de zones densément peuplées, le rattrapage économique qui s'opère, combiné à une généralisation du mode de vie occidental, on observe des **tensions importantes sur les ressources naturelles** (eau, forêts, biodiversité…).
- Notre modèle de croissance s'appuie encore largement sur les **énergies fossiles** (pétrole, gaz, charbon) **émettrices de GES** (gaz à effet de serre). Ces émissions croissantes entraînent un **dérèglement climatique** qui met en péril certaines zones du globe (montée des eaux, sécheresses, cyclones).

• De nombreuses voix s'élèvent aujourd'hui en faveur d'une croissance soutenable qui réduirait notre empreinte écologique et freinerait le réchauffement climatique. À défaut, nous risquerions de ne pouvoir préserver les capacités de satisfaire les besoins des générations futures. Selon les critères retenus, **il faudrait 1,7 planète pour absorber notre mode de consommation actuel**.

Doc. Les inégalités de revenus en France

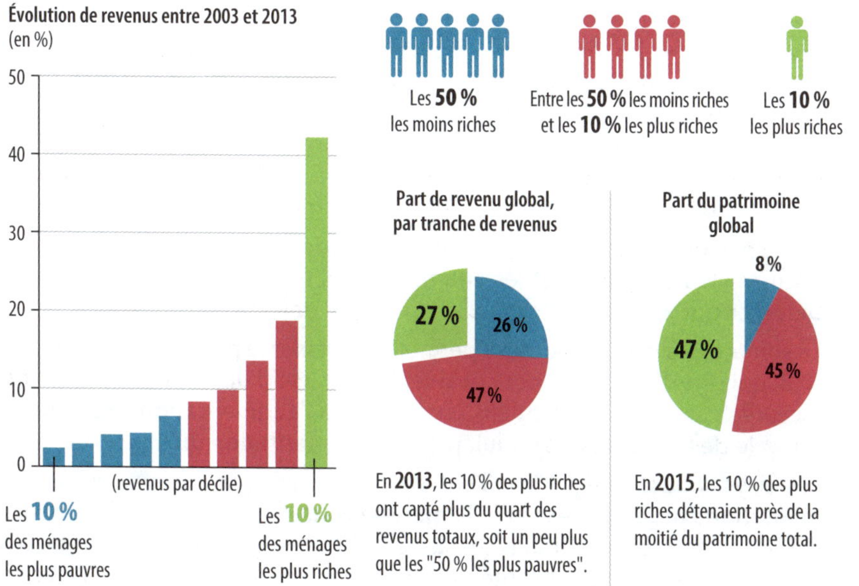

En 2013, les 10 % des plus riches ont capté plus du quart des revenus totaux, soit un peu plus que les "50 % les plus pauvres".

En 2015, les 10 % des plus riches détenaient près de la moitié du patrimoine total.

Source : Observatoire des inégalités 2017.

Vocabulaire

Salaire médian : niveau de salaire qui partage une population en deux parties équivalentes. La moitié gagne moins, l'autre plus.

Dividendes : revenus tirés de la possession d'actions d'entreprises. Ils découlent pour l'essentiel des profits réalisés par l'entreprise.

Minima sociaux : ensemble des revenus minimum versés aux personnes en situation de précarité : RSA (revenu de solidarité active), minimum vieillesse, allocation adulte handicapé.

Croissance soutenable : modèle de croissance capable d'assurer aux générations futures les capacités de satisfaire leurs besoins et de maintenir leur bien-être.

Empreinte écologique : mesure de la surface nécessaire pour produire les ressources et absorber les déchets d'un groupe humain. C'est un indicateur de l'impact global de l'homme sur la planète.

RÉVISION EXPRESS

LES POINTS À RETENIR

- Les entreprises produisent des **biens et services marchands** dans un but lucratif. Les administrations et associations produisent des **services non marchands** pour servir la collectivité.
- Pour produire, les entreprises associent différentes ressources que l'on nomme **facteurs de production.** Elles peuvent être **naturelles**, mais également **humaines (travail)** ou **techniques (capital).** Associés, ces facteurs forment la **combinaison productive**. L'apport de nouvelles technologies vient améliorer la combinaison productive. Quand les facteurs sont **substituables**, les entreprises choisissent la combinaison la moins coûteuse.
- Les richesses sont mesurées par la **valeur ajoutée.** Elle permet de rémunérer les travailleurs (salaires) et les entreprises qui ont fourni le capital. C'est le **bénéfice** qui rémunère le capital et constitue l'objectif de l'entreprise.
- La somme des valeurs ajoutées permet de calculer le **produit intérieur brut (PIB)** qui sert d'indicateur pour **évaluer la richesse d'un pays.** La **croissance,** mesurée par la **variation du PIB,** correspond à l'**augmentation soutenue et durable des richesses**, se traduit par une **augmentation du niveau de vie.**
- Les pays industrialisés s'installent dans la croissance au XIXe, grâce aux **révolutions industrielles**. Avec la **mondialisation**, on observe l'émergence de certaines régions. Depuis les années 1980, le rythme de croissance à l'échelle de la planète est soutenu. L'économie mondiale reste, malgré cette tendance à l'accroissement des richesses, en proie à des **périodes de crises**.
- L'accroissement des richesses ne signifie pas que les inégalités se réduisent, on observe même une **concentration inédite des richesses**. La croissance économique n'est pas toujours synonyme de bien-être. Elle contribue au **dérèglement climatique**, mettant en cause la **durabilité** de notre modèle.

LES MOTS IMPORTANTS

- Bénéfice
- Combinaison productive
- Croissance
- Facteur travail/facteur capital
- PIB
- Production non marchande/ production marchande
- Productivité

LE SCHÉMA IMPORTANT À RETENIR

Créer et mesurer les richesses

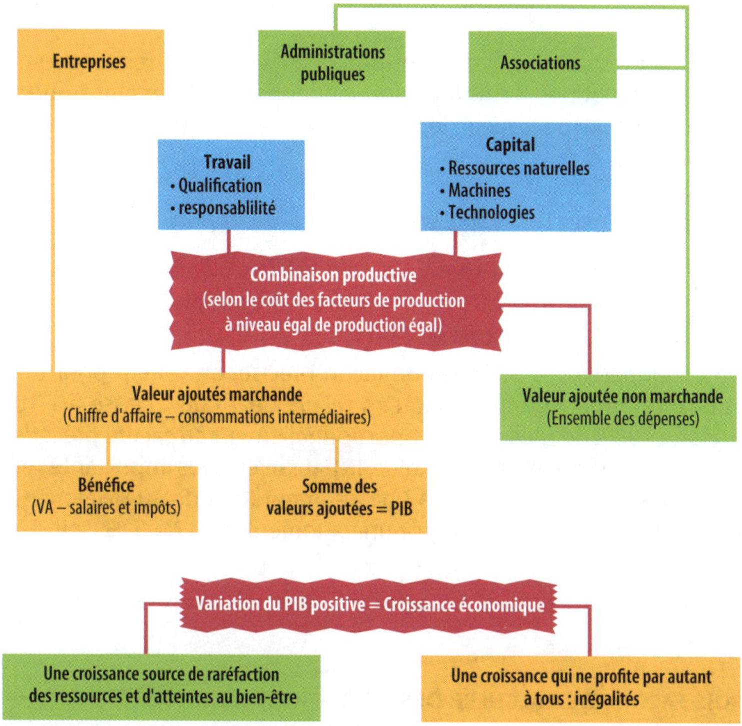

Quiz

1. Seules les entreprises produisent des richesses.
☐ Vrai ☐ Faux

2. La combinaison productive associe travail et capital.
☐ Vrai ☐ Faux

3. La productivité mesure l'efficacité des facteurs de production.
☐ Vrai ☐ Faux

4. La croissance, c'est l'augmentation des valeurs ajoutées.
☐ Vrai ☐ Faux

5. La croissance réduit les inégalités.
☐ Vrai ☐ Faux

6. La croissance économique accroît l'empreinte écologique humaine.
☐ Vrai ☐ Faux

→ Réponses p. 66

Calculer des variations

MÉTHODE

▶ Il faut pouvoir mesurer des évolutions pour justifier ou illustrer son argumentation. Mais les évolutions traduisent des variations plus ou moins importantes, qu'il s'agit de calculer de la façon le plus pertinente : celle qui donne du sens aux chiffres.

1. Évolution absolue et relative

▶ Selon les données dont on dispose, on peut calculer des **évolutions absolues**, c'est-à-dire une différence entre deux valeurs. Par exemple, si mon salaire passe de 2 000 € à 2 100 €, il augmente de 100 €.

▶ Mais pour comparer des données de façon précise, on optera pour un calcul d'**évolution relative**. En effet, lorsqu'un salaire de 1 000 € passe à 1 100 €, le salarié gagne 100 € de plus, mais proportionnellement au salaire précédent qui connaît la même augmentation absolue, la hausse est plus importante : en effet, 100 rapporté à 1 000 correspond à une augmentation de 10 %, alors que 100 rapporté à 2 000 ne correspond qu'à une augmentation de 5 %, soit deux fois moins.

▶ Une même évolution absolue correspond à des **évolutions relatives** très différentes.

2. Trois façons de calculer des évolutions relatives : taux de variation, coefficient multiplicateur et indice

▶ Le taux de variation (T) mesure la variation relative entre deux valeurs sur deux périodes différentes. On notera la valeur de départ Vd et la valeur d'arrivée Va.

$$\frac{T = (Va - Vd)}{Vd \times 100}$$

Le taux de variation s'exprime en %. Si T > 0, c'est une augmentation. Si T < 0, c'est une baisse.

▶ Le **coefficient multiplicateur (CM)** permet de savoir par combien a été multipliée une donnée.

$$\frac{CM = Va}{Vd}$$

Si CM > 1, la valeur donnée augmente.
Si 0 < CM < 1, la valeur donnée baisse.

Piège à éviter

Si entre deux périodes le taux de variation diminue (par exemple, + 5 %, puis + 2 %), on parlera d'un ralentissement de l'augmentation mais pas d'une baisse, puisque le taux reste positif.

- On privilégiera le coefficient multiplicateur dans le cas de fortes hausses. Par exemple, si sur une période donnée, le prix d'un produit passe de 2 à 5 €, on préférera expliquer que le prix du produit a été multiplié par 2,5, plutôt que de dire qu'il a augmenté de 150 % (même si ce chiffre est exact).
- L'**indice (I)** permet de mesurer l'évolution de valeurs par rapport à une valeur de référence. On choisit une valeur de référence qui servira de base, puis on attribue à cette valeur l'indice 100 (indice base 100).
- On transforme alors une série de données qu'on rapporte à cette valeur de base multipliée par 100.

$$\frac{I = Vn}{V \text{ de base} \times 100}$$

Si I > 100, la valeur donnée augmente.
Si I < 100, la valeur donnée baisse.

- À noter que **les indices n'ont pas d'unité**. On peut raisonner en % si on compare une donnée à la base. Mais on raisonnera en points d'indice si on compare deux données différentes de la base.

3. Relations entre les différentes formules

- **Entre indice et coefficient multiplicateur :**

$$I = CM \times 100 \text{ ou } CM = \frac{I}{100}$$

- **Entre taux de variation et indice :**

$$T = I - 100 \text{ ou } I = T + 100$$

- **Entre coefficient multiplicateur et taux de variation :**

$$CM = \left(\frac{T}{100}\right) + 1 \text{ ou } T = (CM - 1) \times 100$$

4. Calculer une croissance cumulée

- Lorsque des variations se succèdent, **pour connaître la variation totale**, il ne faut pas additionner les taux de variation des différentes périodes, mais les multiplier en passant par les coefficients multiplicateurs.
- On remplacera d'abord le taux de variation par un coefficient multiplicateur :

$1 + \left(\frac{T}{100}\right)$ en cas de hausse

$1 - \left(\frac{T}{100}\right)$ en cas de baisse

Exemple : si un pays a connu une augmentation de 3 % de son PIB une année puis de 5 % la suivante, sa croissance cumulée (ou globale) sera de :

$(1+\frac{3}{100}) \times (1+\frac{5}{100}) = 1{,}03 \times 1{,}05 = 1{,}0815$, soit une hausse de 8,15 %.

▶ Dans le cas particulier où les taux sont constants, comme pour un taux de croissance annuel moyen, on posera, pour n périodes :

$(1+\frac{T}{100})^n$

Exemple : le PIB d'un pays a augmenté de 2 % en moyenne pendant dix ans. L'augmentation globale (ou croissance cumulée) sera de :

$(1+\frac{2}{100})^{10} = 1{,}22$, soit une hausse de 22 %.

APPLICATION : EXERCICE CORRIGÉ

En 2017, la France avait un PIB de 2 500 milliards d'euros. L'Insee prévoit une augmentation de 90 milliards pour 2018. Dans le même temps, les salaires devraient augmenter de 1,2 % en moyenne. Enfin, le nombre de chômeurs, qui était de 2,9 millions en 2017, devrait passer à 2,7 millions.

QUESTIONS

1. Calculez le taux de variation du PIB entre 2017 et 2018.

2. Quel constat peut-on faire sur la hausse du PIB par rapport à celle des salaires. Que peut-on en déduire ?

3. Mesurez la baisse du nombre de chômeurs à l'aide d'un coefficient multiplicateur. Déduisez-en le taux de variation.

CORRIGÉ

1. Le PIB 2018 devrait s'élever à : 2 500 (valeur de départ) + 90 = 2 590 milliards d'euros (valeur d'arrivée). Le taux de variation du PIB entre 2017 et 2018 est donc de :

$$\frac{(2\,590 - 2\,500)}{2\,500 \times 100} = 3{,}6\ \%.$$

Entre 2017 et 2018, le PIB a augmenté de 3,6 %.

2. Si les salaires augmentent de 1,2 % en moyenne alors que le PIB augmente 3 fois plus (3,6/1,2), on peut donc en déduire que la croissance économique n'a que faiblement profité aux salariés.

3. CM = 2,7/2,9 (soit Va/Vd) = 0,93.

Calcul : (0,93 – 1) × 100 T= – 7 % Le nombre de chômeurs aura diminué de 7 %.

Lire et interpréter des valeurs nominales et réelles

MÉTHODE

- L'économie subit régulièrement une augmentation plus ou moins importante des prix : c'est l'**inflation**. Or, l'inflation modifie notre perception de la richesse. Le prix constaté correspond à la **valeur nominale** (prix courant). Mais un produit plus cher ne signifie pas qu'il a gagné en **valeur réelle**. Il faut donc retirer du calcul des valeurs les effets de l'inflation (valeur réelle ou prix constant).

1. Calculer l'inflation pour convertir une valeur nominale en valeur réelle

- Un ménage fait ses courses à un moment donné (T0) et remplit son chariot d'un certain nombre de produits représentant la consommation moyenne d'un ménage standard. Son ticket de caisse s'élève à 100 €.
- Ce même ménage fait les mêmes courses plus tard dans l'année (T1) et cette fois, le montant s'élève à 102 €. Il a acheté les mêmes produits, il ne s'est donc pas procuré de richesses supplémentaires. Il s'agit donc ici d'inflation (+ 2 %). Dans ce cas précis :

$$\frac{\text{valeur à T1} - \text{valeur à T0}}{\text{valeur à T0} \times 100}.$$

- L'Insee réalise le même calcul mais avec un plus grand nombre de biens et services pour déterminer l'**indice des prix** (cf. Méthode p. xx) qui sert à calculer l'**inflation moyenne**. C'est un indice en base 100.

2. Déflater une valeur

- Si l'économie connaît une année de croissance, cela revient à dire que le PIB a augmenté. Il passe par exemple de 2 000 milliards d'euros à 2 100 milliards. Sa valeur nominale a donc augmenté de 100 milliards d'euros, soit une hausse de 5 %.
- Si cette même année, les prix ont augmenté de 2 % en moyenne (soit un indice des prix à 102), on comprend qu'une partie de l'augmentation du PIB est liée à l'inflation. Ce n'est donc pas un supplément de richesse réelle.
- Pour connaître la valeur réelle du PIB, il faut retirer les effets de l'inflation (**déflater**). Il faut rapporter à la valeur du PIB d'arrivée l'indice des prix calculé par l'insee et multiplier par 100.

$$\frac{\text{PIB en valeur nominale}}{\text{indice des prix}} \times 100$$

Dans le cas présent, on fait le calcul suivant :

$$\frac{2\,100 \text{ milliards}}{102} \times 100 = 2\,059 \text{ milliards}$$

- Ces 2 059 milliards d'euros représentent le **PIB en valeur réelle** (on parle également de PIB en volume). Le PIB n'a donc pas augmenté de 100 milliards mais de 59 milliards d'euros.
- À noter que ce calcul peut aussi se faire sur l'évolution des salaires, pour connaître l'évolution réelle du pouvoir d'achat.

Remarque

Dans certains documents vous trouverez des termes différents pour présenter la même réalité :
- « valeur nominale » peut se traduire par « en monnaie courante » ou « en valeur » ;
- « valeur réelle » peut se traduire par « en monnaie constante » ou « en volume ».

APPLICATION : EXERCICE CORRIGÉ

En France, entre 2017 et 2018, le PIB en valeur nominale est passé de 2 500 à 2 600 milliards d'euros. Entre 2017 et 2018, les prix ont augmenté en général de 1,8 % (taux d'inflation). Dans le même temps, le salaire minimum net mensuel (SMIC) est passé de 1 180 à 1 188 euros.

QUESTIONS

1. Calculez le PIB en valeur réelle de 2018 compte tenu de la hausse des prix.

2. Calculez le SMIC réel en 2018.

3. Le pays s'est-il enrichi ? Justifiez.

4. Les salariés payés au SMIC ont-ils gagné en pouvoir d'achat ? Justifiez.

CORRIGÉ

1. On pose : $\frac{\text{PIB en valeur nominale de 2018}}{2\,500 \times 100} \times 100$

Soit : $\frac{2\,600}{101{,}8} \times 100 = 2\,554$ milliards d'euros

Le PIB réel (ou en volume) est donc de 2 554 milliards d'euros, une fois les effets de l'inflation supprimés.

2. On pose : $\frac{\text{SMIC 2018}}{\text{indice des prix}} \times 100$

Soit : $\frac{1\,188}{101{,}8} \times 100 = 1\,167$ €

3. Le pays s'est enrichi, puisque le PIB a gagné en volume 54 milliards d'euros.

4. Les salariés payés au SMIC ont vu leur pouvoir d'achat baisser, car leur salaire réel a perdu 13 euros.

Stocks et flux en économie

▶ Il faut distinguer, en économie, les stocks des flux. En effet, à un moment donné, nous disposons de richesses (ou de dettes) : c'est un **stock**. Mais ces richesses (ou dettes) peuvent augmenter ou baisser sous l'effet d'un **flux** (épargne ou consommation par exemple).

1. Au niveau micro-économique

▶ Un ménage reçoit chaque mois un ensemble de revenus : salaires, allocations familiales… L'ensemble de ces revenus se renouvelle chaque mois : c'est donc un **flux** qui alimente régulièrement le foyer.

▶ Ce ménage dispose de comptes d'épargne, d'une maison et d'un studio. Cet ensemble de ressources correspond à un **stock**, appelé aussi « patrimoine ».

▶ On peut dès lors raisonner en termes de stocks et de flux. Si chaque mois ce ménage consomme 80 % de ses revenus, c'est un **flux**. Il lui reste 20 % qu'il consacre à augmenter son épargne (**le flux de 20 % du revenu non consommé alimente le stock d'épargne** préexistant).

▶ Par ailleurs, le stock de richesses dont dispose ce ménage (patrimoine immobilier, compte épargne) lui procure des revenus comme le loyer du studio loué ou les intérêts perçus sur le livret. Ici, **le stock génère des flux de revenus**.

2. Au niveau macro-économique

▶ Au niveau macro-économique, on peut considérer que **le PIB constitue un flux de richesses** que l'ensemble des agents économiques produit chaque année et dont ils vont pouvoir disposer.

▶ À partir de ces richesses créées, les agents vont pouvoir **consommer** (flux) pour satisfaire leurs besoins mais aussi **investir** (flux) pour reconstituer, voire augmenter, leur stock de capital.

▶ Ainsi, grâce au flux de richesses créées par l'activité économique, les entreprises peuvent maintenir leur capacité de production en remplaçant le matériel usé et même augmenter cette capacité en investissant dans un nombre plus important de machines ou dans des machines aux technologies plus avancées. Elles assurent ainsi leur capacité à **produire des richesses** (flux) sur le long terme.

▶ L'État joue également un rôle important en prélevant une partie de la richesse à travers **taxes et impôts** (flux). Il construit des infrastructures publiques (écoles, hôpitaux, routes…), qui constitueront un **stock de biens publics** permettant d'améliorer le bien-être de la population sur des décennies. Ces biens publics jouent un rôle important dans la capacité d'un pays à faire croître son PIB.

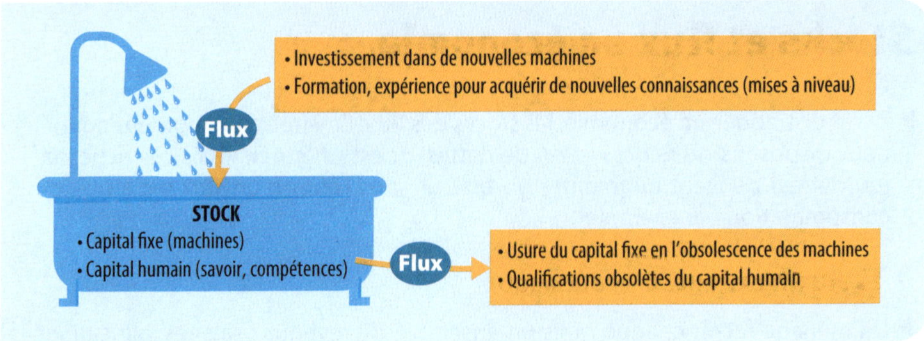

APPLICATION : EXERCICE CORRIGÉ

QUESTIONS

Déterminez, pour chaque situation, s'il s'agit d'un stock ou d'un flux.

1. Un ouvrier reçoit son salaire.
2. La population française a augmenté de 230 000 personnes en 2017.
3. Un ménage possède 10 000 euros sur son compte en banque.
4. J'achète pour 34 euros de fruits et légumes.
5. L'État a un déficit public de 40 milliards d'euros.
6. L'État a une dette de 2 000 milliards d'euros.
7. La population française est de 67 millions d'habitants.
8. J'ai 2 kg de fruits et légumes dans mon réfrigérateur.

CORRIGÉ

1. Flux de revenu.
2. Flux de population, un accroissement démographique.
3. Stock d'argent.
4. Flux de consommation.
5. Flux de dépenses.
6. Stock d'argent que l'État doit (alimenté par les déficits successifs).
7. Stock de population.
8. Stock d'aliment.

Vérifiez vos connaissances

1 Questions courtes

1. Qu'est-ce qui différencie une entreprise d'une administration ?
2. Comment l'entreprise choisit-elle sa combinaison productive ?
3. Qu'est-ce qui distingue le chiffre d'affaires de la valeur ajoutée ?
4. Pourquoi les entreprises substituent-elles parfois du capital au travail ?
5. Comment la croissance économique est-elle mesurée ?
6. Pourquoi la croissance mondiale actuelle est-elle difficilement soutenable ?

Exercices d'entraînement

1 Trouver le meilleur choix de combinaison productive

Une entreprise artisanale produit des pâtes fraiches. Le coût horaire du travail est de 10 euros, la valeur du capital est de 500 euros par machine. Le prix de vente du paquet de 1 kg est de 5 euros. Le chef d'entreprise, pour choisir sa combinaison productive dispose des données suivantes :

	Facteur travail	Facteur capital	Quantités maximales produites en kg
Combinaison 1	100 heures	2 machines	900 kg
Combinaison 2	130 heures	1 machine	700 kg

1. Calculez le coût de chacune des combinaisons, puis calculez le chiffre d'affaires (CA) de l'entreprise si elle vend les quantités maximales produites des deux combinaisons.
2. Quelle combinaison l'entreprise choisira-t-elle? Justifiez votre réponse

2 Mesurer la valeur ajoutée (VA)

Dans cette même entreprise, chaque kg de pâtes produit nécessite les dépenses suivantes : 0,50 € de matières premières (œuf, farine, eau) ; 0,20 € d'électricité ; 0,10 € d'emballage.

1. En partant de la combinaison productive choisie précédemment, calculez la valeur ajoutée de l'entreprise.
2. Cette entreprise est-elle rentable? Justifiez par le calcul.

3 Exploiter un graphique

Évolution mondiale de l'extraction de ressources naturelles, du PIB et de la population de 1980 à 2013

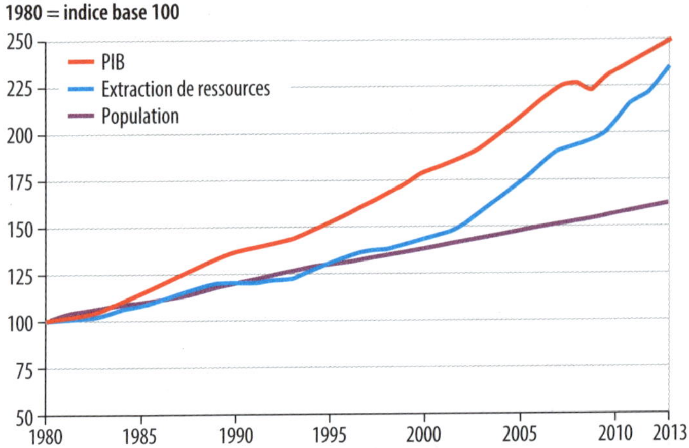

Source : Cécile Désaunay et Éric Vidalenc, « *Ressources naturelles : pénurie ou abondance ?* », Futuribles, octobre 2016.

1. Calculez l'évolution du PIB, de l'extraction des ressources et de la population sur l'ensemble de la période.

2. Que montrent ces trois évolutions ?

3. Quels explications peut-on fournir à ces évolutions ?

4 Analyser un texte

Sur la période 2001-2014, le niveau de vie moyen des plus riches a augmenté de 16 % tandis que celui des 10 % les plus pauvres n'a augmenté que de 0,9 %. […] Depuis la crise financière de 2008, les inégalités s'aggravent puisque le niveau de vie moyen des 10 % les plus modestes a baissé de 360 euros entre 2008 et 2011 et que ce phénomène risque de perdurer au regard du niveau de chômage en France. […] La baisse du niveau de vie s'explique plutôt par une augmentation des emplois précaires […], une hausse du chômage et une évolution de la composition des ménages. […] En 2010, les 10 % les plus riches possédaient 48 % du patrimoine total en France alors que les 20 % les moins riches en possédaient une quantité négligeable. Cette répartition est le résultat d'un accroissement de 47 % du patrimoine des ménages les plus riches entre 2004 et 2010 contre seulement 9 % pour les ménages les plus pauvres. Ces patrimoines se transférant au fil des générations assurent la reproduction des inégalités dans le temps.

Emmanuelle Taugourdeau, « Pourquoi les inégalités de revenus et de patrimoine s'accroissent-elles à nouveau ? », Cahiers français, 2015.

1. Quel constat l'auteur fait-il ?
2. Quels éléments du texte permettent de valider ce constat ?
3. Quelle différence peut-on faire entre revenu et patrimoine ?
4. Quels sont les facteurs explicatifs fournis par l'auteur ?

5 Analyser un tableau

La répartition des entreprises en France en 2016 selon leur taille

	Nombre	Effectif salarié (en %)	Chiffre d'affaires (en %)
Micro-entreprises (MIC)	3 553 923	<u>20</u>	14
Petites et moyennes entreprises (PME)	136 468	29	22
Entreprises de taille intermédiaire (ETI)	5 121	24	29
Grandes entreprises (GE)	<u>248</u>	27	35
Ensemble	3 695 760	100	100

Source : Insee, « Les entreprises en France », 2017.

1. Donnez un exemple d'entreprise pour chaque taille
2. Rédigez une phrase présentant les données soulignées.
3. Calculez la proportion de micro-entreprises et de grandes entreprises en France.
4. Quel type d'entreprise a le poids économique le plus important ?

Quiz

1 Faux. Les administrations produisent des richesses également (non marchandes). **2 Vrai.** Il faut de la main-d'œuvre et des outils ou machines pour produire. **3 Vrai.** La productivité mesure un rendement des facteurs de production, donc leur efficacité. **4 Vrai.** Le PIB correspond à la somme des valeurs ajoutées. Si les valeurs ajoutées augmentent, le PIB croît, c'est la croissance économique. **5 Faux.** Ce n'est pas parce que le volume des richesses augmente qu'elles se répartissent de façon équitable. **6 Vrai.** L'augmentation de la production et de la consommation ne permettent pas aux ressources de se renouveler.

Vérifiez vos connaissances

1 Questions courtes

1. Une entreprise a pour objectif de réaliser des bénéfices ; c'est pourquoi elle cherche à vendre et donc produire le plus possible au moindre coût. Une administration ne fait pas de bénéfice en produisant des services non marchands. Offrant sa production à la population, son but est de servir au mieux les usagers des services publics.

2. Une entreprise cherche à réaliser un maximum de profits. Elle choisira donc l'association capital-travail qui lui coûte le moins à production égale.

3. Le chiffre d'affaires correspond aux recettes de l'entreprise (l'argent qui entre dans les caisses au moment de la vente). Pour produire et donc vendre, l'entreprise a utilisé des matériaux, de l'énergie qu'elle n'a pas produits elle-même et a dû les acheter à d'autres entreprises. Il faudra donc déduire du chiffre d'affaires ces dépenses pour mesurer la valeur ajoutée.

4. La substitution du capital au travail revient à remplacer l'homme par des machines (robotisation par exemple). L'entreprise opère parfois cette substitution, car la productivité des machines comparée à leur coût est souvent meilleure que de recourir au travail humain. Elles augmentent ainsi leurs gains.

5. La croissance économique se mesure à partir des variations du PIB (somme des valeurs ajoutées) entre deux périodes. On utilise un taux de variation qui permet d'exprimer la croissance en %.

6. La croissance économique soutenue que l'on observe à l'échelle de la planète puise dans des stocks de ressources (forêts, pétrole, eau) qui ne se renouvellent pas dans les mêmes proportions que leur exploitation. On assiste donc à un épuisement de certaines ressources naturelles. Par ailleurs, la production de richesses crée des nuisances, comme la pollution ou le dérèglement climatique, ce qui dégrade le bien-être des populations. Pour ces raisons, il est difficile de continuer ainsi sans mettre en cause l'avenir des générations futures.

Exercices d'entraînement

1 Trouver le meilleur choix de combinaison productive

1. Coût de la combinaison 1 : (100 heures × 10 €) + (2 machines × 500 €) = 2 000 €

Coût de la combinaison 2 : (130 heures × 10 €) + (1 machine × 500 €) = 1 800 €

Chiffre d'affaires (CA) de la combinaison 1 : 900 kg × 5 €= 4 500 €

Chiffre d'affaires de la combinaison 2 : 700 kg × 5 €= 3 500 €

2. L'entreprise choisira la première combinaison car c'est celle qui offre la situation la plus rentable :

CA – coût de la combinaison

Combinaison 1 : 4 500 – 2 000 = 2 500 €

Combinaison 2 : 3 500 – 1 800 = 1 700 €

2 Mesurer la valeur ajoutée (VA)

1. Valeur ajoutée = CA – consommations intermédiaires

(prix × quantités vendues) – (prix des matières premières × quantités)

VA = 4 500 – 900 × (0,5 + 0,2 + 0,1)= 4 500 – 720 = 3 780 €

2. Pour être rentable, l'entreprise doit dégager des bénéfices. Les bénéfices correspondent au chiffre d'affaires moins l'ensemble des dépenses consacrées à produire. Dans ce cas :

4 500 (CA) – 2 000 (coût des facteurs) – 720 (consommations intermédiaires) = 1 780 €

Cette entreprise est rentable car elle dégage un bénéfice de 1 780 €.

3 Exploiter un graphique

1. Entre 1980 et 2016, le PIB mondial, en passant de l'indice 100 à l'indice 250, a augmenté de 150 %. Il a été multiplié par 2,5. L'exploitation des ressources a augmenté de 130 %, elle a donc été multipliée par 2,3. La population a progressé d'environ 60 %.

2. On constate une corrélation positive entre ces trois valeurs puisqu'elles évoluent dans un sens similaire. La croissance mondiale est plus forte que celle de la population. L'évolution de l'extraction des ressources qui suivait jusqu'en 2000 celle de la population voit son rythme progresser plus vite ensuite.

3. La croissance s'est étendu à des pays importants en terme de population comme l'Inde ou la Chine. Or, jusqu'aux années 1980, ces pays étaient relativement pauvres. Le rattrapage économique qu'ils opèrent nécessite une exploitation de ressources croissante. Dans le même temps, la poursuite de la croissance dans les pays développés, appuyée sur une consommation élevée, accentue cette exploitation.

4 Analyser un texte

1. L'auteur fait le constat que les inégalités de revenus et de patrimoine ont progressé après 2001.

2. Entre 2001 et 2014, le niveau de vie des plus riches a augmenté 16 fois plus que celui des plus pauvres. Ces derniers ont même vu, après la crise de 2008, leur niveau de vie baisser de 360 euros. En terme de patrimoine, les plus riche ont connu une augmentation 5 fois plus forte que celle des plus pauvres (47 % contre 9 %).

3. Un revenu est un flux de richesses correspondant le plus souvent à la rémunération d'un travail ou à des prestations sociales. Le patrimoine est un stock de richesses qui a été accumulé sous forme d'épargne ou de biens (immobilier).

4. Les facteurs qui expliquent l'accroissement des inégalités de revenus sont le chômage (la perte d'emploi réduit le revenu), la précarité (les emplois instables sont souvent mal payés et impliquent des retours réguliers au chômage) et l'évolution de la composition des ménages (par exemple la montée des familles monoparentales, qui réduit le niveau de vie moyen du foyer).

Pour le patrimoine, un des éléments explicatifs que l'auteur met en avant est le fait qu'il s'accumule dans le temps, car on peut transférer son patrimoine aux générations suivantes (héritage, donation).

5 Analyser un tableau

1. Micro-entreprise : un artisan taxi ou boulanger

PME : une société de taxis ou une boulangerie industrielle

ETI : le journal *Le Monde* ou l'entreprise Picard surgelés

GE : les entreprises Orange ou Renault

2. D'après l'Insee, il y avait 248 grandes entreprises en France en 2016. D'après l'Insee, les micro-entreprises représentaient 20 % de l'ensemble des salariés en Fance en 2016.

3. Proportion de micro-entreprises en France en 2016 :

$$\frac{3\ 553\ 923}{3\ 695\ 760 \times 100} = 96\ \%$$

Proportion de grandes entreprises en France en 2016 :

$$\frac{248}{695\ 760 \times 100} = 0{,}007\ \%$$

4. Les micro-entreprises sont de très loin les plus nombreuses et représentent 96 % de l'ensemble des entreprises en France. En revanche, elles n'emploient que 20 % des salariés et ne réalisent que 14 % du chiffre d'affaires. Malgré leur nombre, elles ont donc un poids économique relativement faible. À l'inverse, les grandes entreprises sont très peu nombreuses, mais compte tenu de leur taille, elles emploient plus du quart des salariés français et réalisent à elles seules plus du tiers du chiffres d'affaires des entreprises françaises.

CHAPITRE

2 Comment se forment les prix sur un marché ?

1 Qu'est-ce qu'un marché?

De quoi s'agit-il ? **L'économie de marché s'est imposée. Mais il faut distinguer le marché en tant qu'outil théorique, des marchés particuliers. Il n'y a pas un seul marché, mais des marchés.**

1 Le marché, un mode de régulation de l'activité économique

• Le marché est le **lieu de rencontre de l'offre** (vendeurs) **et de la demande** (acheteurs), qui conduit à la formation d'un prix.

• Les vendeurs souhaitent vendre le plus cher possible pour maximiser leurs gains, alors que les acheteurs cherchent à payer le moins possible pour satisfaire leurs besoins. **Le marché permet de trouver un point d'équilibre** où l'**offre est égale à la demande** grâce à la flexibilité du prix. Des intérêts divergents deviennent alors compatibles (**Doc.**).

• Pour le libéralisme économique, le marché est le moyen le plus sûr d'orienter les conduites des agents vers la situation optimale pour l'économie.

2 La multiplicité des marchés

• **Il y autant de marchés que de biens et services à échanger.** Le marché se matérialise parfois dans certains lieux : le **marché du centre-ville,** par exemple, est un lieu de rencontre entre vendeurs et acheteurs. D'autres sont plus spécialisés, comme la **criée aux poissons** dans les ports de pêche où, chaque jour, en fonction des quantités de poissons de telle ou telle espèce, les prix peuvent varier fortement.

• **On échange également des services**. Le marché du tourisme, du loisir ou encore de la livraison sont des marchés en croissance, où la concurrence entre offreurs est importante pour répondre à une demande en expansion.

• Certains marchés sont plus importants et divisés en « **sous-marchés** ». On parlera par exemple du marché de l'automobile, qui ne se matérialise dans aucun lieu unique et se subdivise en différentes catégories (marché du neuf, de l'occasion, des « citadines » ou des SUV). C'est le même principe pour le marché de l'immobilier ou du textile par exemple.

• On parle également de marché pour le **travail**, les **devises** et les **capitaux financiers**. En théorie, ils fonctionnent comme les autres, mais en pratique, ils peuvent être encadrés par des règles particulières.

Doc. **Quand marché rime avec société**

– Quand tu achètes une baguette chez ta boulangère, me demande un ami économiste, pourquoi te la vend-elle ?

– C'est son métier…

– C'est surtout son intérêt. Elle préfère avoir 1 euro plutôt qu'une baguette…

– C'est normal : la baguette lui a coûté beaucoup moins cher.

– Exactement. Et pourquoi est-ce que tu lui achètes sa baguette ?

– Parce que j'ai besoin de pain…

– Sans doute. Mais tu pourrais faire ton pain toi-même. La vraie raison c'est que tu préfères avoir une baguette plutôt que 1 euro.

– Bien sûr ! La baguette, si je devais la fabriquer moi-même, me reviendrait, temps de travail compris, beaucoup plus cher…

– Tu commences à comprendre ce que c'est que le marché. Elle vend son pain par intérêt, tu l'achètes par intérêt, et chacun y trouve son compte.

– C'est le triomphe de l'égoïsme…

– C'est surtout le triomphe de l'intelligence ! Faire son pain, passe encore. Mais qui pourrait se fabriquer une voiture ou une machine à laver ? […] Je reviens à ta boulangère. Tu pourrais aller chez un de ses concurrents. Pourquoi vas-tu chez elle ?

– Parce que son pain est meilleur.

– Elle a donc intérêt à faire le meilleur pain possible. Mais l'achèterais-tu à n'importe quel prix ?

– Sans doute pas.

– Pour te garder comme client, elle a intérêt, dans une économie concurrentielle, à t'offrir le meilleur rapport qualité-prix possible. C'est aussi ce que tu souhaites. Vos intérêts ne sont pas seulement complémentaires, ils sont convergents !

André Comte-Sponville, *Dictionnaire philosophique*, © PUF, 2001.

Vocabulaire

Marché : lieu fictif ou réel où se rencontrent l'offre et la demande pour donner naissance à un échange.

Flexibilité du prix : capacité du prix à varier librement en fonction de l'offre et de la demande.

Libéralisme économique : doctrine selon laquelle les libertés économiques (propriété privée, liberté d'entreprendre, libre-échange) sont souhaitables. La régulation de l'économie par le marché doit l'emporter sur l'intervention de l'État.

Concurrence : structure d'un marché qui se caractérise par une pluralité d'entreprises en compétition les unes avec les autres pour bénéficier de la préférence des consommateurs.

2 Comment se détermine l'offre sur un marché ?

De quoi s'agit-il ? **Le niveau des quantités offertes par les producteurs sur un marché dépend de plusieurs facteurs. Les coûts de production et le prix du marché sont déterminants pour fixer la courbe d'offre.**

1 L'influence du coût de production sur l'offre

- Le premier élément que le producteur doit connaître est son **coût de production**, appelé aussi « prix de revient ».
- Ce coût de production est composé de divers éléments :
  – des coûts fixes qui restent stables quel que soit son niveau de production. Le loyer d'un restaurant, par exemple, est le même, qu'il serve peu ou beaucoup de repas ;
  – des coûts variables qui dépendent, eux, des quantités produites. Le restaurant devra dépenser en ingrédients ou en énergie (électricité, gaz) autant qu'il aura à servir de repas.
- Une fois ses coûts connus, et compte tenu du prix du marché, le producteur sait à partir de quel chiffre d'affaires il couvre ses dépenses. Il détermine ainsi son seuil de rentabilité.

2 Le lien entre prix du marché et offre

- Dans un marché concurrentiel, il y a plusieurs offreurs. Sur un même marché, le producteur doit tenir compte des prix proposés par ses concurrents. On dit qu'il est « preneur de prix ».
- Tant que le prix est supérieur à ses dépenses, le producteur est incité à produire davantage pour augmenter ses gains. **L'offre est donc une fonction croissante du prix** : plus le prix augmente, plus les quantités offertes augmentent elles aussi (**Doc.**).
- Prenons l'exemple des pêcheurs : pêcher du poisson a un coût (chalutier, carburants, marin-pêcheurs). Si le poisson est abondant et facile d'accès, les coûts seront peu élevés. À mesure qu'il se raréfie sous l'effet d'une consommation croissante, son prix augmente. Cette augmentation du prix permet aux producteurs d'aller pêcher des espèces plus lointaines, plus profondes ou plus techniques à exploiter : **il augmentera donc son offre**. Si le prix vient à baisser, il cessera d'exploiter les bancs de poissons dont les coûts de production sont supérieurs au prix de vente : **il réduira son offre.**

Doc. La courbe d'offre

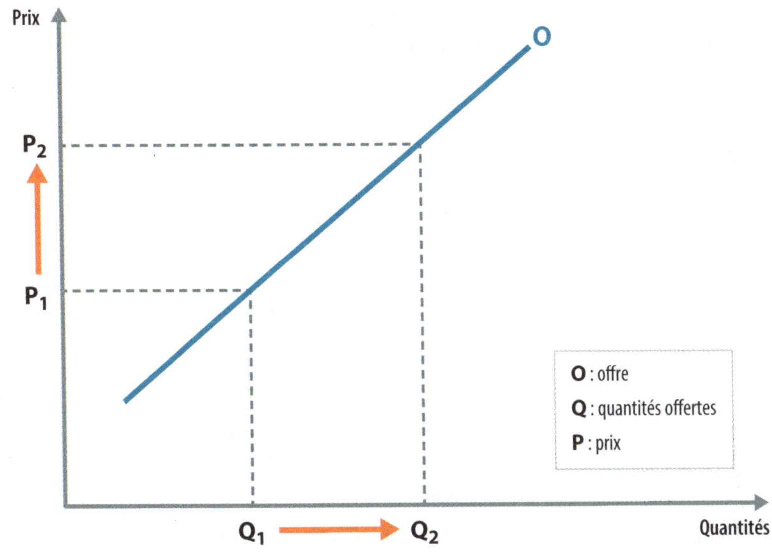

Vocabulaire

Coût fixe : coût qui ne varie pas proportionnellement à la production. Il progresse par palier. L'achat d'une machine représente un coût fixe jusqu'à ce qu'elle soit utilisée au maximum et qu'on doive en acheter une nouvelle.

Coût variable : coût qui varie selon le niveau d'activité. Les matières premières sont des coûts variables.

Seuil de rentabilité : niveau de production ou de prix à partir duquel les recettes couvrent l'ensemble des coûts de production. En dessous de ce seuil, l'entreprise fait des pertes. Au-delà, elle réalise des bénéfices.

Preneur de prix : en situation de concurrence (plusieurs offreurs sur un marché), le prix s'impose à tous les producteurs. Si tous les vendeurs de kebab d'une ville proposent un prix à 6 €, personne ne pourra vendre les siens à 7 €, car aucun client n'aura intérêt à les lui acheter à ce prix.

3 Comment se détermine la demande sur un marché ?

De quoi s'agit-il ? **Le volume des quantités demandées dépend de plusieurs variables. L'utilité, le prix et le revenu déterminent le choix du consommateur.**

1 L'utilité du consommateur

- L'utilité peut se traduire par la **satisfaction que ressent un individu quand il consomme un bien**. Elle est liée à la notion de besoin ou d'envie.
- En théorie, plus nous consommons un bien, plus la satisfaction ressentie baisse. La rapidité avec laquelle la satisfaction diminue diffère selon les biens et selon les goûts des individus. **L'utilité du consommateur est donc propre à chacun** (même si les phénomènes de mode ont également une influence).

2 Demande et variation du prix

- Si l'utilité du consommateur décroît à mesure qu'il consomme un bien, il sera moins enclin à payer le même prix pour un produit qui lui procure moins de satisfaction. **La demande est donc une fonction décroissante du prix** (**Doc.**).
- En revanche, si le prix baisse, il sera incité à consommer davantage, puisque la baisse de son plaisir est compensée par la baisse du prix.
- On peut mesurer le niveau de variation de la demande en fonction des variations du prix à l'aide de l'**élasticité de la demande par rapport au prix** (cf. Méthode p. 82).

3 Demande et variation du revenu

- Notre niveau de consommation est fixé par le revenu dont nous disposons (contrainte budgétaire). **Le niveau de la demande dépendra donc des ressources du consommateur**. Associé aux prix, il détermine notre pouvoir d'achat.
- Quand les premières automobiles arrivent sur le marché au début du XXe siècle, elles sont coûteuses et la demande est limitée aux catégories les plus fortunées de la population. Avec les procédés industriels développés par Ford, le prix d'une automobile chute (le prix de la Ford T sera divisé par 3 entre 1908 et 1920) et on observe les premiers embouteillages dans les villes américaines. C'est bien la baisse du prix conjuguée à l'augmentation des revenus et au désir collectif de posséder une automobile qui feront exploser la demande au cours du XXe siècle.

- Cependant, la demande ne varie pas proportionnellement au revenu, car tous les biens ne procurent pas les mêmes satisfactions. Nous serions donc prêts à sacrifier plus ou moins de notre revenu **en fonction de l'utilité que le bien nous procure**.
- Si ses revenus augmentent, le consommateur ne va pas consommer davantage de sel ou d'huile (bien inférieur). En revanche, il sera davantage tenté d'aller plus souvent au cinéma, qui lui procure plus de plaisir (bien supérieur). Ces variations de la consommation par rapport au revenu se mesurent par l'**élasticité de la demande par rapport au revenu** (cf. Méthode p. 82).
- Enfin, l'existence de **biens de substitution** (remplacer la viande de bœuf par de la volaille), de **déterminants socioculturels** (âge, sexe, milieu social) ou le **contexte** économique et social peuvent également modifier le niveau de la demande.

Doc. La courbe de demande

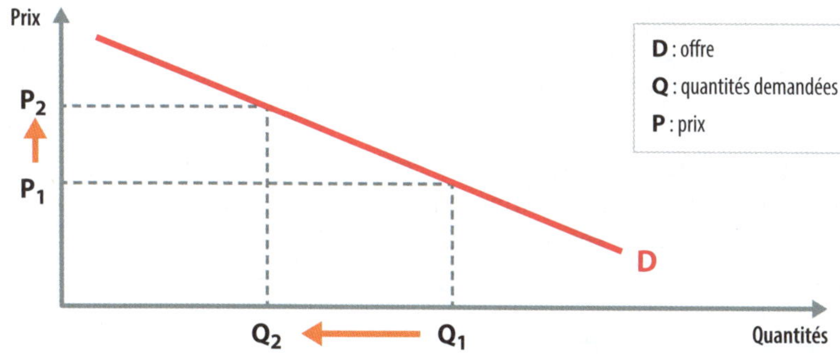

Vocabulaire

Utilité : satisfaction procurée par l'obtention d'un bien ou d'un service.

Élasticité : mesure de la sensibilité de la demande à une variation du prix ou du revenu. Pour la calculer, on rapporte la variation de la demande à la variation du prix ou du revenu.

Pouvoir d'achat : capacité d'un agent à consommer en fonction du revenu dont il dispose.

Bien inférieur : bien dont la quantité demandée diminue avec le revenu.

Bien supérieur : bien dont la quantité demandée augmente plus vite que le revenu (ex. : biens culturels).

4 Comment le prix se fixe-t-il et se modifie-t-il ?

De quoi s'agit-il ? **Sous l'influence des variations de l'offre et de la demande, le marché voit son prix évoluer. Quels sont les mécanismes régulateurs à l'œuvre ?**

Vidéo

1 Les facteurs d'évolution de l'offre et de la demande

- Tout d'abord, il existe des **facteurs économiques** qui créent un déplacement de la courbe de demande. Le **revenu** est déterminant : lorsque celui-ci augmente, la courbe de demande pour un bien donné se déplace vers la droite ; pour tous les niveaux de prix, la consommation augmente (**Doc. 1**).
- En outre, la **variation du prix des autres biens consommés** peut modifier la courbe de demande. L'augmentation du prix du carburant peut ainsi obliger à réduire sa consommation dans d'autres secteurs.
- Pour la courbe d'offre, le déplacement est principalement conditionné par le **coût des facteurs de production**. En effet, un prix de revient moins élevé pour le producteur l'incite à produire davantage. La courbe d'offre se déplace alors vers la droite (**Doc. 2**).
- Les **changements technologiques** sont également à l'origine de déplacements. Les innovations dans l'industrie informatique et la baisse des coûts de production déplacent la courbe d'offre vers la droite.

2 Marché et prix d'équilibre

- Si le niveau de la demande augmente brusquement et que le niveau de l'offre reste le même, on se trouve en situation de **pénurie. Le prix n'assure plus l'équilibre entre l'offre et la demande.**
- Les consommateurs entrent alors en concurrence entre eux et sont prêts à payer davantage pour le bien convoité. Le prix augmente jusqu'à ce que le nombre d'acheteurs disposés à payer se réduise au niveau des quantités offertes.
- **Le marché permet donc de trouver un nouveau prix** qui assure l'égalité entre offre et demande : le prix d'équilibre. Cette capacité à ajuster en permanence offre et demande par le prix fait dire que le marché est **autorégulateur** (il revient par lui-même à l'équilibre).
- Si à l'inverse, l'offre augmente et que la demande reste identique, le prix baissera, pour inciter de nouveaux acheteurs à demander le bien dans ces nouvelles conditions. **C'est la loi de l'offre et de la demande.**

Doc. 1 **Le déplacement de la courbe de demande**

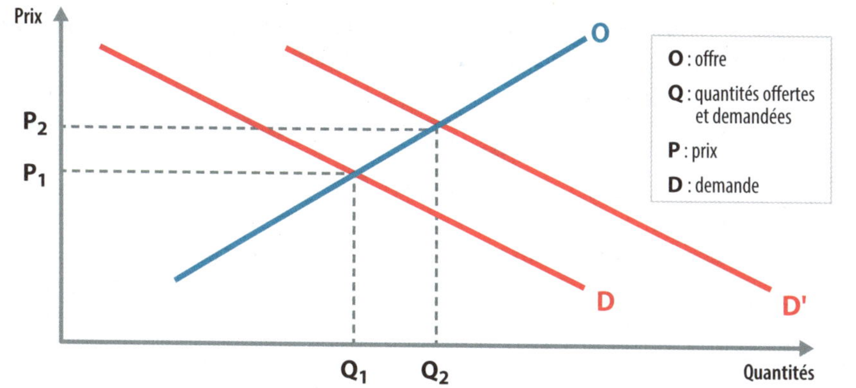

On observe ici une augmentation de la demande qui passe de D à D', ce qui crée un nouveau prix d'équilibre plus élevé P_2.

Doc. 2 **Le déplacement de la courbe d'offre**

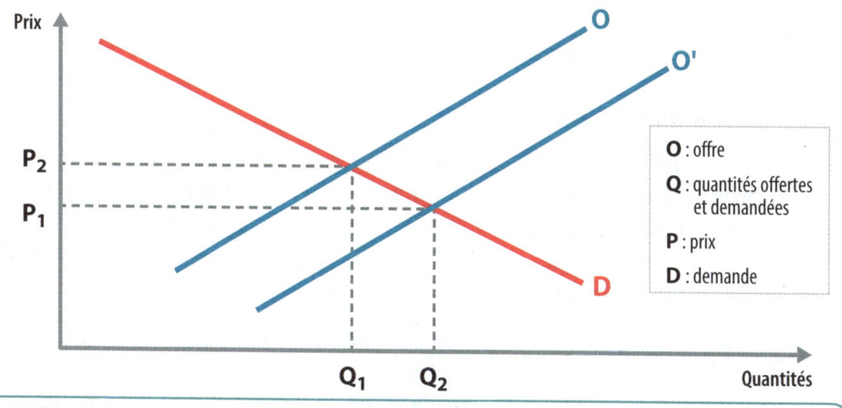

Ici, c'est l'offre qui augmente passant de 0 à 0', ce qui entraîne la baisse du prix d'équilibre de P_2 à P_1.

Vocabulaire

Courbe de demande : représentation graphique des quantités de marchandises que les acheteurs sont prêts à acheter pour un prix donné.

Courbe d'offre : représentation graphique des quantités de marchandises que les vendeurs sont prêts à offrir pour un prix donné.

Prix d'équilibre : prix qui assure, sur un marché, l'égalité entre les quantités offertes et demandées. Graphiquement, c'est le point de rencontre des courbes d'offre et de demande.

5 Le rôle de l'État dans la fixation du prix

De quoi s'agit-il ? **Pour certains biens ou services, l'État peut intervenir et influencer la fixation du prix. Quels sont les effets de l'intervention de l'État sur l'équilibre du marché ?**

1 Les effets des taxes et des subventions sur l'équilibre du marché

- L'État, à travers des taxes, peut **fixer un prix élevé** pour dissuader les consommateurs et protéger leur santé (tabac, alcool). Les études montrent que l'augmentation du prix du tabac est l'une des raisons du recul de la consommation (**Doc. 1**).
- Pour protéger l'environnement, il a également mis en place une **taxe sur les produits émetteurs en gaz à effet de serre** (GES). Cette « taxe carbone » cherche à orienter les conduites des agents qui les produisent ou qui les consomment, afin d'en réduire la production (**Doc. 2**).
- C'est le principe « **pollueur-payeur** ». En augmentant le prix du bien responsable de l'émission de GES, on s'attend à ce que la demande du bien en question régresse. On mise bien sur des **mécanismes de marché pour protéger l'environnement**. Une partie des taxes sur les carburants visent ainsi à inciter les personnes à opter pour d'autres modes de transports.
- L'État peut également **subventionner certains produits**. En versant une prime déductible du prix du produit ou des impôts, l'État incite les consommateurs à choisir des produits faiblement émetteurs en GES (principe du bonus/malus).
- Deux domaines sont privilégiés pour les subventions :

- **l'automobile** (subventions afin de faciliter l'achat de véhicules électriques ou hybrides et de réduire le parc de voitures à moteur thermique) ;
- **l'isolation de l'habitat** (subventions pour réduire la consommation énergétique des logements : pompes à chaleur, double vitrage).

2 Le rôle des prix planchers et des prix plafonds

- Un prix plancher désigne la valeur en dessous de laquelle un bien ou un service ne peut être vendu. L'État impose ce prix minimum **pour protéger un secteur d'activité** en lui assurant des revenus acceptables. Sans ce prix, les mécanismes de marché peuvent entraîner les prix en dessous des coûts de production, ce qui condamnerait les producteurs à la faillite.
- Un prix plafond est la valeur au-dessus de laquelle un bien ou un service ne peut être vendu sur un marché. L'État fixe un prix plafond **pour maintenir l'accès à certains biens ou services**. Il s'agit de **protéger le consommateur** de tarifs abusifs qui le priveraient de biens jugés fondamentaux (loyers encadrés dans certaines grandes villes).

Doc. 1 Les effets de la taxe carbone

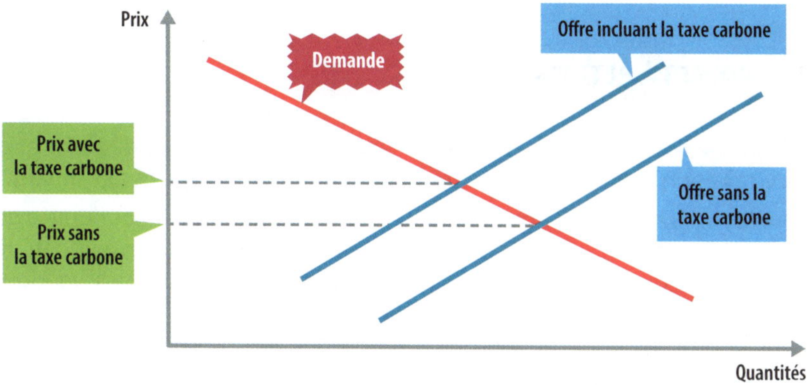

L'introduction d'une taxe carbone engendre une augmentation du prix d'équilibre. La demande recule, ce qui conduit les producteurs à réduire les quantités offertes et les incite à trouver des solutions moins émettrices de GES pour préserver leur niveau d'activité.

Doc. 2 Évolution du prix du tabac et de sa consommation

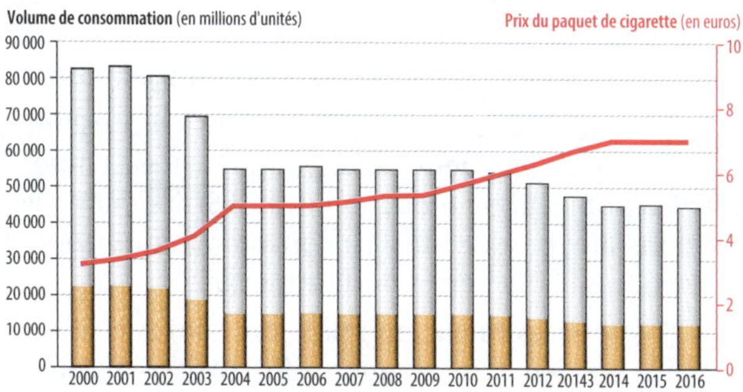

On remarque que la décision des pouvoirs publics d'augmenter le prix des cigarettes (doublement du prix en 16 ans), accompagnée de campagnes d'informations sur les méfaits du tabac, a réduit la consommation.

Vocabulaire

Taxe carbone : impôt environnemental proportionnel aux quantités de dioxyde de carbone (CO_2) émises lors de la production et/ou de l'usage d'un bien ou d'un service. Elle peut être payée en amont sur l'utilisation des énergies fossiles par le producteur ou en aval par le consommateur.

Subvention : aide financière versée par l'État justifiée pat l'intérêt général.

Prix plancher : prix en dessous duquel un bien ne peut être vendu sur le marché.

Prix plafond : prix au-dessus duquel un bien ne peut être vendu sur le marché.

RÉVISION EXPRESS

LES POINTS À RETENIR

- Le marché est à la fois une **réalité observable des échanges** de biens et de services et un **outil théorique** à travers lequel les économistes raisonnent.
- Pour les **libéraux**, il est le meilleur instrument pour orienter les conduites des agents par l'intermédiaire de la **flexibilité du prix**. Il rend ainsi compatibles des intérêts divergents. Les acheteurs veulent des prix bas, les vendeurs veulent vendre cher.
- La **demande** dépend du revenu, du prix des autres biens et des goûts ou préférences personnelles (l'utilité). L'**offre**, quant à elle, dépend des coûts de production, des innovations ou de la découverte de nouvelles ressources.
- Sur le marché, **la courbe de demande est une fonction décroissante du prix**. Plus le prix s'élève, plus le consommateur réduit sa demande. **L'offre est une fonction croissante du prix**. Plus le prix augmente, plus le producteur augmente son offre.
- On observe sur le marché des **variations fréquentes de l'offre et de la demande**. Les changements de prix permettent, en théorie, un retour à l'équilibre entre l'offre et la demande. C'est l'**autorégulation du marché**.
- L'État peut imposer des **taxes** sur les productions ou consommations jugées nuisibles pour inciter les agents économiques à en limiter l'usage (**taxe carbone** dans un objectif de réduction des GES). Il peut également donner des **subventions** aux producteurs ou consommateurs qui utiliseraient des produits ou services faiblement émetteurs en GES.
- Certains biens ou services voient leurs prix contrôlés par l'État : **prix planchers** pour assurer aux vendeurs des revenus suffisants ; **prix plafonds** pour éviter que trop de personnes soient exclues de l'accès à certains biens.

LES MOTS IMPORTANTS

- Autorégulation
- Courbe de demande
- Courbe d'offre
- Flexibilité du prix
- Marché
- Pouvoir d'achat
- Prix d'équilibre
- Prix plafond
- Prix plancher
- Taxe carbone
- Utilité

LE SCHÉMA IMPORTANT À RETENIR

Comment se forment les prix sur un marché ?

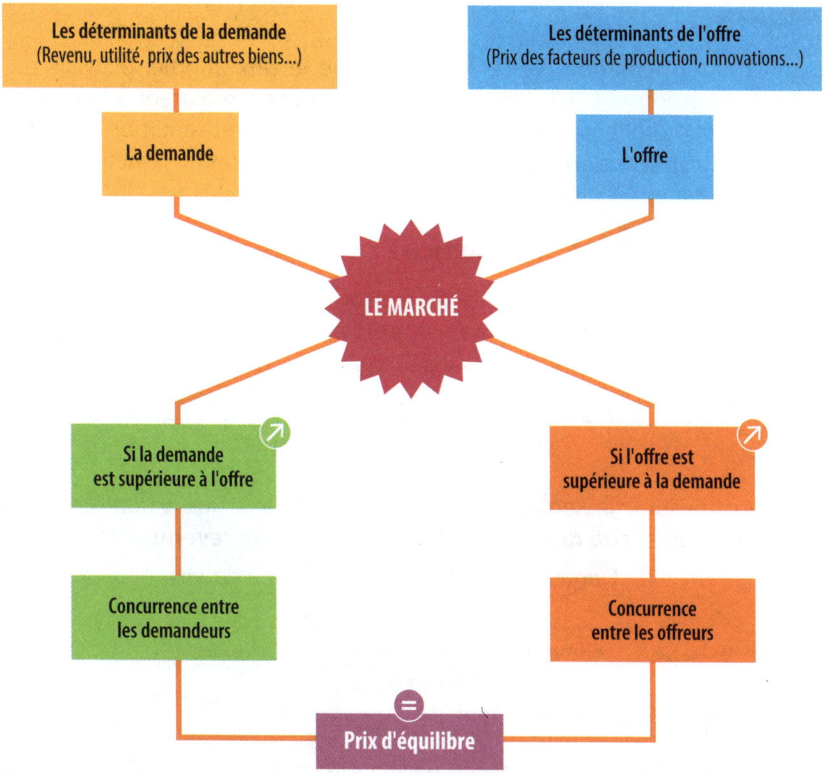

Quiz

1. La demande est une fonction croissante du prix.
☐ Vrai ☐ Faux

2. Le prix d'équilibre est égal aux coûts de production de l'entreprise.
☐ Vrai ☐ Faux

3. Si l'offre est supérieure à la demande, les prix baissent.
☐ Vrai ☐ Faux

4. Tous les prix sont fixés par le marché.
☐ Vrai ☐ Faux

5. L'utilité est propre à chacun des individus.
☐ Vrai ☐ Faux

6. La taxe carbone est une mesure d'incitation fiscale.
☐ Vrai ☐ Faux

→ Réponses p. 93

Calculer et interpréter des élasticités

MÉTHODE

▶ On sait que la demande baisse à mesure que le prix augmente. Mais dans quelles proportions ? Quelle est la sensibilité du consommateur à la variation du prix de tel ou tel bien? On sait également que la consommation augmente avec le revenu. Mais selon le type de bien, cette augmentation peut être plus ou moins importante. C'est ce que mesure l'élasticité à travers un coefficient (e).

1. Comment calculer une élasticité ?

▶ On cherche à mesurer la sensibilité du consommateur à une variation du prix. C'est l'**élasticité de la demande par rapport au prix** $e^{(d/p)}$:

$$e^{(d/p)} = \frac{\dfrac{\text{Demande d'arrivée} - \text{Demande de départ}}{\text{Demande de départ}}}{\dfrac{\text{Prix d'arrivée} - \text{Prix de départ}}{\text{Prix de départ}}}$$

▶ Si on veut mesurer la sensibilité du consommateur à une variation de son revenu, c'est **l'élasticité de la demande par rapport au revenu** $e^{(d/y)}$:

$$e^{(d/y)} = \frac{\dfrac{\text{Demande d'arrivée} - \text{Demande de départ}}{\text{Demande de départ}}}{\dfrac{\text{Revenu d'arrivée} - \text{Revenu de départ}}{\text{Revenu de départ}}}$$

▶ Le résultat obtenu est un coefficient. Il n'y a pas d'unité.

2. Comment lire et interpréter une élasticité ?

▶ Le signe de l'élasticité nous informe sur le **sens de variation d'une variable par rapport à l'autre** :

– si le signe est négatif, c'est que les deux variables varient dans des sens opposés. C'est le cas généralement constaté de l'élasticité de la demande par rapport au prix, car lorsque le prix augmente, la demande baisse, et inversement ;

– si le signe est positif, c'est que les deux variables varient dans le même sens. Cette situation s'observe en général dans le cas de l'élasticité de la demande par rapport au revenu.

▶ Voici les principaux repères de l'élasticité (on ne notera pas ici le signe, mais uniquement les valeurs absolues des coefficients) :

– si $|e| = 0$, il n'y a aucune variation de la demande à une variation du prix ou du revenu. La demande est **parfaitement inélastique ou rigide**.

– si 0 < |e| < 1, la variation de la demande est inférieure à la variation de prix ou du revenu. La demande est **faiblement élastique** (d'autant plus faible qu'on se rapproche de 0). Par exemple, si le prix d'un produit baisse de 20 %, la demande n'augmente que de 10 % (|e| = – 0,5) ;

– si |e| = 1, la variation de la demande est égale à celle du prix ou du revenu, l'élasticité est **proportionnelle**. Par exemple, si le revenu augmente de 10 %, la consommation augmentera également de 10 % ;

– si 1 < |e| < ∞, la variation de la demande est supérieure à celle du prix ou du revenu. La demande est **fortement élastique** (d'autant plus forte que le coefficient augmente). Par exemple, si le prix d'un produit augmente de 20 %, la consommation baisse de 30 % (|e| = – 1,5).

Remarque

On peut trouver des situations où prix et consommation varient dans le même sens. Il s'agit d'un effet « Veblen » appelé aussi « effet de snobisme ». Le consommateur cherche à acheter du prestige social, assuré par le prix élevé du bien.

APPLICATION : EXERCICE CORRIGÉ

1. Calcul de l'élasticité de la demande par rapport au prix

Une salle d'opéra fait la statistique suivante concernant ses billets vendus pour les places juste devant la scène et l'orchestre (parterre) et les places situées le plus haut et le plus loin de la scène (2e balcon).

Prix en euros	Nombre de billets vendus pour le parterre	Nombre de billets vendus pour le 2e balcon
40	300	300
80	280	200
100	270	60

QUESTIONS

1. Calculez l'élasticité de la demande par rapport au prix du billet pour les deux catégories de place.

2. Interprétez les résultats trouvés.

CORRIGÉ

1. Elasticité de la demande par rapport au prix des billets pour le parterre :

$$\frac{\frac{270 - 300}{300}}{\frac{100 - 40}{40}} = - 0{,}06$$

Elasticité de la demande par rapport au prix des billets pour le 2e balcon :

$$\frac{\frac{60 - 300}{300}}{\frac{100 - 40}{40}} = - 0{,}53$$

2. La hausse des prix n'a quasiment aucun effet sur la vente des billets les mieux placés (c'est une clientèle souvent fortunée ou d'amateurs avertis prêts à payer cher pour avoir de meilleures conditions). L'élasticité sur les billets du 2e balcon reste assez faible (largement inférieur à 1), mais est 9 fois plus importante (0,53/0,06) que pour le public du parterre. Pour les clients du balcon, le prix reste une variable qui compte.

2. Calcul de l'élasticité de la demande par rapport au revenu

Une année, un lycéen dispose de 50 € d'argent de poche par mois. Il consacre 25 € à l'achat de kebabs, 15 € à l'achat de mangas et 10 € pour le cinéma.

L'année suivante, son argent de poche passe à 100 € par mois. Il dépense désormais 30 € pour manger des kebabs, 35 € pour l'achat de mangas et 35 € pour le cinéma.

QUESTIONS

1. Calculez l'élasticité de la demande par rapport au revenu pour chacun des trois biens.

2. Justifiez ces évolutions.

CORRIGÉ

1. Élasticité de la demande de kebab par rapport au revenu :

$$\frac{\frac{30 - 25}{25}}{\frac{100 - 50}{50}} = 0{,}2$$

Élasticité de la demande de mangas par rapport au revenu :

$$\frac{\frac{35-15}{15}}{\frac{100-50}{50}} = 1{,}33$$

Élasticité de la demande de cinéma par rapport au revenu :

$$\frac{\frac{35-10}{10}}{\frac{100-50}{50}} = 2$$

2. Avec des ressources plus faibles, le lycéen privilégie les consommations primaires. Mais quand son revenu augmente, sa consommation de kebab sature (élasticité proche de 0) ; ses dépenses s'orientent davantage vers les consommations culturelles, avec notamment une consommation de cinéma dont la variation est 2 fois plus forte que celle du prix.

Lire et interpréter des indices synthétiques

MÉTHODE

- Un indice synthétique mesure **la valeur d'une grandeur composée de plusieurs grandeurs agrégées**. L'utilisation des indices synthétiques permet d'offrir une lecture simplifiée et générale de situations économiques et sociales. Il facilite également les comparaisons dans le temps et dans l'espace.

1. L'indice des prix à la consommation (IPC)

- L'Insee fournit un indice permettant de mesurer l'évolution générale des prix (taux d'inflation) : l'**indice des prix à la consommation**.
- L'Insee choisit un panier de biens représentatifs de la consommation des ménages français et leur affecte un **coefficient de pondération** en fonction de leur poids relatif dans la consommation une année donnée. L'ensemble des prix de ce panier est ensuite ramené à 100, qui sert d'indice de base.
- Un mois ou une année plus tard, les statisticiens relèvent les prix de l'ensemble de ces biens affectés des mêmes coefficients de pondération. Si l'indice passe à 103, on peut considérer que les prix ont augmenté en moyenne de 3 % sur la période.
- L'IPC mesure une évolution moyenne des prix. Il se peut que sur une même période, certains biens aient vu leur prix augmenter, tandis que d'autres ont baissé. Le résultat global dépendra des différences de variations de prix et du poids relatif des biens dans le panier.
- L'IPC permet ensuite de **revaloriser des revenus** (SMIC, retraites, allocations familiales, pensions alimentaires…) ou de **revoir des taux d'intérêt** en fonction de l'inflation constatée. Il sert aussi à **déflater** une valeur (cf. Méthode p. xx).

2. Autres exemples d'indices utilisés en économie

- Les indices boursiers comme le **CAC 40** sont aussi des indices synthétiques. Le CAC 40 mesure l'évolution de la valeur des actions des 40 plus grosses sociétés cotées en bourse. Pour calculer cet indice, on a pris le cours des actions des 40 premières entreprises françaises cotées, que l'on a multiplié par le nombre d'actions de chaque entreprise ; le tout a ensuite été divisé par la valeur totale des actions le jour de la création de l'indice (1er janvier 1987). La valeur de ces entreprises est ramenée à l'indice 1 000 (ou 1 000 points). Le CAC 40 a depuis beaucoup varié. Même si la spéculation boursière déforme la réalité, le CAC 40 donne une idée de la santé des grandes entreprises françaises.

▶ L'**indice de développement** humain (IDH) est également un indice synthétique qui repose sur l'agrégation de plusieurs critères : un critère de richesse (revenu national brut/habitant), un critère de santé (espérance de vie à la naissance) et un critère d'éducation (durée moyenne d'études pour les adultes et années d'études attendues pour les personnes scolarisées). Une fois pondérés, ces trois critères sont ramenés à une valeur comprise entre 0 et 1. Plus on se rapproche de 1, plus on considère que le pays est développé.

APPLICATION : EXERCICE CORRIGÉ

Analyser et interpréter des indices de prix à la consommation

Doc. 1 Indice des prix à la consommation depuis 2000

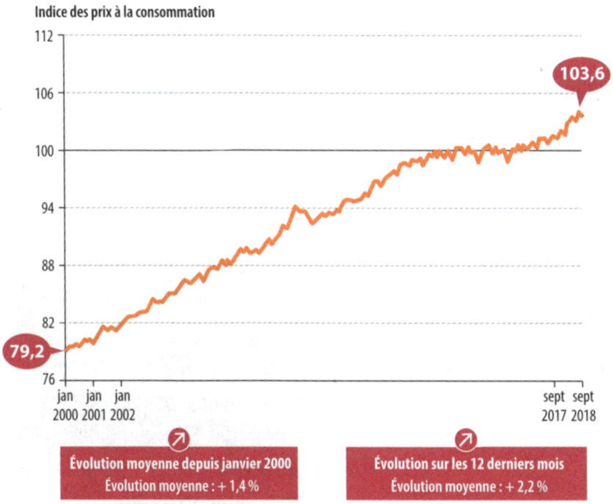

Champ : France métropolitaine.
Source : Insee, Indices des prix à la consommation, 2018.

QUESTIONS

1. Que signifie « base 100 = 2015 » ?

2. Comment ont évolué, en moyenne, les prix entre 2015 et septembre 2018 ? En janvier 2000, le niveau moyen des prix était-il inférieur à celui de 2018 ? Si oui de combien ?

CORRIGÉ

1. « Base 100 = 2015 » signifie que, sur le graphique, l'année 2015 sert d'année de référence pour le calcul de l'évolution de l'indice des prix.

2. Nous sommes passés de l'indice 100 en 2015 à l'indice 103,2 en septembre 2018, ce qui correspond donc à une hausse moyenne des prix de 3,2 %. En janvier 2000, le niveau moyen des prix était plus bas qu'en septembre 2018. Il se situe à l'indice 79,2 soit 20,8 % de moins qu'en 2015 (100 – 79,2) et 24,4 points d'indices par rapport à 2018.

Doc. 2 Indices des prix des produits de grande consommation par type de produit

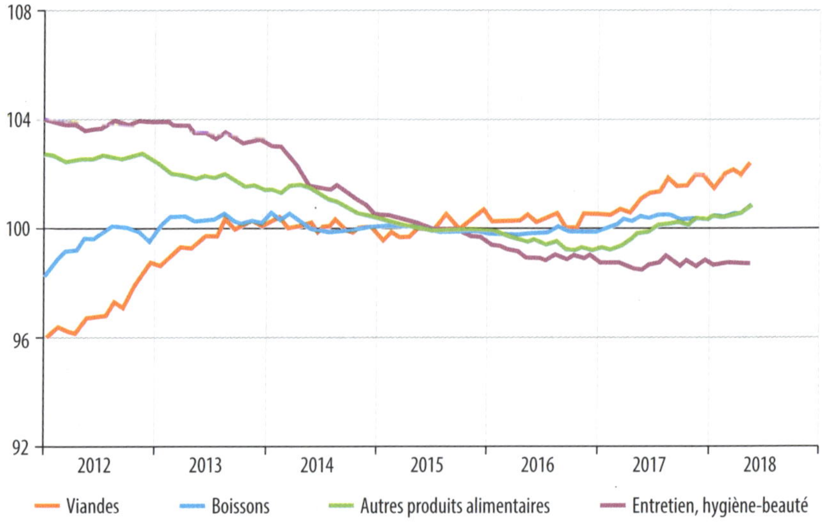

Champ : France métropolitaine.
Source : Insee, indices des prix à la consommation, 2018.

QUESTIONS

1. Tous les prix des biens représentés ont-ils évolué de la même manière entre 2015 et 2018 ? Justifiez votre réponse.

> **Remarque**
> Concernant les indices, on ne raisonne en % que pour les évolutions comparées à la base 100. Si on compare des périodes différentes de la base 100, alors on raisonne en points.

CORRIGÉ

1. Certains biens comme la viande ont vu leur prix augmenter entre 2015 et 2018 avec une hausse de 2,5 % (indice 102,5), tandis que le prix des produits d'entretien et hygiène-beauté ont baissé de 2 % (indice 98).

Vérifiez vos connaissances

1 Texte à trous

À l'aide de vos connaissances, complétez le texte ci-dessous.

Le marché d'un bien correspond aux offres et aux .... de ce bien. Quand le prix d'un produit augmente, par exemple la pomme, généralement sa demande .... Les demandeurs peuvent se tourner vers des produits de ...., par exemple des poires. À l'inverse, quand le prix ...., la demande augmente. On dit que la demande est une fonction .... du prix. Quand le prix d'un produit augmente, généralement l'offre ...., car sa production devient plus .... Inversement, quand le prix baisse, l'offre ...., car des producteurs doivent renoncer à leur activité si les prix deviennent .... aux coûts de production. Pour maintenir le revenu de certains producteurs, l'État peut imposer des prix.................. .

2 Associez chaque notion à sa definition.

1. Prix plafond – **2.** Utilité – **3.** Prix d'équilibre – **4.** Bien supérieur – **5.** Élasticité-prix.

a. Prix qui égalise les quantités offertes et demandées

b. Sensibilité du consommateur aux variations de prix

c. Satisfaction que procure la consommation d'un bien

d. Fixation d'un prix maximum sur un marché

e. Bien dont la consommation augmente avec le revenu

Exercices d'entraînement

1 Représenter des courbes d'offre et de demande

Offre et demande de fraises en fonction du prix

Prix au kg (en €)	2	4	6	8
Quantités demandées (en kg)	400	300	200	80
Quantités offertes (en kg)	80	150	250	400

1. À partir des données du tableau, tracez sur un papier millimétré les courbes d'offre et de demande.

2. À quel prix l'équilibre entre offre et demande se réalise-t-il ?

3. Que se passe-t-il si l'État, pour protéger les producteurs, fixe un prix plancher à 6 € ?

2 Évolution du marché du pétrole

Prix du pétrole brut en euros par baril

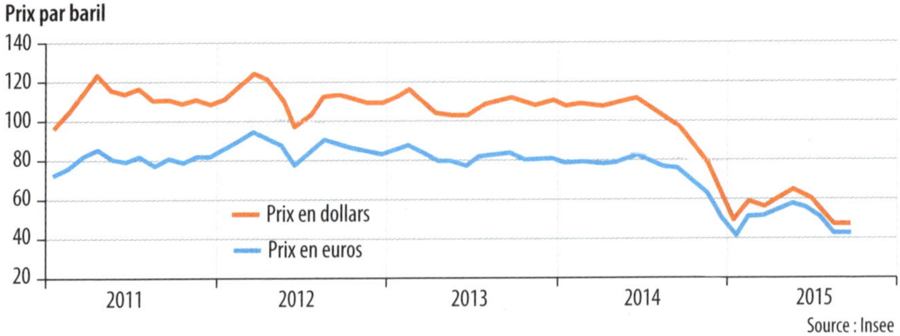

« Mesurer pour comprendre », Insee, septembre 2015.

1. Quelle est l'évolution globale du cours du baril de pétrole sur la période ?

2. Pourquoi le cours du baril est-il globalement à la hausse ?

3. Comment expliquer la chute des prix de 2008-2009 ?

3 L'utilisation d'une taxe environnementale

Une taxe environnementale sur les émissions vise à introduire une incitation à réduire les atteintes à l'environnement en leur donnant un prix. […] L'intérêt d'utiliser un système de taxe pour tarifer la nuisance environnementale est d'envoyer un signal prix clair aux entités économiques. […] Des États européens comme le Danemark, la Norvège, le Royaume-Uni et la Suède ont en effet réussi à instituer une taxe carbone. […]

Dans la pratique, la difficulté pour les pouvoirs publics est moins de choisir entre les différents instruments que de trouver la bonne combinaison entre eux et d'en réunir les conditions d'acceptabilité. […] L'acceptabilité de la taxe est d'autant plus un enjeu dans le contexte d'un accord international sur le climat que l'imposition d'une taxe au niveau international soulève des questions de souveraineté.

D'après Christian de Perthuis, Stephen Lecourt et Suzanne Shaw, « Normes, écotaxes, marchés de permis : quelle combinaison optimale face au changement climatique ? », *Cahiers du Programme de recherche en économie du climat*, n° 5, juin 2010.

1. Relevez dans le texte les passages qui permettent de saisir l'objectif de la taxe carbone.

2. Expliquez la phrase soulignée.

3. À quelles difficultés l'imposition d'une taxe se heurte-t-elle ?

4 Les malus automobiles

Montant des malus automobiles 2019

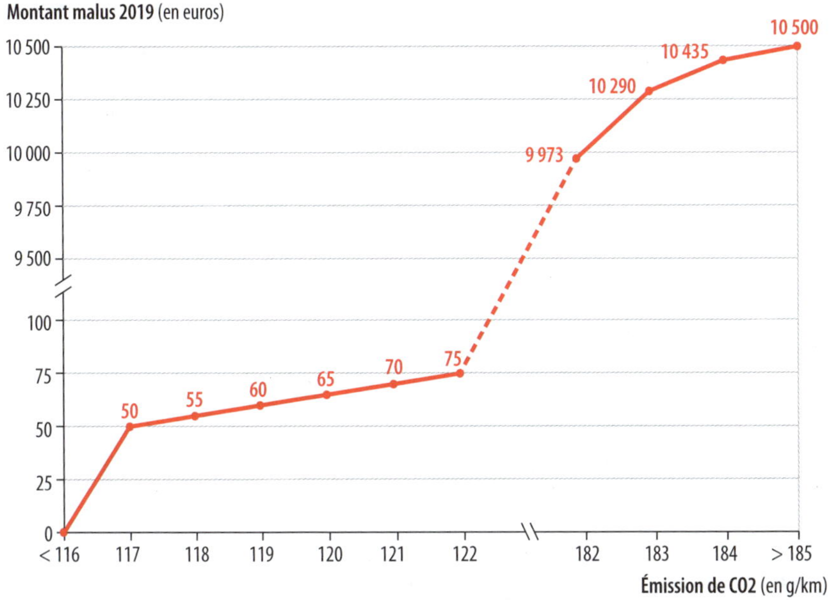

Source : Ministère de la transition écologique

1. Qu'est-ce qu'un malus pour l'achat d'une automobile ?

2. Quelle est l'augmentation du prix du gramme de CO_2 par km entre 116 et 122 g ? Augmente-t-il de la même façon pour les émissions supérieures à 180 g/km ?

3. Quel est l'objectif du gouvernement à travers ce malus ? Sur quel mécanisme économique s'appuie-t-il ?

5 Le marché du transport aérien

Évolution du nombre de passagers aériens dans le monde de 1950 à 2012

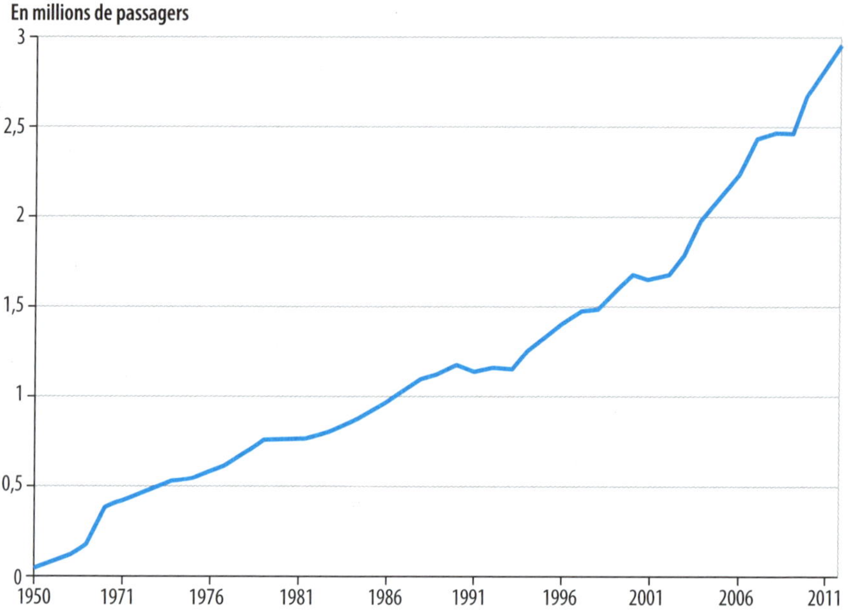

Source : ICAO

Le prix moyen des billets d'avion aux États-Unis par kilomètre et ajusté à l'inflation a baissé de plus de 40 % entre 1980 et 2011, selon l'économiste Mark J. Perry. Se basant sur les données fournies par Airlines for America, le chercheur remarque que le coût réel par mile (1,6 kilomètre) et par passager est passé de 0,323 dollar à 0,155 dollar, soit une chute de 51 %.

Cette baisse des prix entre les années 1980 et 2011, observée aux États-Unis, mais également en Europe, est liée à plusieurs facteurs. Certains économistes mettent en avant l'impact de la libéralisation du secteur. « Voler n'est pas vital comme l'éducation, le lait ou les médicaments [...]. Quand vous avez une compétition intense pour un produit qui est sensible à l'évolution des prix, vous avez une baisse des prix », explique en toute simplicité John Heimlich, vice-président d'Airlines for America sur le site TheAtlantic.com.

www.lechotouristique.com, 2018.

1. Quelle est l'évolution du nombre de passagers transportés entre 1981 et 2011 ?

2. Quelle explication à cette évolution du nombre de passagers transportés le texte fournit-il ?

3. Peut-on considérer que l'élasticité de la demande de transport aérien par rapport au prix est forte ? Comment l'auteur du texte le justifie-t-il ?

Quiz

1 **Faux**. Quand le prix augmente, la demande baisse.
2 **Faux**. Le prix d'équilibre est celui auquel offre et demande sont égales.
3 **Vrai**. Si l'offre est trop importante, le prix baisse pour stimuler la demande et absorber le surplus d'offre.
4 **Faux**. Certains prix sont fixés par l'État (comme le prix du timbre ou celui du tarif réglementé du gaz).
5 **Vrai**. La satisfaction ressentie dépend de chaque personne (ses goûts, ses priorités...).
6 **Vrai**. En rendant les produits émetteurs de carbone plus chers, on incite les agents à se détourner de ces produits en faveur de produits moins consommateurs d'énergies fossiles.

Vérifiez vos connaissances

1 Texte à trous

Le marché d'un bien correspond aux offres et aux **demandes** de ce bien. Quand le prix d'un produit augmente, par exemple la pomme, généralement sa demande **baisse**. Les demandeurs peuvent se tourner vers des produits de **substitution**, par exemple des poires. À l'inverse, quand le prix **baisse**, la demande augmente. On dit que la demande est une fonction **décroissante** du prix. Quand le prix d'un produit augmente, généralement l'offre **augmente**, car sa production devient plus **rentable**. Inversement, quand le prix baisse, l'offre **diminue**, car des producteurs doivent renoncer à leur activité si les prix deviennent **inférieurs** aux coûts de production. Pour maintenir le revenu de certains producteurs, l'État peut imposer des prix **planchers**.

2 Associez chaque notion à sa définition.

1-d ; 2-c ; 3-a ; 4-e ; 5-b

Exercices d'entraînement

1 Représenter des courbes d'offre et de demande

1.

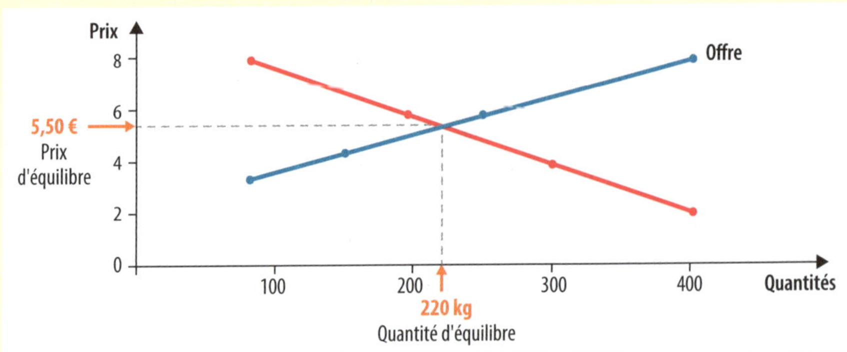

2. Le point de rencontre entre les courbes d'offre et de demande se situe au prix de 5,50 € le kg : c'est le prix d'équilibre, qui correspond à une quantité (offerte et demandée) de 220 kg.

3. Si l'État fixe un prix plancher à 6 €, les quantités offertes (250 kg) seront supérieures aux quantités demandées (200 kg) : il y aura surproduction.

2 Évolution du marché du pétrole

1. Sur l'ensemble de la période, le prix du baril passe de 15 à 40 € soit une augmentation de 166 %.

$$\frac{(40 - 15)}{15} \times 100$$

On peut également dire que son prix a été multiplié par 1,66 ($\frac{40}{15}$).

2. Le cours du baril est globalement à la hausse, car la demande mondiale ne cesse d'augmenter (croissance des pays émergents) et l'offre est limitée par les ressources exploitables.

3. On peut cependant observer des chutes ponctuelles du cours du baril lors des crises comme celle de 2008-2009 (crise des subprimes), car à ce moment-là, la demande de pétrole recule du fait du recul général de l'activité économique.

3 L'utilisation d'une taxe environnementale

1. « introduire une incitation à réduire les atteintes à l'environnement en leur donnant un prix. »/« L'intérêt d'utiliser un système de taxe pour tarifer la nuisance environnementale ». L'idée est de faire payer une taxe équivalente au préjudice causé à l'environnement.

2. Le prix est censé orienter les choix des agents (consommateurs, producteurs et États) qui, dans leur calcul économique, devront intégrer désormais leur impact sur le climat. Cela devrait les conduire à se détourner des actions trop émettrices en carbone.

3. L'imposition d'une taxe peut se heurter au mécontentement des agents qui voient leur pouvoir d'achat ou leurs profits réduits par cette taxe. Par ailleurs, pour que cette taxe soit efficace, il faut qu'elle soit adoptée par un maximum de pays. Or, certains refusent de l'instaurer.

4 Les malus automobiles

1. Un malus est une taxe, une pénalité ajoutée au prix d'achat d'une automobile en fonction des quantités de carbone émises.

2. Entre 116 et 122 g/km, le prix du CO_2 est de 5 € par gramme supplémentaire. Au-delà de 181 g/km, l'augmentation est en centaines d'euros par gramme.

3. L'objectif du gouvernement est de décourager l'achat de véhicules à forte émission de CO_2, afin de lutter contre le dérèglement climatique. Il s'appuie pour cela sur la loi de la demande, qui suppose que plus le prix augmente, moins la demande est importante.

5 Le marché du transport aérien

1. En 1981, il y a environ 750 millions de passagers transportés dans le monde, ils sont environ 3 000 millions (ou 3 milliards) en 2011, soit une augmentation de 300 % (multiplié par 4).

2. Cette augmentation du nombre de passagers s'explique, en partie, par la baisse importante du prix sur la même période (51 % aux États-Unis et en Europe), d'après Mark Perry.

3. Si la demande augmente de 300 % (nombre de passagers en plus) et que les prix baisse de 51 %, on peut en déduire que la variation de la demande a été 6 fois plus forte que celle du prix (300/51). C'est une très forte élasticité. Mark Perry avance l'idée que la consommation d'un billet d'avion n'est pas « vitale » : il s'agit avant tout d'une consommation superflue pour la plupart des personnes, une consommation associée au plaisir (vacances), donc fortement sensible au prix.

PARTIE 2
Sociologie et science politique

CHAPITRE 3

Comment devenons-nous des acteurs sociaux ?

1 Le processus de socialisation

De quoi s'agit-il ? La socialisation est le processus de transmission des normes et des valeurs qui rend apte l'individu à vivre en société. Comment se déroule cette transmission ? Quels sont les mécanismes à l'œuvre dans ce processus ?

1 Les fonctions de la socialisation

- La société fournit un **cadre dans lequel les individus doivent entrer**. Ce cadre est constitué de normes et de valeurs qui organisent nos pratiques et nos rapports sociaux (**Doc.**).
- À l'intérieur de la société coexistent différents groupes sociaux (territoires urbains ou ruraux, communauté religieuse ou niveau social) qui développent certaines **particularités culturelles**, donnant une **marge d'interprétation** de ces normes et valeurs.
- L'individu doit faire l'apprentissage de ces normes et valeurs pour se construire une identité sociale, rendre son **comportement conforme aux attentes sociales** et **s'intégrer à la société** et à son groupe social.
- Ainsi, le fait de partager un modèle culturel commun, d'adhérer aux mêmes règles sociales, aux mêmes principes et de développer des comportements similaires, permet d'assurer à l'ensemble de la société une certaine **cohésion**.

2 Les mécanismes socialisateurs

Plusieurs mécanismes sont à l'œuvre lors du processus de socialisation.

- L'**inculcation** est une **transmission** explicite et contrainte de normes et valeurs. Elle se caractérise par des injonctions, des sanctions positives ou négatives répétées et intervient dès le plus jeunes âge (les règles de politesse).
- L'**imprégnation** correspond davantage à un processus d'**imitation**, consciente ou non, des personnes qui jouent le rôle de référent ou servent de modèle auquel l'individu socialisé s'identifie. C'est une sorte de « bain culturel » dans lequel l'individu est plongé régulièrement.

- L'**expérimentation** de situations variées, durant lesquelles la personne se socialise en intériorisant les réactions des autres à son comportement, où l'individu est plus **acteur** de sa socialisation à travers ses interactions sociales.
- Une fois socialisé, l'individu sera capable, de façon autonome, de participer au « **jeu social** » en respectant les rôles que la société lui assigne (savoir se comporter comme les autres l'attendent).

Doc. Normes et valeurs

Toute société définit ce qui est bien et mal, beau et laid, honorable et honteux, agréable et désagréable [...]. Lorsque l'on dit à un enfant qui s'est mal conduit : « Tu n'as pas honte, c'est laid ce que tu as fait ! », on lui inculque les valeurs et les normes de sa société et on l'habitue à en respecter les mœurs, sans pouvoir pour autant lui en proposer d'autre justification que l'évidence. Chacun doit « sentir » ce qui est bien et ce qui est mal. [...] Une valeur s'impose à l'individu comme une évidence et un absolu, qu'on peut affiner mais qu'on ne peut, normalement, remettre en question. Bien sûr, les valeurs varient avec les civilisations et, à l'intérieur d'une même civilisation, avec les groupes et catégories sociales. [...] Les valeurs s'organisent en un « idéal » que la société propose à ses membres [...]. Cet idéal oriente les pensées et les actes [...]. Dans une société donnée, les valeurs s'organisent en un système ou une échelle de valeurs (ethos) qui doit avoir une certaine cohérence ; même s'il comporte certaines contradictions.

Henri Mendras, *Éléments de sociologie*, Armand Colin, 1997.

Vocabulaire

Normes : règles et usages informels socialement prescrits. À différencier des lois qui sont, elles, des normes écrites formelles.

Valeurs : idéaux orientant la conduite des individus ou des groupes sociaux.

Groupe social : ensemble d'individus formant une unité sociale durable caractérisée par des liens internes (conditions de vie communes, activités similaires).

Identité sociale : manière dont les individus ou les groupes se définissent par eux-mêmes et sont définis par les autres.

Modèle culturel : ensemble de manières de faire (coutume, usages), de sentir (sensibilité) et de penser (croyances, morale) propre à une collectivité humaine

Socialisation : processus d'apprentissage des normes et des valeurs dont le but est de permettre à l'individu de participer à la vie sociale.

Rôle : comportement attendu en fonction du statut social.

2 Le rôle de la famille dans la socialisation

De quoi s'agit-il ? **La famille est le premier environnement social que rencontre l'individu. C'est aussi elle qui joue le rôle le plus déterminant dans le processus de socialisation.**

1 La famille : un rôle central dans la socialisation primaire

- Les sociologues considèrent qu'**un individu se socialise tout au long de sa vie**, puisqu'il y est toujours confronté à des situations différentes (passage de parent à grand-parent, de salarié à retraité...). Ils distinguent cependant **deux grandes étapes** : la socialisation primaire, qui a lieu durant l'enfance, et la socialisation secondaire, qui commence à l'adolescence.
- Pendant la première phase, la **famille** est la principale **instance de socialisation** (**Doc.**). Elle transmet les **principes élémentaires de la vie en société** (langage, politesse) et intervient sur un individu vierge de toute référence. Le cadre familial est prépondérant, car l'enfance est la période où nous sommes le plus malléables.
- Cette socialisation s'effectue **au quotidien**, avec une fréquence très forte des contacts parents-enfants. Elle se réalise dans des **relations dominées par l'affection**, ce qui renforce l'intensité de ce processus.

2 Une influence profonde et durable

- Pour de nombreux sociologues qualifiés de « déterministes », **la famille pèse fortement sur la personnalité de l'individu**, qui intériorise un système de pensée, des goûts, des opinions, des manières d'être, profondément marqués par son environnement familial.
- Le sociologue **Pierre Bourdieu** utilise le terme d'habitus pour considérer cet **ensemble d'éléments transmis et durablement acquis** par l'individu lors de la socialisation primaire.
- C'est à travers cet habitus que, par la suite, l'individu interviendra dans son environnement. Son niveau de langage, ses goûts artistiques, ses opinions politiques ou même sa manière de s'habiller ou de manger seront largement influencés par la socialisation familiale. **La socialisation primaire joue alors un rôle déterminant dans la reproduction sociale**.
- D'autres sociologues, bien que reconnaissant le rôle important de la famille, considèrent que celle-ci **ne participe que temporairement à la construction sociale** de l'individu et que de multiples facteurs comptent tout autant.

Doc. La famille, source de bonheur ?

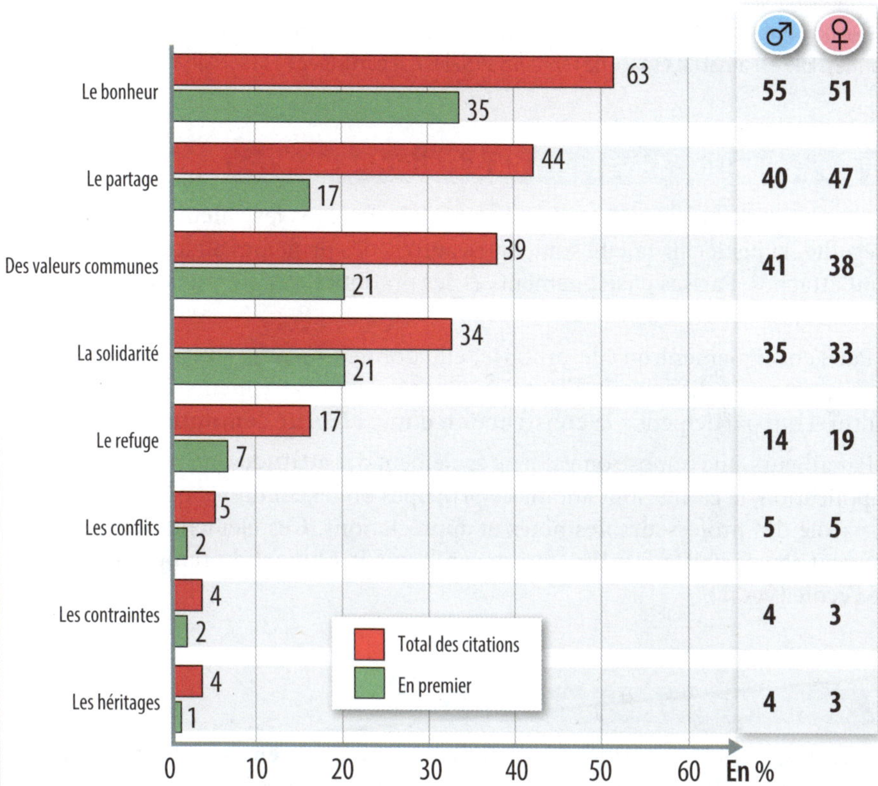

Source : Sondage Ifop, « Les Français et les nouveaux enjeux de la famille », 330 033, 2015.

Vocabulaire

Socialisation primaire : apprentissage des normes et des valeurs qui se réalise durant l'enfance.

Socialisation secondaire : apprentissage des normes et des valeurs durant une partie de l'adolescence et la vie d'adulte.

Déterminisme : courant de pensée sociologique qui considère que les comportements individuels sont le produit de contraintes sociales et non du libre choix des acteurs sociaux.

Habitus : concept créé par Pierre Bourdieu pour définir ce que l'on a acquis et qui s'est incarné de façon durable dans le corps et l'esprit de l'individu sous forme de dispositions permanentes.

Reproduction sociale : processus par lequel les positions sociales se perpétuent de génération en génération.

3 Le rôle de l'école dans la socialisation

De quoi s'agit-il ? **Au-delà des savoirs et des connaissances, l'école transmet des valeurs et des normes. Elle est aussi un espace de relations sociales qui participent à la socialisation.**

1 La promotion de valeurs de différentes natures

- L'école est d'abord une **institution** qui s'inscrit dans les **valeurs républicaines**. L'égalité, la justice, la laïcité sont, entre autres, des principes auxquels les citoyens sont attachés. Par ses enseignements et ses pratiques, l'école transmet ces valeurs communes.
- Par l'enseignement qu'elle propose, elle donne un **cadre culturel** aux enfants qu'elle accueille. La langue, l'histoire, les arts sont des éléments d'un patrimoine culturel qui participent à la **construction d'une identité commune**.
- Par ailleurs, elle impose ou valorise également des **attitudes**. Le travail, le respect, l'application, le calme sont autant de principes ou de conduites qu'elle diffuse par la parole des professeurs, les notes et appréciations. Ces éléments sont d'ailleurs souvent **repris par la famille, qui se conforme la plupart du temps aux attentes de l'école** (**Doc. 1**).

2 Un lieu d'interactions sociales

- Davantage que la famille, l'école offre un **environnement propice aux relations sociales diversifiées**. L'enfant se confronte à ses pairs (les autres élèves), qui ont parfois reçu une socialisation différente de la sienne ou viennent de milieux différents.
- L'enfant fait l'expérience de relations plus variées et fondées sur **d'autres liens que l'affection**. Il doit tantôt coopérer et tantôt entrer en conflit, tantôt s'effacer et tantôt s'affirmer : une diversité de situations qui enrichissent son apprentissage social (**Doc. 2**).
- En grandissant, le rapport à l'école se transforme. Dans l'enseignement secondaire (collège/lycée), l'individu doit s'adapter à des **organisations plus complexes** (cours, horaires, matières) et interagir avec une **variété croissante d'individus** (des élèves, des professeurs, du personnel d'encadrement), qui forment autant de règles nouvelles et de rapports sociaux différents.
- L'école joue donc un **rôle dans l'adaptation au rythme social** auquel l'enfant sera confronté une fois adulte. Elle participe à former le(la) futur(e) citoyen(ne) auto-

nome, mais aussi à la socialisation sentimentale et sexuelle. C'est en cela qu'elle est d'abord considérée comme une instance de socialisation primaire (jusqu'au collège) et qu'elle devient par la suite un agent de socialisation secondaire.

Doc. 1 L'école vue par les parents

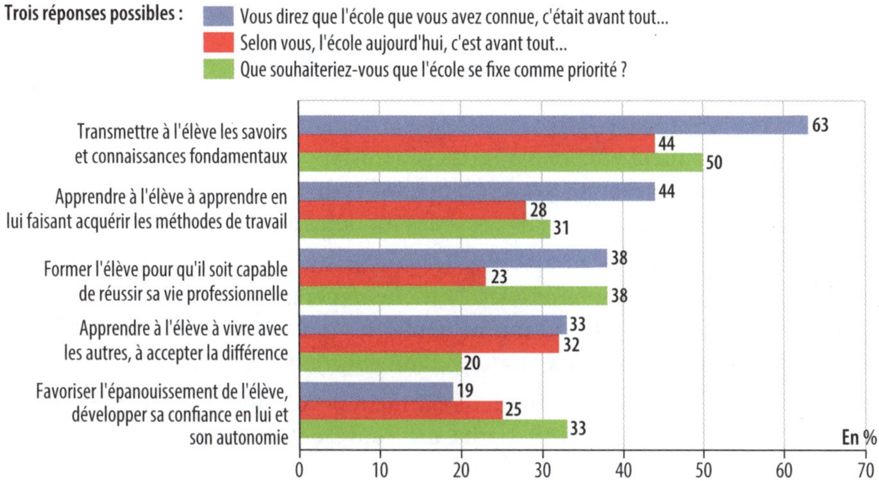

Doc. 2 Apprendre à considérer les autres dans ses propres conduites

Une seconde étape [est] franchie lorsque – à partir de l'entrée à l'école – l'enfant passe du jeu libre aux jeux réglementés et doit être capable « de prendre l'attitude de tout individu qui participe à la partie ». [...] Lorsque les enfants se réunissent pour « jouer à l'indien », chacun peut interpréter les rôles comme il l'entend et se faire son propre cinéma. Mais s'ils entament une partie de foot, il faudra progressivement comprendre que chaque joueur à un « rôle organisé », que le gardien reste dans ses buts et que l'arrière doit les protéger, que l'on ne peut pas sortir du terrain avec la balle ni marquer un but avec la main (enfin...) : l'enfant devra intérioriser les règles du jeu, c'est-à-dire comprendre « que l'attitude de l'un appelle l'attitude appropriée de l'autre ».

Claude Dubar, *La Socialisation*, Armand Colin, 2011.

Vocabulaire

Pairs : ensemble de personnes ayant les mêmes fonctions, statuts.

Rythme social : organisation de la vie sociale autour de moments communs quotidiens (le travail, les repas, le coucher), hebdomadaires (le repos du week-end) ou annuels (les fêtes, les vacances).

Instance (ou agent) : organisation qui participe à la socialisation (famille, école).

4 Le rôle des médias dans la socialisation

De quoi s'agit-il ? **Les médias occupent une place importante dans nos pratiques culturelles. Ils sont présents dès le plus jeune âge et transmettent des normes et des valeurs de façon massive et de plus en plus rapidement.**

1 Les médias et la production de modèles culturels

- Les médias de masse comme la presse écrite, la radio, puis la télévision ont constitué et constituent encore, pour des générations entières, une source d'information et de divertissement à travers laquelle l'individu reçoit une **idéologie**, des éléments de communication, mais aussi des **modèles** auxquels s'identifier.
- Que ce soit dès le plus jeune âge, avec les dessins animés, le cinéma, ou plus tard avec les séries ou les émissions de télé-réalité, l'enfant puis l'adolescent reçoivent **des discours et des images plus ou moins explicites** quant aux conduites valorisées, aux normes esthétiques ou aux modes vestimentaires et musicales.
- En choisissant les événements dont ils estiment devoir nous informer, les médias de masse contribuent aussi à **construire nos représentations du monde.**

2 De nouveaux médias qui transforment nos comportements

- L'arrivée d'internet et des réseaux sociaux a transformé le paysage médiatique, ainsi que la relation de l'individu aux médias. L'individu, confronté à une source infinie d'information, est davantage **acteur de ses choix**.
- On observe une **intensification et individualisation des interactions sociales**. Les sites de partage, le suivi de « youtubeurs », les forums et réseaux sociaux sont autant de façons de s'interconnecter, d'interagir autour de centres d'intérêts communs. Ces interactions diffusent des normes et des valeurs à une échelle très large et de façon rapide.
- Les instances de socialisation traditionnelle, comme la famille ou l'école, entrent en concurrence avec ces nouveaux médias. Cette situation les pousse à **s'adapter en intégrant ces derniers à leur fonction socialisatrice** (comme elles l'avaient fait pour la télévision à partir des années 1960), mais aussi **en éduquant le jeune individu** dans son rapport à ces nouveaux outils (esprit critique).

Doc. Des adolescents sociables

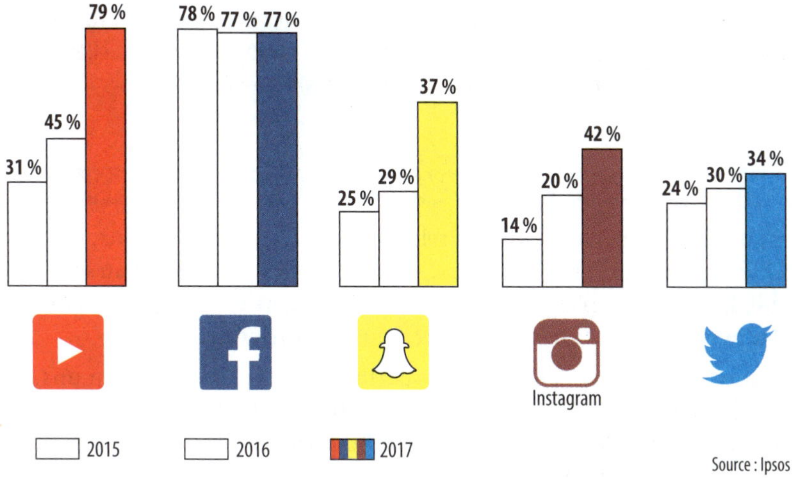

Les adolescents sont très consommateurs des réseaux sociaux. En l'espace de trois ans, la croissance du nombre de 13-19 ans inscrits sur les réseaux sociaux a explosé, en particulier pour YouTube, devenue la première plateforme digitale auprès des jeunes avec 79 % d'entre eux qui y sont inscrits, devant Facebook, qui stagne à 77 %.

Vocabulaire

Médias de masse : médias capables d'atteindre et d'influencer une large audience.

Normes esthétiques : ce que la société ou le groupe social défini comme beau.

Représentation : construction d'une réalité, interprétation de notre environnement.

5 Le rôle des groupes de pairs dans la socialisation

De quoi s'agit-il ? **Dès l'école, les individus sont associés à leurs semblables pour constituer un groupe (la classe). Ils poursuivront leur vie en multipliant ces affiliations ponctuelles ou plus durables à travers leurs loisirs, leur travail ou leur engagement associatif.**

1 Les groupes de pairs, entre intégration et différenciation

- Nous sommes en permanence en relation avec d'autres individus. On parle de sociabilité. Ces relations se structurent souvent autour de **groupes** au sein desquels l'individu fait l'apprentissage de la vie sociale (**intégration**), tout en construisant sa **propre identité** en fonction du groupe fréquenté (**différenciation**).
- Ces groupes rassemblent des individus partageant des éléments communs (groupe de pairs). L'appartenance à un groupe est source d'**interactions** qui participent à la **construction sociale de l'individu**, en lui forgeant une conscience politique ou en faisant évoluer ses goûts.
- Deux mécanismes sont à l'œuvre. D'une part, l'**impératif social d'être** affilié, intégré, **identifié à un groupe** pour ne pas être exclu de la société. D'autre part, les groupes de pairs sont souvent le produit d'affiliations choisies, où les **choix personnels de l'individu** s'affirment comme une **manifestation de l'identité de l'individu**. C'est le cas en particulier à l'adolescence, où l'individu s'émancipe de la tutelle du groupe familial pour commencer à élaborer son statut d'adulte autonome.
- On entrevoit ici une sorte de **paradoxe** (**Doc.**) autour du fait que les pairs exercent à la fois une **contrainte sur l'individu** (il faut se conformer au groupe), mais permettent à l'individu de **se constituer sa propre identité** (en intégrant un groupe, il se distingue des autres).

2 Une sociabilité renforcée par les réseaux sociaux et internet

- Les **nouvelles technologies** conduisent également à renforcer ou à transformer des pratiques déjà existantes. **Les relations amicales** de la cour de récréation **se poursuivent sur les réseaux sociaux**, tout comme les relations professionnelles ou associatives qui trouvent leur prolongement sur des forums ou des sites de partage.
- Ils y constituent des groupes, des réseaux autour de goûts ou de pratiques communes (sports, beauté, cuisine, jeux vidéo, etc.), qui peuvent former de véritables **communautés**, dans lesquelles se diffusent **des normes et des valeurs propres au groupe**.

3 Une socialisation soumise à de multiples influences

- Dans un monde aussi ouvert que le nôtre, l'individu se retrouve sous l'**influence de plusieurs agents de socialisation**, avec des forces qui poussent à la complémentarité, alors que d'autres tendent vers la concurrence, voire le conflit.
- La sociologie montre que l'individu interagit avec son environnement de plusieurs manières. Si l'influence de la famille et de l'école est déterminante dans son devenir social, ces **influences** sont **confirmées, nuancées ou transformées par les médias et les groupes de pairs** auxquels il s'associe.
- À l'inverse, **l'influence des médias et des pairs** reste **limitée par l'habitus** transmis par la famille. Les choix des sites consultés, les sports pratiqués ou la constitution de groupes d'amis sont fortement déterminés par les normes et valeurs reçues lors de la socialisation familiale.

Doc. **Les groupes d'ultras**

Depuis une vingtaine d'années, des groupes de supporters « ultras » s'engagent dans le soutien aux clubs de football français. [...]

Au-delà de la sociabilité qu'ils procurent, les groupes ultras ont une action socialisatrice. Au contact des plus anciens, les nouveaux apprennent et intériorisent les manières de faire et de penser de ce milieu. Les membres sont amenés à respecter des règles, à participer à des actions collectives, à s'investir dans la durée. Ainsi, le groupe modèle, dans une large mesure, les comportements individuels. La forte valorisation de la cohésion interne s'accompagne d'une certaine fermeture vis-à-vis de l'extérieur : l'unité du groupe s'établit par opposition aux [...] autres groupes ou aux dirigeants du football. La distance critique envers le groupe et le rôle d'ultra, variable d'un individu à l'autre, n'est globalement pas très élevée. Beaucoup suivent scrupuleusement les préceptes du groupe et du mouvement : ils sont tellement intériorisés et partagés qu'ils deviennent évidents et ne sont pas remis en cause. [...] Chacun occupe une place particulière dans le groupe et est connu en fonction de caractéristiques personnelles. Le groupe (par l'intermédiaire des meneurs qui disposent souvent d'un fort ascendant sur leurs troupes) fait pression sur ses membres pour qu'ils participent aux déplacements et à la préparation des différentes activités. [...]

Les groupes ultras ont cette particularité de promouvoir un fort esprit de groupe et un conformisme interne tout en permettant des parcours individualisés en leur sein.

Nicolas Hourcade, « Les groupes de supporters ultras », *Agora débats/jeunesse*, L'Harmattan 2014.

Vocabulaire

Sociabilité : ensemble des relations interpersonnelles entre individus. Plus précisément, la sociabilité est l'existence, entre individus, de relations sociales réelles, relations choisies et réciproques que les individus souhaitent entretenir.

Groupe de pairs : ensemble de personnes présentant des éléments communs (âge, milieu social, préoccupations, aspirations, etc.).

Affiliation : fait de s'associer à un groupe, d'être en relation avec un ensemble d'individus.

6 Une socialisation différenciée

De quoi s'agit-il ? La société et les groupes sociaux déterminent des identités, des rôles et des statuts distincts en fonction de certains critères. L'apprentissage de la vie sociale n'est pas le même en fonction des milieux sociaux et du sexe de l'individu.

1 L'influence du genre sur la socialisation

- Dans la **construction des identités sociales**, le **genre** joue un rôle prépondérant. On doit, très tôt, signifier notre sexe et intégrer les rôles et statuts qui lui sont liés.
- D'abord au niveau de l'**apparence**, les couleurs, les habits, la coupe de cheveux, les bijoux, entre autres, doivent témoigner du genre de la personne.
- Ensuite, nos **attitudes**, notre **manière de parler**, de nous **déplacer**, nos **goûts** sont en permanence ramenés par notre famille, nos pairs ou les médias, à notre genre, de façon plus ou moins explicite et exigeante. Le choix des jouets et des activités sportives sont à ce titre très parlants.
- Traditionnellement, on considère le calme, le soin, la communication ou la compassion comme des qualités féminines, que l'on valorise chez les filles, et on attend d'un garçon qu'il pratique des activités physiques, qu'il ait l'esprit de compétition, une certaine forme de courage. On parle de stéréotypes (**Doc.**).
- De cette socialisation ressortent des **rôles attendus socialement**, qu'on retrouvera dans le choix des études et la profession ou encore dans le partage des tâches domestiques. Certains **statuts** se créent ainsi, déterminant des **inégalités** encore importantes aujourd'hui (salaire, pouvoir économique et politique...).

2 L'influence du milieu social sur la socialisation

- Chaque milieu social se caractérise par des **éléments qui le différencient des autres groupes**. C'est par la socialisation que cette distinction s'effectue, notamment par la transmission d'un capital social et culturel.
- Nous évoluons dans des **milieux où les ressources sont inégales**. Vivre dans une famille financièrement aisée, diplômée, dans un quartier privilégié, offre des expériences différentes de celles offertes dans les milieux défavorisés.
- Le niveau de langage, les pratiques sportives et artistiques, la nature des jeux et des jouets ou encore les destinations de vacances, sont autant d'éléments qui participent à la **construction de notre identité sociale**. Ils vont également opérer comme des **marqueurs sociaux**, des codes, qui participent aux mécanismes de **distinction sociale**.

• Cette socialisation différenciée peut participer à des **rapports de domination** (peuple/élites, bourgeois/prolétaires) et contribuer à certaines formes d'**injustice sociale** (inégalité des chances à l'école ou dans les parcours professionnels).

Doc. Des stéréotypes véhiculés par les jouets

Lors de la socialisation primaire, la construction des stéréotypes passe beaucoup par les jouets. Dans ce domaine, famille, médias et groupes de pairs ont tendance à véhiculer les mêmes idées.

Vocabulaire

Statut : position plus ou moins valorisée qu'occupe une personne dans la société.

Stéréotype : représentation caricaturale figée, idée reçue acceptée et véhiculée sans réflexion, concernant un groupe humain.

Capital social : ensemble des ressources qu'un individu peut mobiliser à travers ses relations, ses réseaux.

Capital culturel : ensemble des ressources culturelles dont dispose un individu (langage, connaissances artistiques).

RÉVISION EXPRESS

LES POINTS À RETENIR

- La socialisation est un **processus de transmission de normes et de valeurs** qui rend apte l'individu à la **vie en société**. Cet apprentissage se déroule selon **différents mécanismes** : l'inculcation, l'imitation et l'interaction.
- Ce processus est réalisé par différents agents. La **famille** et l'**école** sont les principaux agents de la **socialisation primaire**, qui marque profondément l'individu dans son rapport au monde, car elle s'effectue sur un individu vierge de toute référence.
- Les **médias** et les **groupes de pairs** agissent principalement sur la **socialisation secondaire**, mais prennent une place de plus en plus importante dans la transmission des normes et des valeurs. C'est davantage l'imitation et les interactions sociales qui dominent cette phase.
- Les normes et valeurs transmises seront différentes selon le **sexe** et le **milieu social**. On parle de **socialisation différenciée**, car l'une des fonctions de ce processus est de construire des identités sociales aux statuts et rôles distincts.
- Cette différenciation peut conduire à construire des **stéréotypes** qui influencent les **représentations sociales** des individus. Elle peut également être à l'origine d'**inégalités sociales** entre les sexes et les différents milieux car, durant la socialisation, sont transmis différentes **capitaux** (économique, social et culturel) privilégiant certains groupes sociaux.

LES MOTS IMPORTANTS

- Capital culturel
- Capital social
- Groupe de pairs
- Habitus
- Identité sociale
- Normes
- Représentation
- Rôle
- Socialisation primaire/secondaire
- Statut
- Stéréotype
- Valeurs

LE SCHÉMA IMPORTANT À RETENIR

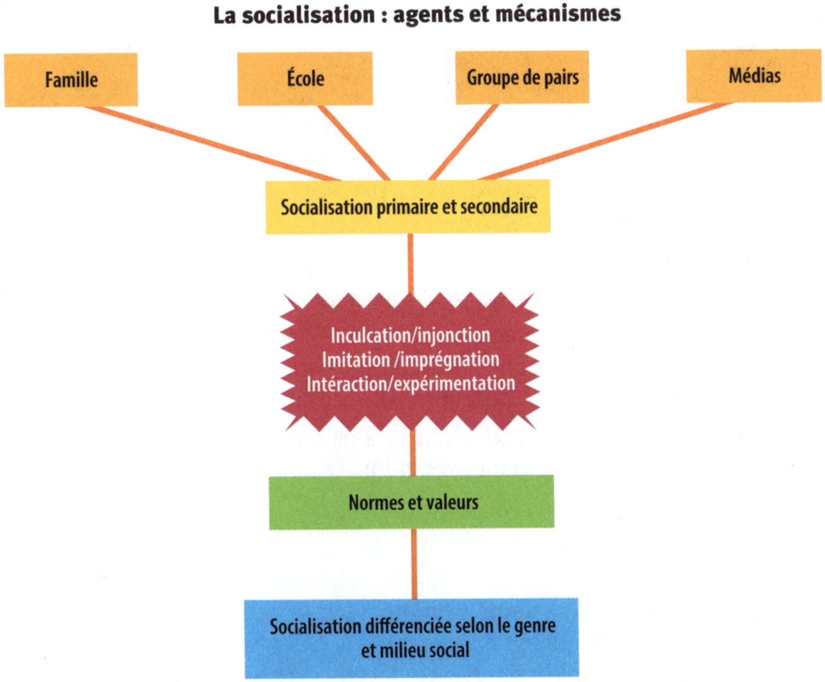

QuiZ

1. Normes et valeurs sont synonymes.
☐ Vrai ☐ Faux

2. L'habitus est le produit de la socialisation primaire.
☐ Vrai ☐ Faux

3. Les médias ont un rôle croissant dans la socialisation.
☐ Vrai ☐ Faux

4. Filles et garçons reçoivent des normes et valeurs différentes.
☐ Vrai ☐ Faux

5. Rôles féminins et masculins sont semblables.
☐ Vrai ☐ Faux

6. Le capital culturel dépend du milieu social.
☐ Vrai ☐ Faux

→ Réponses p. 119

Calculer et interpréter des moyennes, médianes et quantiles

MÉTHODE

▶ Quand on analyse la société, on observe de nombreuses différences et inégalités. Pour les mesurer, on doit utiliser des outils statistiques qui permettent d'en connaître l'ampleur et de les aborder avec précision.

1. La moyenne

▶ La **moyenne** est un indicateur souvent utilisé en SES. Elle donne une information synthétique sur une population (son âge, ses revenus, le nombre d'enfants par femme…) et permet de faire des comparaisons dans l'espace et dans le temps. Deux types de moyennes peuvent être calculés :

- la **moyenne simple**, qui correspond à la somme des valeurs observées ($x_1 + x_2 + \dots + x_n$) divisée par l'effectif (n) :

$$\frac{x_1 + x_2 + \dots + x_n}{n}$$

- **la moyenne pondérée**, pour laquelle on affecte un coefficient de pondération à chacune des valeurs (comme pour le baccalauréat, où les notes ont un poids différents selon les matières). Elle correspond à la somme de chaque valeur multipliée par son coefficient de pondération, divisée par la somme des coefficients :

$$\frac{(n_1 \times x_1 + n_2 \times x_2 + \dots + n_n \times x_n)}{n_1 + n_2 + \dots + n_n}$$

▶ Mais la moyenne peut gommer des inégalités. Une classe de 30 élèves peut avoir 12 de moyenne avec 15 élèves qui ont 4 de moyenne et 15 élèves qui ont 20 de moyenne. On préfère alors utiliser des outils de mesure de dispersion, comme la médiane.

2. La médiane

▶ La **médiane** est une valeur qui partage une série en deux parties égales. Autrement dit, la moitié de l'effectif se situe en dessous de cette valeur, l'autre moitié au-dessus. Elle permet de mieux apprécier les écarts. Par exemple, le salaire mensuel moyen en France est de 2 200 € net tandis que le salaire mensuel médian est de 1 780 €. Cela signifie que la moitié des salariés gagnent moins de 1 770 €, soit 430 € de moins que la moyenne. La moyenne est donc « tirée vers le haut » par l'existence de très hauts salaires.

3. Les quantiles

- Afin d'avoir une approche encore plus précise des inégalités, on utilise les **quantiles**. Il s'agit de découper une population en tranches plus ou moins épaisses. Quatre tranches de 25 % : les quartiles ; 5 tranches de 20 % : les quintiles ; 10 tranches de 10 % : les déciles ; 100 tranches de 1 % : les centiles.
- Ces quantiles sont des bornes, des limites à l'intérieur desquelles on trouve une certaine proportion de population (1, 10, 20 ou 25 %). Ils peuvent aussi être présentés sous forme de moyenne.
- Il est intéressant de calculer le rapport entre les quantiles extrêmes, notamment les déciles, pour mesurer les écarts.
- Exemple pour les déciles :

Déciles placés comme bornes (limite supérieure de la tranche de 10 %)

Revenu annuel en euros en France en 2016

D1	D2	D3	D4	D5	D6	D7	D8	D9	D9/D1
10 730	13 530	15 800	17 890	20 000	22 340	25 230	29 580	37 200	**3,4**

- **Lecture** : en 2016, 10 % des ménages en France gagnaient moins de 10 730 € par an. La moitié de la population gagnait moins de 20 000 € par an (D5 : médiane) et 10 % des ménages gagnaient plus de 37 200 € par an. Le revenu le plus bas des 10 % les plus riches est 3,4 fois supérieur au revenu le plus haut des 10 % les plus pauvres.

Décile placé comme moyenne (revenu moyen à l'intérieur de la tranche de 10 %)

Revenu annuel en euros en France en 2016

D1	D2	D3	D4	D5	D6	D7	D8	D9	D10	D10/D1
8 380	12 550	15 060	17 300	19 430	21 690	26 290	27 650	33 220	56 230	**6,7**

- **Lecture** : les 10 % des ménages les plus pauvres gagnaient en moyenne 8 380 € par an. Les 10 % des ménages les plus riches gagnaient en moyenne 56 230 € par an. Les 10 % les plus riches gagnaient en moyenne 6,7 fois plus que les 10 % les plus pauvres.

Remarque

En fonction de l'outil utilisé, on marquera plus ou moins les inégalités.

APPLICATION : EXERCICE CORRIGÉ

1. Calculer des moyennes

Un élève a eu 10 évaluations dans l'année. Elles sont affectées des coefficients suivants.

	DS 1	DS2	DM1	DS3	DM2	TP1	TP2	DS4	DM3	DS5
Note/20	12	7	15	16	16	8	14	13	18	9
Coefficient	2	2	1	2	1	1	1	5	1	4
Moyenne de la classe	9	11	13	12	15	9	11	11	15	9

QUESTIONS

1. Calculez la moyenne simple, puis la moyenne pondérée de l'élève.

2. Calculez la moyenne pondérée de la classe.

3. Mesurez l'écart à la moyenne de l'élève par rapport à la classe.

CORRIGÉ

1. Moyenne simple : $\frac{12 + 7 + 15 + 16 + 16 + 8 + 14 + 13 + 18 + 9}{10} = 12{,}8$

Moyenne pondérée :

$$\frac{(12 \times 2) + (7 \times 2) + (15 \times 1) + (16 \times 2) + (16 \times 1) + (8 \times 1) + (14 \times 1) + (13 \times 5) + (18 \times 1) + (9 \times 4)}{(2 + 2 + 1 + 2 + 1 + 1 + 1 + 5 + 1 + 4)}$$

$$= \frac{242}{20} = 12{,}1$$

2. Moyenne pondérée de la classe :

$$\frac{(9 \times 2) + (11 \times 2) + (13 \times 1) + (12 \times 2) + (15 \times 1) + (9 \times 1) + (11 \times 1) + (11 \times 5) + (9 \times 4)}{(2 + 2 + 1 + 2 + 1 + 1 + 1 + 5 + 1 + 4)}$$

$$= \frac{203}{20} = 10{,}15$$

3. L'élève obtient 1,95 points de plus que la moyenne de la classe, soit environ une moyenne 20 % supérieure.

2. Lire des déciles

Distribution des salaires annuels selon les sexes (en euros)

	Sexe	
	Femmes	Hommes
D1 (1er décile)	8 920	9 780
D5 (médiane)	18 230	21 410
D9 (9e décile)	30 540	40 110
D9/D1 (rapport interdécile)	3,4	4,1
Moyenne	16 720	22 550

QUESTIONS

1. Rédigez un paragraphe avec les données soulignées.

2. Que signifient les chiffres de la D5 du tableau ?

3. Que nous apprend ce tableau sur les inégalités de salaires entre hommes et femmes ?

CORRIGÉ

1. 10 % des femmes salariées gagnent moins de 8 920 € par an. 10 % des hommes salariés gagnent plus de 40 110 €. Le salaire le plus bas des 10 % des hommes les mieux payés est 4,1 fois supérieur au salaire le plus haut des 10 % des hommes les moins bien payés.

2. Les chiffres de la ligne D5 signifient que la moitié des femmes gagne moins de 18 230 euros par an et que la moitié des hommes a un salaire annuel inférieur à 21 410 euros.

3. Les écarts de salaires entre hommes et femmes sont plus importants dans les salaires les plus élevés que dans les salaires les plus bas.

Vérifiez vos connaissances

1 Questions courtes

1. Pourquoi la socialisation primaire est-elle déterminante ?
2. À quoi correspond le mécanisme d'imitation lors de la socialisation ?
3. Comment les médias interviennent-ils sur la socialisation de l'adolescent ?
4. Quelles valeurs l'école transmet-elle ?
5. Comment la socialisation différencie-t-elle les filles des garçons ?
6. Comment le milieu social différencie-t-il les individus ?

2 Texte à trous

Complétez le texte avec les termes suivants (attention un même terme peut être utilisé plusieurs fois) : *famille – socialisation primaire – socialisation – interactions – normes – groupes de pairs – socialisation différenciée – médias – école – rôles – valeurs – inconscient.*

Les parents désirent transmettre des .... et des .... qui correspondent au milieu particulier de l'enfant. Les .... sont des règles ou des modèles de conduite propres à un groupe social ou à une société. Ce processus d'intériorisation est .... c'est-à-dire qu'il dépend du milieu social des individus concernés. Le processus de .... n'est pas le même dans les catégories modestes ou plus élevées. Le processus de .... est en partie ...., c'est-à-dire que nous ne sommes pas toujours conscients des .... et des .... que nous intériorisons. C'est le cas par exemple du niveau de langage, des manières de se tenir... La première instance de socialisation est la .... Elle est une instance de .... , tout comme l'.................. ; c'est-à-dire qu'elle concerne les enfants. On peut aussi citer les .... et les .... Ce processus ne se résume pas à une simple transmission. En effet, les enfants sont en .... avec leur milieu et notamment par le jeu avec leurs pairs. Ils apprennent ainsi des .... (ensembles de comportements attendus) qui sont différents en fonction du milieu social et du genre, par exemple.

Exercices d'entraînement

1 Le jouet : outil de différenciation ?

En examinant les « usages sociaux du jouet » dans des familles d'appartenances sociales diverses, Sandrine Vincent établit à nouveau l'affinité entre jouets éducatifs et classes cultivées, puisque les enfants de catégories supérieures sont trois fois plus nombreux que les enfants de catégories populaires à recevoir des jouets éducatifs (par opposition à des jouets récréatifs). De plus, on retrouve une opposition entre un jeu perçu comme moyen d'éveil de l'enfant et un jeu appréhendé comme plaisir ou loisir dans les familles populaires. <u>Le jouet n'est donc pas un objet socialement neutre, et permet d'observer les gestions familiales de la scolarité</u> : du côté des classes moyennes et surtout supérieures, des conduites « libérales », fondées sur un « contrôle indirect », et le jeu est utilisé comme un outil de « stimulation intellectuelle », qui assure et consacre la continuité des espaces familiaux et scolaires ; du côté des classes populaires, un modèle plus autoritaire du « contrôle direct », et le jouet fonctionne comme « stimulation matérielle » (il sanctionne par exemple les résultats scolaires, le jouet servant à récompenser et son retrait à punir), qui contribue à accentuer la séparation des univers familiaux et scolaires.

Muriel Darmon, *La Socialisation*, Armand Colin, 2010.

1. Quels types de jouets le texte distingue-t-il ?

2. Expliquez la phrase soulignée.

3. Quel effet pervers est mis en évidence par la dernière phrase du texte ?

2 Le rôle des médias

Évolution de la durée d'écoute quotidienne de la télévision

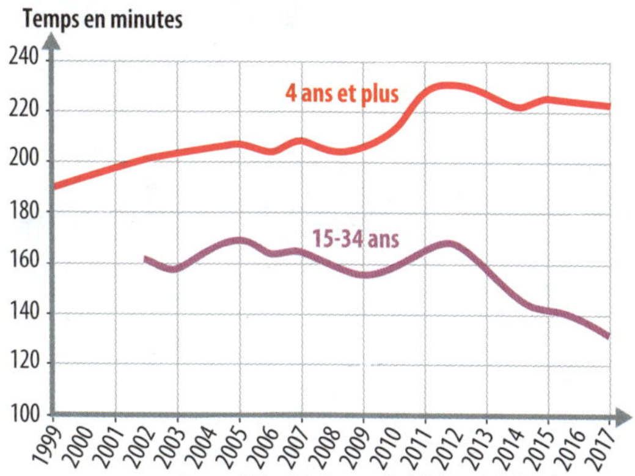

Sources : Médiamétrie. Comprend le différé à partir de 2011. En minutes.

1. Faites la lecture des données en 1999 et 2017 pour la courbe des 4 ans et plus, puis en 2002 et 2017 pour la courbe des 15-34 ans.

2. Calculez l'évolution de la durée passée devant la télévision des 4 ans et plus et des 15-34 ans entre 2002 et 2017.

3. Selon vous, qu'est-ce qui pourrait expliquer la progression du temps d'écoute de la télévision chez les 4 ans et plus ? et chez les 15-34 ans ?

3 Les jeunes, acteurs de leur socialisation ?

L'un des paradigmes fondamentaux des études sur l'adolescence contemporaine repose sur la mise en tension de la socialisation primaire et de la socialisation secondaire. Selon Pierre Bourdieu (1979), la socialisation primaire au sein de la famille entraîne des acquisitions stables, mais nous savons que la socialisation secondaire prend une place de plus en plus significative au cours de l'adolescence par le biais des diverses institutions de socialisation, et plus précisément par l'intégration du jeune dans différents cadre de la vie sociale. Or, les mutations culturelles de ces dernières décennies ont transformé le processus de socialisation : les jeunes ne sont plus des agents passifs qui subissent une socialisation imposée de manière unilatérale par les aînés ou les institutions (Dubar, 2000). La socialisation contemporaine devient alors l'écho d'un processus d'individuation[1] où chacun expérimente et définit son chemin avec un souci constant d'authenticité et d'unicité.

Dans ce contexte, la socialisation devient – peut-être davantage qu'auparavant – un processus qui se poursuit sans cesse et pendant lequel le temps accordé à la famille tend à diminuer au profit des « relations choisies ». [...] Le pair apparaît ici comme le semblable qui, paradoxalement, enseigne la conduite à tenir, le sens de telles ou telles pratiques sociales et la validité de telles actions en fonction des contextes. Les interactions entre les pairs sont d'ailleurs au cœur du débat sur le « conformisme » des adolescent.e.s qui seraient soumi.e.s à la « tyrannie de la majorité » et donc menacé.e.s dans leur individualité.

« Les pairs », *Revue de socio-anthropologie de l'adolescence (RSAA)*, n° 2, janvier 2018.

1. L'individuation est le processus de distinction d'un individu du groupe ou de la société dont il fait partie.

1. Quel agent socialisateur est présenté dans le texte ?

2. Quels sont les deux mécanismes socialisateurs mis en évidence ?

3. Quel paradoxe (contradiction apparente) est relevé dans le deuxième paragraphe du texte ?

Quiz

1 Faux. Les normes sont la manière dont on exprime les valeurs. La valeur de la politesse imposera la norme de saluer les gens que l'on rencontre.

2 Vrai. Ce sont les normes et valeurs transmises au plus jeune âge qui s'ancrent le plus profondément et durablement dans l'individu, selon le sociologue Pierre Bourdieu.

3 Vrai. Les médias sont plus nombreux et surtout plus diversifiés. L'avènement d'internet et des réseaux sociaux a permis d'accentuer l'influence des médias en les rendant instantanés, permanents, omniprésents.

4 Vrai. La société attend des filles et des garçons qu'ils jouent des rôles différents. Elle va donc orienter leur conduite en leur transmettant des normes et valeurs en partie différentes.

5 Faux. Les hommes et les femmes ont traditionnellement des statuts différents au sein des différents univers sociaux (famille, travail…). La société a tendance à leur assigner des qualités différentes qui contribuent à leur faire jouer des rôles différents (douceur et communication pour la mère, statut social et autorité pour le père, par exemple).

6 Vrai. Notre langage, nos pratiques culturelles, nos goûts sont nettement marqués par l'environnement qui nous socialise. Tous ces éléments qui constituent le capital culturel ne sont pas transmis de façon équivalente selon les groupes sociaux.

Vérifiez vos connaissances

1 Questions courtes

1. La socialisation primaire est déterminante, car elle se réalise sur un individu sans repère, sans aucun acquis : tout est à construire. Par ailleurs, elle se réalise dans des contextes affectifs intenses et quasi permanents, ce qui renforce son impact.

2. Le mécanisme d'imitation correspond au phénomène d'identification à un modèle (grand frère, père…) que nous allons consciemment ou non vouloir mimer.

3. Les médias interviennent de deux façons. La première est subie, car elle correspond à une réception passive de modèles ou d'informations qui imprègnent notre représentation du monde. La seconde est plus active, car l'individu, sur internet ou les réseaux sociaux, interagit avec d'autres acteurs sociaux.

4. L'école transmet des valeurs collectives qui dépassent les groupes sociaux. Ce sont les valeurs républicaines, comme le travail, le respect ou l'honnêteté par exemple.

5. La socialisation différencie les sexes, car la société distingue les rôles masculins et féminins, plus ou moins fortement selon les milieux. À travers les attitudes que développent l'entourage vis-à-vis du garçon ou de la fille, l'enfant sera encouragé à adopter le comportement qui correspond à son genre. Les modèles diffusés par les médias sont aussi très marqués par le genre. Enfin, les groupes de pairs s'organisent, surtout durant l'enfance et l'adolescence, autour du sexe des individus. Ils sont le lieu de la manifestation de la virilité et de la féminité (langage, apparence, jeux).

6. Le milieu social est déterminé par le niveau de richesse (revenus, patrimoine), le niveau d'éducation (diplômes, culture), la communauté (religion, ethnie) ou encore le territoire (rural/urbain, quartier favorisé/défavorisé). En fonction de ces éléments, l'individu adoptera, dans une certaine mesure, un langage, des goûts ou des pratiques sociales propres à son milieu (le choix du football pour les catégories populaires ou la pratique d'instruments de musique dans les milieux aisés).

2 Texte à trous

Les parents désirent transmettre des **valeurs** et des **normes** qui correspondent au milieu particulier de l'enfant. Les **normes** sont des règles ou des modèles de conduite propres à un groupe social ou à une société. Le processus de **socialisation** n'est pas le même dans les catégories modestes ou plus élevées. On parle alors de **socialisation différenciée**. Le processus de **socialisation** est en partie **inconscient**, c'est-à-dire que nous ne sommes pas toujours conscients des **normes** et des **valeurs** que nous intériorisons. C'est le cas par exemple du niveau de langage, des manières de se tenir... La première instance de socialisation est la **famille**. Elle est une instance de **socialisation primaire**, tout comme l'**école** ; c'est-à-dire qu'elle concerne les enfants. On peut aussi citer les **médias** et **les groupes de pairs**. Ce processus ne se résume pas à une simple transmission. En effet, les enfants sont en **interaction** avec leur milieu et notamment par le jeu avec leurs pairs. Ils apprennent ainsi des **rôles** (ensembles de comportements attendus) qui sont différents en fonction du milieu social et du genre, par exemple.

Exercices d'entraînement

1 Le jouet : outil de différenciation ?

1. Le texte distingue des jouets récréatifs, qui servent essentiellement à s'amuser, et des jouets éducatifs, qui participent à la stimulation intellectuelle.

2. Selon l'auteur, le choix des jouets a un impact sur les enfants et fait l'objet de stratégies familiales socialement différenciées. Il est perçu comme complémentaire de l'activité scolaire pour les milieux privilégiés et considéré comme un objet de divertissement pour les milieux populaires.

3. Les familles qui utilisent les jouets comme récompense ou sanction aux résultats scolaires, pensant stimuler leur enfant, risquent au contraire de créer une opposition entre les deux univers. Le résultat est donc inverse à celui attendu.

2 Le rôle des médias

1. Selon Médiamétrie, en 1999, les 4 ans et plus regardaient la télévision 190 minutes (soit 3 h 10) en moyenne par jour. En 2017, le temps d'écoute est passé à 220 minutes (soit 3 h 40) en moyenne par jour.

Les 15-34 ans passaient en moyenne 160 minutes (2 h 40) par jour devant la télévision en 2002. En 2017, ils regardaient la télévision en moyenne 130 minutes par jour (soit 2 h 10).

2. La durée d'écoute de la télévision chez les 4 ans et plus est passée de 200 à 220 minutes par jour entre 2002 et 2017 soit une augmentation de 10 % :

$$\frac{(220 - 200)}{200} \times 100.$$

En revanche, l'écoute des 15-34 ans est passée de 160 à 130 minutes, soit une baisse de presque 19 % :

$$\frac{(130 - 160)}{160} \times 100.$$

3. L'augmentation de la durée d'écoute chez les 4 ans et peut-être due à l'augmentation et à la spécialisation de l'offre télévisuelle. En effet, le nombre de chaînes de télévision a augmenté et les chaînes à thèmes qui ciblent les populations en fonction des âges ou des centres d'intérêts se sont multipliées. Pour les 15-34 ans, nous pouvons expliquer cette évolution par le développement d'internet et des réseaux sociaux.

3 Les jeunes, acteurs de leur socialisation ?

1. Ce sont les groupes de pairs, et en particuliers les groupes d'adolescents, qui sont présentés comme agents socialisateurs dans ce texte.

2. Les mécanismes socialisateurs mis en évidence sont l'interaction (les relations sociales entre adolescents) et l'imitation (volonté de ressembler aux autres adolescents).

3. Le paradoxe qui est montré par le texte est que l'adolescent, tout en cherchant à construire sa propre identité (distincte de sa famille), à affirmer son individualité se soumet malgré tout à un véritable conformisme vis-à-vis de ses pairs (« tyrannie de la majorité »).

CHAPITRE 4
Comment s'organise la vie politique ?

1 Les institutions de la Ve République

De quoi s'agit-il ? **Afin de garantir l'État de droit, les sociétés démocratiques donnent un cadre au pouvoir politique : c'est la Constitution. Elle fixe les buts et les limites aux différentes institutions qui constituent le pouvoir politique.**

1 Le pouvoir politique

- Le pouvoir est une relation qui permet à un individu d'obtenir un comportement souhaité d'un autre individu. Le pouvoir politique est une forme particulière du pouvoir, car **il s'exerce sur toute la société et par la société**.
- Le pouvoir politique a une fonction spécifique : celle d'**assurer la cohésion sociale**, l'équilibre social. Il se charge de réguler les relations sociales et d'intervenir pour éviter les conflits dans la société.
- Il s'incarne aujourd'hui dans l'État qui, en plus d'assurer cette fonction, va donner à la société les moyens de se protéger des dangers extérieurs. Il dispose pour remplir ces fonctions du **monopole de la violence** : police, justice, armée (**Doc.**).
- Si le pouvoir politique a d'abord visé la **protection des biens et des personnes** (« État-gendarme »), il s'est ensuite donné pour mission **de réguler l'activité économique et les questions sociales** (« État-providence »).
- Le pouvoir politique s'est **institutionnalisé**. Il ne réside plus dans le pouvoir d'un individu, mais dans celui d'une **fonction** (président de la République) et il est encadré par des **lois** (Constitution).

2 La République s'appuie sur une Constitution

- **La France est une République**, c'est-à-dire un mode de gouvernement dans lequel le pouvoir est exercé par des personnes élues, au contraire des monarchies ou des empires, où le pouvoir est héréditaire.
- Depuis la Révolution de 1789, la France s'est dotée de **cinq Républiques**. Nous sommes depuis 1958 sous la Ve République. Elle fonde son pouvoir et son organisation sur une Constitution.

- La Constitution assure l'État de droit, qui permet de **limiter tout abus de pouvoir**. Elle est au sommet de la hiérarchie des normes juridiques, c'est-à-dire que toutes les lois qui encadrent un État doivent satisfaire aux principes fixés par la Constitution.
- La Constitution organise également le système politique à travers les différentes **institutions** et les **règles** de leur fonctionnement.

Doc. Le monopole de la violence légitime

S'il n'existait que des structures sociales d'où toute violence serait absente, le concept d'État aurait alors disparu et il ne subsisterait que ce qu'on appelle, au sens propre du terme, l'« anarchie ». La violence n'est évidemment pas l'unique moyen normal de l'État – cela ne fait aucun doute –, mais elle est son moyen spécifique. De nos jours, la relation entre État et violence est tout particulièrement intime. Depuis toujours, les groupements politiques les plus divers – à commencer par la parentèle[1] – ont tous tenu la violence physique pour le moyen normal du pouvoir. Par contre, il faut concevoir l'État contemporain comme une communauté humaine qui, dans les limites d'un territoire déterminé – la notion de territoire étant une de ses caractéristiques –, revendique avec succès pour son propre compte le monopole de la violence physique légitime.

Max Weber, *Le Savant et le Politique*, 1919.

1. Ensemble des parents.

Vocabulaire

Pouvoir politique : domination exercée par une personne ou un groupe de personnes dans une société, dans le but d'organiser celle-ci.

Constitution : ensemble de textes juridiques qui définit les différentes institutions composant l'État et qui organise leurs relations.

État de droit : système institutionnel dans lequel la puissance publique est soumise au droit et où la justice est indépendante du pouvoir.

2 La séparation des pouvoirs

De quoi s'agit-il ? Dans *De l'esprit des lois* (1748), Montesquieu explique que l'État de droit repose sur la séparation des pouvoirs, qui permet d'empêcher toute dérive totalitaire. C'est la Constitution qui détermine le rapport entre les différents pouvoirs.

1 Les trois principaux pouvoirs

- Le pouvoir législatif est confié au **Parlement**. Le Parlement est composé d'une chambre haute, le **Sénat**, où siègent les sénateurs élus au suffrage universel indirect pour six ans, et d'une chambre basse, l'**Assemblée nationale**, où siègent les députés, élus au suffrage universel direct pour cinq ans. C'est l'Assemblée nationale qui **vote les lois**. Même si le Sénat peut les modifier (amendements), c'est l'Assemblée qui a le dernier mot. Le Parlement peut aussi proposer des textes de lois.
- Le pouvoir exécutif est partagé entre le **président** et le **gouvernement**, que le **Premier ministre** (nommé par le président) dirige. Il est chargé de **faire exécuter les lois**, mais il a également l'initiative législative et propose régulièrement au Parlement de voter des lois.
- Le pouvoir judiciaire est confié aux **juges**, qui sont chargés de **faire respecter les lois**. Les juges sont des fonctionnaires recrutés par concours et nommés par le garde des Sceaux (ministre de la Justice).

2 Des pouvoirs séparés, mais dépendants

- **Les pouvoirs législatif, exécutif et judiciaire sont séparés**, mais restent cependant sous contrôle (**Doc.**), afin qu'aucun des trois ne puisse prendre le pas sur les autres. En effet, **le pouvoir législatif**, issu du suffrage universel, **peut être dissout par le président de la République**. Si le chef de l'État dissout l'Assemblée nationale, on procède alors à de nouvelles élections.
- À l'inverse, **le gouvernement peut être renversé** par deux moyens. D'une part, les députés peuvent déposer une motion de censure qui, si elle est votée par une majorité de députés, oblige le président à remanier le gouvernement. D'autre part, quand le gouvernement engage sa responsabilité lors d'un vote et qu'il n'obtient pas de majorité, il démissionne.
- C'est en ce sens que l'on peut parler de **régime hybride ou semi-présidentiel**, car le président et le Parlement se partagent le pouvoir dans un certain équilibre.

• **Le président a des pouvoirs renforcés.** Il peut dissoudre l'Assemblée nationale et nomme le Premier ministre chargé de diriger le gouvernement (ministres et secrétaires d'État). Il est élu au suffrage universel direct pour cinq ans et peut consulter les électeurs par référendum.

Doc. L'organisation des pouvoirs en France

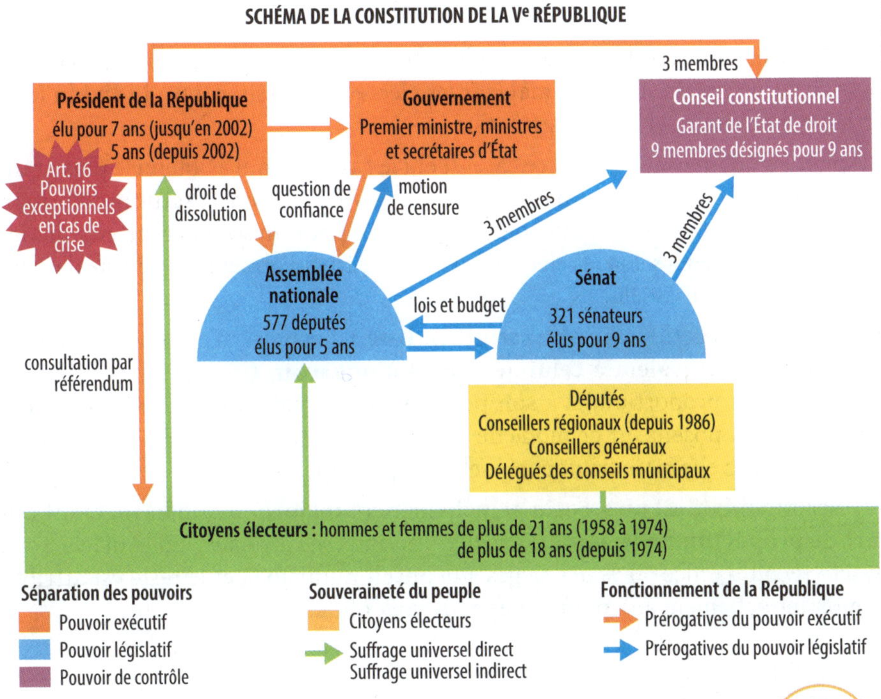

Vidéo

Vocabulaire

Pouvoir législatif : pouvoir de voter et de modifier les lois.

Pouvoir exécutif : pouvoir de faire exécuter, de mettre en œuvre des lois.

Pouvoir judiciaire : pouvoir de contrôler l'application des lois et de sanctionner leur non-respect.

Motion de censure : vote qui permet aux députés de mettre en cause la responsabilité gouvernementale.

Suffrage universel direct/indirect : reconnaissance du droit de vote à l'ensemble des citoyens. Le suffrage est « direct » lorsque les électeurs désignent directement leurs représentants. Il est « indirect » lorsque les électeurs élisent des « grands électeurs » qui, à leur tour désignent le (ou les) représentant(s) du peuple.

Référendum : vote qui permet à l'ensemble des citoyens d'approuver ou de rejeter une mesure proposée par le pouvoir exécutif.

3 Les différents modes de scrutins

De quoi s'agit-il ? **Les choix des citoyens s'expriment par le vote. Les règles de désignation sont variées selon le type d'élection. On parle de différents modes de scrutins.**

3 Les trois principaux modes de scrutins

- Le scrutin majoritaire est un mode d'élection où seul le candidat arrivé en tête est élu. C'est un **scrutin uninomimal**, car les électeurs choisissent **un individu** (avec un suppléant pour certaines élections).
- Il peut être à un tour et, dans ce cas, est élu le candidat qui a obtenu le plus grand nombre de voix (cas du Royaume-Uni ou des États-Unis). Dans le scrutin majoritaire à deux tours, certains candidats sont sélectionnés pour un second tour, en fonction de critères différents selon les élections, et c'est celui qui obtient la majorité des voix au second tour qui est élu.
- Le scrutin proportionnel est un **scrutin de liste**. Chaque parti présente un **nombre de candidats équivalent à celui des sièges à pourvoir**. Chaque liste obtient un nombre d'élus proportionnel à son pourcentage de voix obtenues. Les élections européennes reposent sur ce mode de scrutin. Des pays comme l'Italie, l'Espagne ou l'Allemagne élisent leurs députés selon ce principe.
- Le scrutin mixte est un **scrutin principalement majoritaire, mais incluant une part de proportionnelle**. C'est le cas des élections municipales, où la liste arrivée en tête reçoit d'office 50 % des sièges au conseil municipal, et le reste est attribué proportionnellement aux pourcentages de voix obtenus par chaque liste.

4 Objectifs et limites des différents modes de scrutins

- L'élection au **scrutin majoritaire** a pour but de constituer une **majorité forte et stable** permettant de conduire une politique sur la durée du mandat. En revanche, elle amplifie le succès du parti arrivé en tête et réduit le poids des partis vaincus. Les plus petites formations sont parfois même privées de toute représentation.
- L'élection au **scrutin proportionnel** offre une **représentation plus fidèle des votes des électeurs**. Elle est donc perçue par certains comme plus **démocratique**. Cependant, on observe souvent pour ce mode de scrutin un éparpillement des voix qui rend difficile la construction d'une majorité forte et stable (**Doc.**). En effet, le scrutin à la proportionnelle impose souvent aux partis de faire des alliances, qui parfois ne tiennent pas dans le temps et provoquent une certaine instabilité politique.

Doc. La composition de l'Assemblée nationale

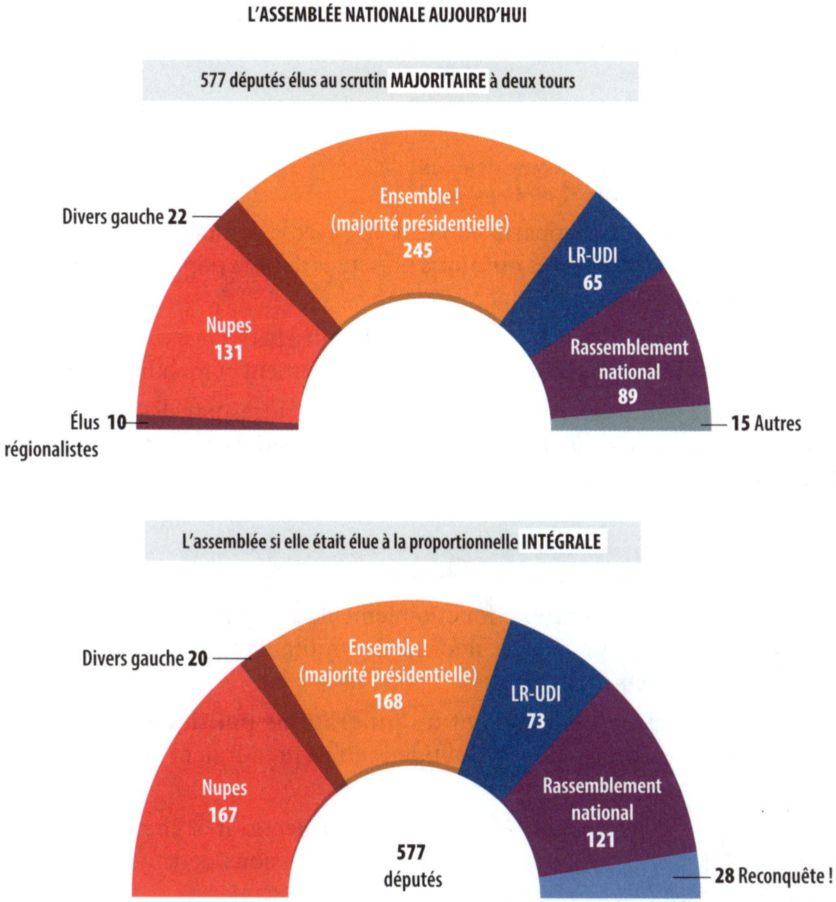

Vocabulaire

Scrutin majoritaire : mode de scrutin basé sur le découpage en circonscriptions électorales d'un territoire, où chaque circonscription n'élit qu'un seul député (uninominal). Le candidat qui obtient le plus grand nombre de voix est proclamé élu.

Scrutin proportionnel : mode de scrutin qui vise à donner à chaque parti un nombre de sièges proportionnel au total des suffrages qu'il a obtenus sur un territoire donné.

Scrutin mixte : mode de scrutin qui emprunte des éléments aux scrutins majoritaire et proportionnel.

4 Le rôle des partis politiques

De quoi s'agit-il ? Dans les démocraties représentatives, les partis politiques jouent un rôle important dans la mobilisation des électeurs et dans la compétition pour la conquête et l'exercice du pouvoir.

1 Partis politiques et pluralisme

- Les partis politiques sont apparus au XIXe siècle avec la **démocratie représentative**. Ils sont le **reflet des différentes opinions** présentes dans la population et sont donc les garants du pluralisme politique.
- Afin de conquérir et d'exercer le pouvoir, ils mobilisent des ressources humaines et financières pour édifier un **programme de gouvernement** et mobiliser les électeurs.
- Pour assurer l'équité entre les partis, ils sont encadrés par des règles, comme le **temps de présence dans les médias** ou les **lois sur la transparence de leur financement**.

2 Le rôle des partis dans la compétition électorale

- Chaque parti, selon son propre fonctionnement, désigne ses **représentants** aux différentes élections. Pour ce faire, il forme des militants et des cadres capables de remplir leurs fonctions une fois élus.
- Pour chaque élection, ils élaborent un **programme politique**, c'est-à-dire les mesures économiques, sociales ou politiques qu'ils prendraient si les électeurs les portaient au pouvoir.
- Une fois le programme élaboré, ils **mobilisent l'électorat** et cherchent à former l'opinion publique à travers des meetings, des diffusions de tracts auprès de la population et une présence active dans les médias (**Doc.**).

3 Les mutations récentes de la vie politique

- Les partis politiques ont longtemps participé à la socialisation politique des individus. Que ce soit par la famille, les pairs ou les médias, les individus se constituent une **culture politique orientée par des valeurs** dont les partis politiques sont porteurs.
- Les partis politiques sont souvent issus de **courants idéologiques**, produits de l'histoire de chaque nation. On parle de clivage gauche/droite de la vie politique autour duquel, selon différents degrés, se positionnent la majorité des partis.

- Traditionnellement, la **gauche** prône la redistribution des richesses ou milite pour des changements sociétaux (mariage homosexuel, parité homme-femme), tandis que la **droite** est plus conservatrice sur les mœurs et plus libérale économiquement.
- Depuis une trentaine d'année **le clivage gauche-droite tend à s'atténuer** et de nouveaux partis émergent. Les questions de l'environnement, de l'Europe, de la mondialisation ou des identités se retrouvent portées par des partis où les frontières idéologiques traditionnelles n'apparaissent plus.
- Enfin, la montée de l'abstention traduit également un **désintérêt** croissant pour la politique et une **défiance** vis-à-vis des partis politiques traditionnels.

Doc. Le rôle des partis politiques

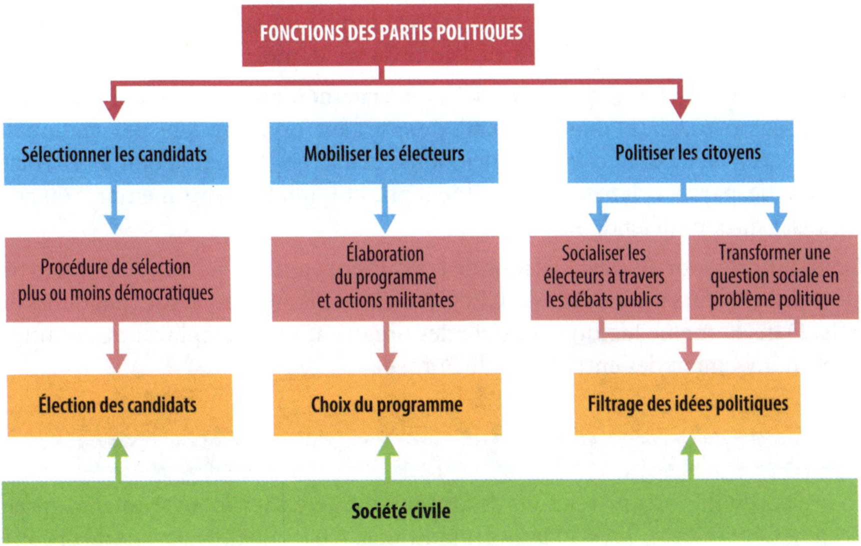

Vocabulaire

Parti politique : organisation ayant pour objectif de conquérir et d'exercer le pouvoir afin de mettre en œuvre un projet politique.

Pluralisme : système d'organisation politique qui reconnaît et accepte la diversité des opinions et leurs représentants.

Clivage gauche-droite : système de classement politique qui permet aux électeurs et aux professionnels de la politique de se repérer à l'intérieur d'un espace politique.

Socialisation politique : processus d'acquisition de valeurs et de comportements politiques.

Abstention : fait de ne pas participer au vote lors des élections.

5 Le rôle de la société civile dans la vie politique

De quoi s'agit-il ? **Si la conquête et l'exercice du pouvoir sont le fait des partis, d'autres acteurs interviennent pour les influencer lors des élections, mais aussi une fois qu'ils sont au pouvoir. Ils émanent de la société civile, c'est-à-dire du monde économique, du travail ou des milieux associatifs.**

1 Les différents acteurs de la société civile

- La société civile organisée est constituée de l'ensemble des **organisations distinctes de l'État, des collectivités territoriales et des partis politiques**.
- Elle est composée principalement d'associations, de syndicats et d'organisations religieuses. Ce sont des groupements d'individus qui réunissent des **intérêts propres** et cherchent à les voir représentés au sein de la vie démocratique (**Doc.**).
- Les **associations** et **organisations non gouvernementales** (ONG) sont constituées de groupes variés, allant du simple club de sport aux organisations internationales (Greenpeace), en passant par les associations caritatives (Secours populaire). À leur échelle (ville, pays ou planète), elles militent pour l'intérêt de leurs membres ou pour des causes qu'elles défendent.
- Les syndicats sont des **associations de travailleurs** ayant pour but de promouvoir et de défendre leurs intérêts (CGT, CFDT). Ils sont officiellement indépendants des partis. Dans la même logique, il existe des organisations d'employeurs, comme le Medef (mouvement des entreprises de France).

2 Les moyens d'actions pour influencer le pouvoir politique

- La société civile s'organise autour de groupes d'intérêts (ou lobbys), intérêts qu'elle cherche à faire valoir auprès du pouvoir politique. On les qualifie parfois de **groupes de pression** car, sans vouloir exercer le pouvoir, ils se mobilisent pour orienter les mesures gouvernementales.
- Les politistes distinguent deux stratégies. D'une part, le **lobbying interne** qui consiste à influencer le pouvoir politique au plus près des décideurs. Ce sont notamment les entreprises ou groupes d'experts qui interviennent auprès des députés ou des ministres au moment de l'élaboration des lois. D'autre part, le **lobbying externe**, où les associations et syndicats cherchent à mobiliser leurs membres et l'opinion à travers des manifestations, grèves et campagnes d'information.
- Dans certains cas, ces groupes de pression **poursuivent l'État en justice** afin qu'il renonce à certaines mesures ou qu'il les modifie.

• Dans l'ensemble, c'est surtout autour de **négociations** que le pouvoir politique et les organisations de la société civile coopèrent pour élaborer des projets de lois (environnement, droit du travail, Sécurité sociale…).

Doc. **Enquête sur les comportements politiques**

Question : « Voici un certain nombre d'actions politiques. Pour chacune, indiquez si vous l'avez déjà fait, si vous pourriez le faire ou vous ne le feriez jamais, quelles que soient les circonstances. »

Remarque

Plus l'action politique est engagée plus les chiffres de participation sont faibles.

Données en %	Oui, je l'ai déjà fait	Oui, je pourrais le faire	Non je ne le ferai jamais
Signer une pétition	72	23	5
Boycotter certains produits	51	41	8
Prendre part à une manifestation	48	36	16
Contacter un élu local ou national	31	50	19
Militer au sein d'une association	26	42	32
Porter un badge ou afficher un autocollant pour une cause	20	42	38
Militer dans un parti politique	12	33	55

Source : Enquête électorale française, Cevipof, 2016.

Vocabulaire

Société civile organisée : regroupement de citoyens dans des organisations sur des bases volontaires.

Syndicat : groupement constitué pour la défense d'intérêts professionnels.

Groupe d'intérêt (lobby) : association porteuse d'intérêts spécifiques, qui développe des actions pour influencer les décisions politiques.

6 Le rôle des médias dans la vie politique

De quoi s'agit-il ? **Parallèlement aux trois pouvoirs politiques, les médias jouent le rôle d'un quatrième pouvoir voire, pour certains, d'un contre-pouvoir. Quelle sont la nature et la force de ce pouvoir ?**

1 Des médias au cœur de la vie démocratique

- **Les médias**, c'est-à-dire l'ensemble des moyens de diffusion de l'information, **sont un moyen d'expression essentiel pour les acteurs démocratiques** et jouent un grand rôle dans la formation de l'opinion publique et la socialisation politique.
- La presse est un moyen d'expression et de contestation politique dès le XVIIIe siècle. C'est pourquoi les sociétés démocratiques ont toujours protégé sa liberté.
- Plaçant certains débats sur le devant de la scène, ils peuvent aussi en occulter d'autres. Ils sont donc soumis à une éthique : exactitude de l'information, respect de la vie privée, vérification des sources.

2 Un rôle parfois controversé

- Si on associe la liberté de la presse à la démocratie, il n'en demeure pas moins que les médias sont parfois accusés d'une trop forte **proximité avec les classes dirigeantes et le pouvoir**. De nombreux médias sont en effet détenus par des personnalités économiques puissantes et parfois proches du pouvoir.
- La télévision, média de masse, touchant des citoyens le plus souvent passifs, est accusée de **simplifier les débats** et de « faire » l'opinion, alors que la course à l'audience laisse peu de place au débat démocratique.
- Les hommes politiques sont accusés de façonner leurs discours non pas selon leurs convictions, mais selon l'état de l'opinion ou selon la vision des médias. Le débat d'idées et la démocratie céderaient alors à la « tyrannie » **de l'audimat et de l'information-spectacle**. D'autant qu'à l'ère des médias de masse, il est difficile pour le citoyen de trier la quantité d'informations qu'il reçoit.

Doc. **L'influence des médias sur le vote.**

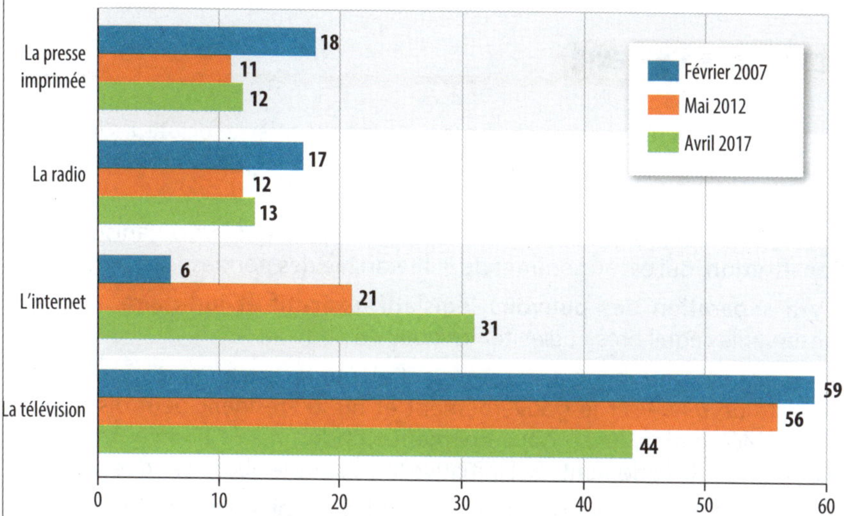

Vocabulaire

Média : moyen technique et support de diffusion massive de l'information (presse, radio, télévision, internet, cinéma…).

Éthique : qui intègre des critères moraux dans son fonctionnement. On parle également de déontologie.

RÉVISION EXPRESS

LES POINTS À RETENIR

- Le pouvoir politique est chargé d'organiser et de réguler la société. Il s'incarne dans l'État, qui dispose du monopole de la violence légitime encadrée par la loi. On parle d'**État de droit**.
- La France est une République dont le système politique est organisé par la **Constitution**, qui est au sommet de la hiérarchie des normes.
- Il y a **séparation des pouvoirs législatif**, **exécutif** et **judiciaire**, afin de préserver les équilibres et d'éviter les abus de pouvoir.
- La France est un régime semi-présidentiel, où le Parlement dispose de la capacité de renverser le gouvernement et où le Président peut dissoudre l'Assemblée nationale. Le gouvernement, conduit par le Premier ministre, dispose, avec le Parlement, de l'initiative législative (élaboration des lois).
- Le président et les députés sont élus au **suffrage universel** direct pour cinq ans par un **scrutin** majoritaire à deux tours. Ce scrutin permet de dégager des majorités fortes, et donc des gouvernements stables, mais ne représente que partiellement l'électorat, contrairement au scrutin proportionnel.
- Dans une démocratie représentative, les **partis politiques** désignent des candidats qui seront les représentants du peuple. Une société démocratique suppose l'existence de toutes les opinions (**pluralisme** politique).
- La **société civile organisée** (associations, syndicats, **groupes d'intérêt**...) mobilise l'opinion publique afin d'influencer les décisions du pouvoir.
- Les médias occupent une place centrale dans la vie politique. Ils organisent le débat public, assurent le pluralisme des expressions politiques et informent la population. Même si leur rôle est parfois controversé (politique-spectacle, *fake news*), ils sont indissociables de la démocratie.

LES MOTS IMPORTANTS

- Abstention
- Constitution
- État de droit
- Groupes d'intérêt
- Partis politiques
- Pluralisme
- Pouvoir exécutif
- Pouvoir judiciaire
- Pouvoir législatif
- Séparation des pouvoirs
- Société civile
- Suffrage universel
- Scrutin

LE SCHÉMA IMPORTANT À RETENIR

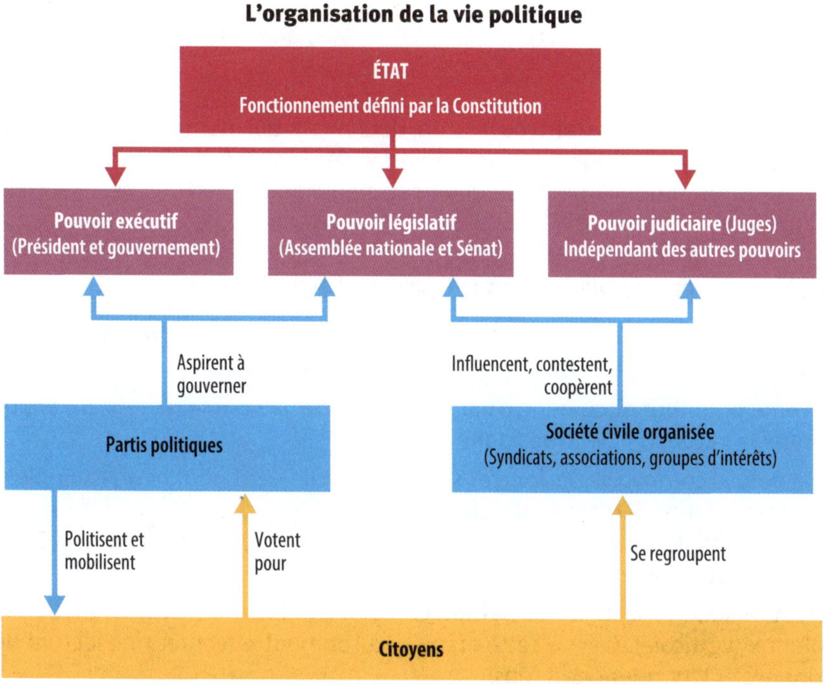

Quiz

1. L'État de droit suppose l'égalité de tous devant la loi.
☐ Vrai ☐ Faux

2. Le Parlement peut renverser le président de la République.
☐ Vrai ☐ Faux

3. Les partis politiques sont tous représentés à l'Assemblée nationale.
☐ Vrai ☐ Faux

4. Les syndicats sont des partis politiques.
☐ Vrai ☐ Faux

5. Les médias doivent offrir un temps de parole à tous les partis.
☐ Vrai ☐ Faux

→ Réponses p. 144

Analyser un tableau statistique à double-entrée

MÉTHODE

- Un **tableau à double-entrée** est un document qui permet de représenter de manière synthétique un grand nombre de données chiffrées (des valeurs ou des proportions) à partir de deux caractéristiques que l'on cherche à relier (variables).

1. Discerner les différents éléments d'information

- Il faut tout d'abord définir les mots du titre pour connaître le **thème** étudié et repérer ensuite l'**unité** utilisée (milliers, euros, pourcentage…).
- Comme pour tout document, il faut bien identifier la **source** (auteur, date) pour vérifier la nature officielle des données.
- Une note accompagne parfois ces statistiques. Elle peut donner un exemple de lecture de données ou apporter des précisions :
  - sur le calcul de l'indicateur utilisé ;
  - sur la population étudiée.
- Il faut ensuite repérer les **variables** en ligne (horizontale) et les variables en colonne (verticale). C'est à cette étape que l'on peut effectuer une lecture des données et leur donner du sens.
- Pour les données en pourcentage, il ne faut pas inverser le sens de lecture. Pour éviter cette erreur, on doit bien lire le titre du tableau ou se référer aux lignes et colonnes « Total » ou « Ensemble », pour voir où se trouve le chiffre 100 %.

2. Lire et interpréter les données

- Dans un tableau à double-entrée, il ne s'agit pas de lire toutes les données. Il faut faire un tri et ne mobiliser que les données qui apportent de l'information. On repère notamment les données « extrêmes » – celles dont les valeurs sont les plus basses ou les plus élevées –, car ce sont elles qui révèlent les corrélations à établir.
- On peut parfois effectuer quelques petits calculs rapides pour mieux faire ressortir l'information. Par exemple, dans un tableau qui présente des données en valeur absolue, on peut calculer quelques pourcentages en divisant la donnée choisie par la valeur « Total » ou « Ensemble ». On peut également calculer un coefficient multiplicateur pour rendre compte d'un écart.

- À partir de ces informations, on tire le sens général du tableau, l'information principale qu'il apporte. Cela revient à tirer une conclusion lorsque la consigne est simplement de commenter le document.
- Selon la question ou la consigne, on peut fournir une ou plusieurs explication(s) aux relations mises en évidence. Le tableau peut révéler des situations particulières et nuancer la corrélation. Il faut alors souligner cette exception ou cas particulier.

APPLICATION : EXERCICE CORRIGÉ

Exercice 1

Étudiants inscrits dans l'enseignement supérieur depuis 1960

	1960	1970	1980	1990	2000	2010	2013	2016	2020 (projection)
Universités	215	661	858	1 160	1 397	1 437	1 500	1 623	1 661
dont IUT[1]		24	54	74	119	117	116	117	126
STS[2]	8	27	68	199	239	242	255	257	285
CPGE[3]	21	33	40	64	70	80	84	86	93
Autres	66	130	215	293	454	560	591	642	592
Ensemble	**310**	**851**	**1 181**	**1 717**	**2 160**	**2 319**	**2 430**	**2 609**	**2 630**
Part de l'université (en %)	69,3	77,7	72,7	67,5	64,7	62,0	61,7	62,2	63,2

Source : ministère de l'Enseignement supérieur et de la Recherche, 2017.

1. Institut universitaire technologique.
2. Classes préparatoires aux grandes écoles.
3. Section de technicien supérieur.

QUESTIONS

1. Présentez le document.

2. Combien y a-t-il d'étudiants en France en 1960 ? en 2020 ? Calculez l'évolution du nombre total d'étudiants sur la même période.

3. Combien y a-t-il d'étudiants à l'université en 1960 ? en 2020 ? en STS et en CPGE pour les mêmes périodes ?

4. Comment la part de l'université sur l'ensemble des étudiants évolue-t-elle ?

5. Tirez-en une conclusion générale.

CORRIGÉ

1. Ce document est un tableau à double-entrée publié par le ministère de l'Enseignement supérieur en 2017. Il présente l'évolution du nombre d'étudiants selon le type de filière de 1960 à 2020. Les données sont en milliers et en %.

2. En 1960, il y avait 310 000 étudiants en France, ils sont 2 630 000 en 2020, soit plus de 8 fois plus nombreux.

3. En 1960, il y avait 215 000 étudiants à l'université en France, ils sont 1 661 000 en 2020, soit environ 8 fois plus. Il y avait 8 000 étudiants en STS en 1960, contre 285 000 en 2020, soit plus de 30 fois plus. Il y avait 21 000 étudiants en CPGE en 1960, contre 93 000 en 2020, soit 4,5 fois plus.

4. La part des étudiants à l'université a baissé entre 1960 et 2020, passant de 69,3 % à 61,7 %, soit un recul de 7,6 points de pourcentage.

5. On assiste, entre 1960 et 2020, a une forte augmentation du nombre d'étudiants en France, et ce quelles que soient les filières. C'est en STS et en IUT que cette augmentation est de loin la plus forte, alors qu'elle est plus faible en CPGE. On assiste même à un recul relatif (en proportion) de l'université et des CPGE. On peut donc dire que, s'il y a bien une massification des études supérieures, c'est surtout dans les filières courtes qu'elle a lieu.

Exercice 2

Taux d'équipement en ordinateur[1] à domicile (en %)

		2004	2016
Ensemble de la population		**53**	**<u>82</u>**
Âge	12-17 ans	75	98
	18-24 ans	<u>64</u>	90
	25-39 ans	65	90
	40-59 ans	61	88
	60-69 ans	24	79
	70 ans et plus	<u>8</u>	44
Diplôme	Aucun diplôme ou certificat d'études primaires	21	<u>49</u>
	Brevet d'études du premier cycle du second degré	49	81
	Baccalauréat	61	90
	Diplôme du supérieur	78	<u>94</u>

Source : Enquêtes « Conditions de vie et Aspirations», CREDOC, 2017.

Champ : ensemble de la population de 12 ans et plus.

1. Le taux d'équipement en ordinateur correspond à la population équipée en ordinateur rapportée à la population totale de la catégorie.

QUESTIONS

1. Présentez le document.

2. Rédigez un paragraphe présentant les données soulignées.

3. Calculez l'évolution du taux d'équipement de l'ensemble de la population, des 18-24 ans et des 70 ans et plus. Effectuez le même calcul pour les catégories « aucun diplôme » et « diplôme du supérieur ».

4. Peut-on établir un lien entre le taux d'équipement en ordinateur et l'âge ? le diplôme ?

5. Ce lien a-t-il évolué entre 2004 et 2016 ?

6. Tirez-en une conclusion générale.

CORRIGÉ

1. Ce document est un tableau à double-entrée publié par le CREDOC en 2017. Il présente le taux d'équipement en ordinateur en % de la population âgée de plus de 12 ans, selon l'âge et le niveau de diplôme, en 2004 et 2016.

2. Selon le CREDOC, en 2016, 82 % de la population de plus de 12 ans avait un ordinateur. 64 % des 18-24 ans en 2004 avaient un ordinateur et 8 % des 70 ans et plus. En 2016, 49 % de la population non-diplômée avait un ordinateur, contre 94 % des diplômés du supérieur.

3. De 2004 à 2016, le taux d'équipement pour l'ensemble de la population a augmenté de 54 % ($82 - \frac{53}{53} \times 100$). Il a augmenté d'un peu moins de 50 % pour les 18-24 ans et a été multiplié par plus de 5 (+ 400 %) pour les 70 ans et plus.

Pour les non diplômés, le taux d'équipement en ordinateur a été multiplié par plus de 2 (+ 130 %), alors qu'il n'augmente que de 20 % chez les diplômés du supérieur.

4. Il y a un lien de corrélation important entre l'âge et la possession d'un ordinateur. Plus on vieillit, plus le taux d'équipement diminue. Par ailleurs, plus le niveau de diplôme augmente, plus le taux d'équipement augmente aussi.

5. Malgré ces corrélations, on observe une diminution des écarts, que ce soit pour l'âge ou le niveau de diplôme. Les 70 ans et plus sont ceux qui ont connu l'évolution la plus forte, ainsi que les non-diplômés.

6. Si le taux d'équipement en ordinateur montre des inégalités selon l'âge et le niveau de diplôme, ces inégalités ont tendance à se réduire.

Vérifiez vos connaissances

1 Texte à trous

Complétez le texte avec les mots suivant : *pluralisme – séparation – motion de censure – Constitution – législatif – partis – exécutif – opinion publique – société civile organisée – dissoudre – majoritaire – suffrage universel.*

L'État de droit repose sur une .... qui fixe les règles de fonctionnement du système politique. Afin d'éviter que le pouvoir échappe à tout contrôle, on prévoit une .... des pouvoirs. Les lois sont votées par le pouvoir ...., et sont appliquées ensuite par le pouvoir .... Le président est élu pour cinq ans au .... selon un mode de scrutin .... Il a le pouvoir de.............. l'Assemblée nationale qui, en retour, peut voter une .... et renverser le gouvernement. Lors des élections, les différents .... mobilisent les électeurs à travers la diffusion de leur programme. Parallèlement, les syndicats et associations mobilisent l'.................. afin d'orienter les décisions du pouvoir. Ils font partie de la .... Les médias permettent au débat public d'exister et doivent respecter le .... en accordant la même durée d'expression à chaque parti.

2 Questions courtes

1. Pourquoi peut-on dire que la République française est un régime semi-présidentiel ?

2. Pourquoi le scrutin majoritaire peut-il être considéré comme moins démocratique que le scrutin proportionnel ?

3. Qu'est-ce qui différencie les partis politiques de la société civile organisée ?

4. Comment la société civile organisée influence-t-elle le pouvoir ?

5. Pourquoi les médias sont-ils indispensables à la vie politique ?

Exercices d'entraînement

1 Le nouveau visage de l'Assemblée nationale

Le profil des députés en 2017

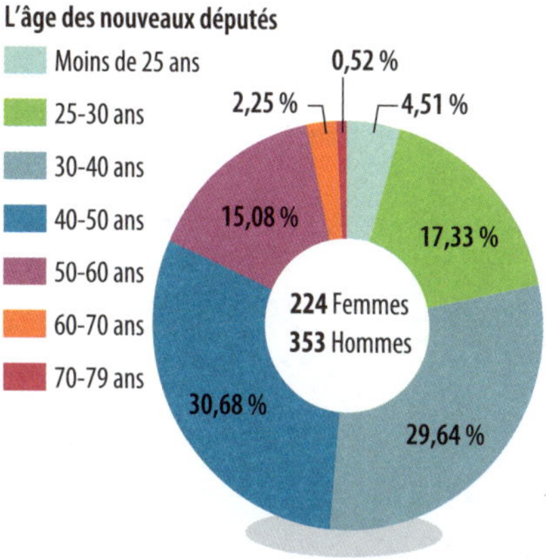

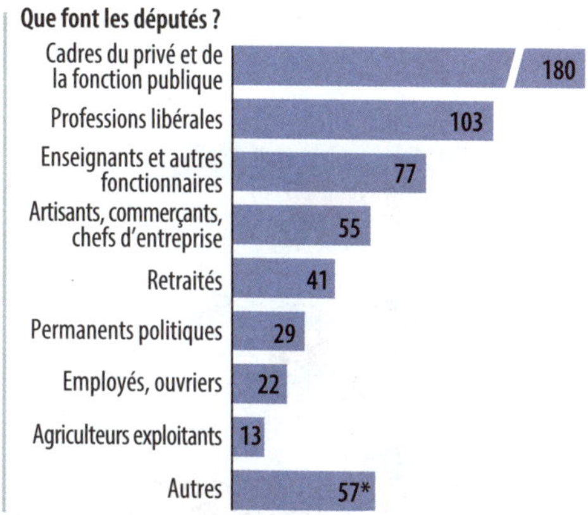

1. Quel est le profil type du député français en 2017 ?

2. Recherchez la proportion d'hommes et de femmes en France, la part des 18-30 ans dans la population française et la part des catégories socioprofessionnelles « cadres et professions intellectuelles supérieures », « artisans, commerçants, chefs d'entreprise », « ouvriers » et « employés » en 2017.

3. L'Assemblée est-elle à l'image de la société française ?

2 L'engagement citoyen des Français

Taux d'adhésion à des associations de défense de droits ou d'intérêts en France, en 2016 (en %)

	Ensemble	Hommes	Femmes
Action sanitaire et sociale ou humanitaire et caritative	6	5	7
Défense de droits et d'intérêts communs	4	3	4
Protection de l'environnement	1,5	2	1
Syndicat (hors groupement professionnel)	7	8	5
Groupement professionnel (hors syndicat)	2,5	3	2
Parti politique	1	2	1
Total	**17,5**	**18**	**17**

Source : D'après Carine Burricand et François Gleizes, « Trente ans de vie associative », Insee Première, 2017.

Champ : personnes âgées de 16 ans ou plus, résidant en ménages ordinaires en France métropolitaine.

1. Rédigez une phrase avec les données soulignées.

2. Dans quels types d'organisations les Français s'impliquent-ils le plus ?

3. Peut-on dire que l'engagement dépend du sexe ?

3 L'influence des médias sur le vote

Sources d'informations politiques utilisées en premier durant les campagnes présidentielles (selon les électeurs, en %)

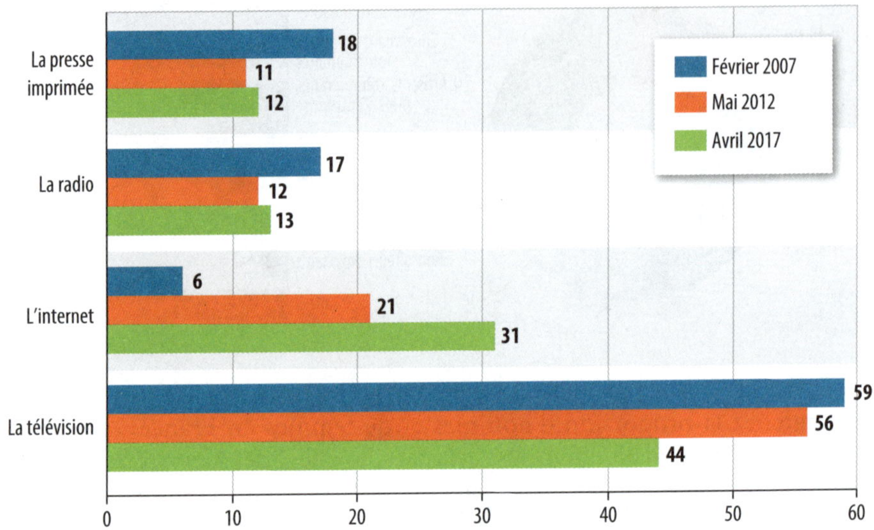

Source : D'après Thierry Vedel, « Le vote des téléspectateurs », note ENEF 37, Cevipof, mai 2017.

1. Quel est le média qui, en 2017, est la principale source d'information politique ?

2. Quel est le média, en tant que source d'information politique, qui a connu la plus forte progression depuis 2007 ? le plus fort recul ?

4 Une influence contrastée

Les chercheurs en science politique [...] ont montré que l'entourage et les conversations avec les proches constituent un filtre sélectif des informations diffusées par la télévision et réduisent l'impact spécifique de cette dernière. Les médias restent un outil privilégié d'information, mais ils n'ont qu'une influence faible et temporaire en comparaison d'autres éléments déterminants du vote, relatifs à la situation sociale et personnelle de l'électeur. Par ailleurs, la télévision fait toujours l'objet d'un usage sélectif. Les usagers n'en retiennent que ce qui va dans le sens de leurs orientations politiques préexistantes. À partir du milieu des années 1970, un certain nombre de recherches se sont accordées pour reconnaître une influence spécifique de la télévision. [...] La télévision serait désormais régie par la tyrannie du temps court, le règne de la petite phrase et l'impératif du spectacle politique. En cela, elle serait responsable d'un malaise, alimentant une crise de la représentation politique. [...] L'ensemble de ces constats conduit à une lecture nécessairement paradoxale de l'influence de la télévision. Si cette dernière facilite peu la clarification des enjeux politiques actuels [...], elle fournit toutefois les conditions d'une sensibilisation et d'une connaissance politiques accrues.

Anne Muxel, *Avoir vingt ans en politique*, © Éditions du Seuil, 2010.

1. Quels éléments agissent comme un filtre à travers lequel passe l'information politique ?

2. Pourquoi peut-on dire que la télévision fait l'objet d'un usage sélectif ?

3. Pourquoi, selon l'auteur, le message politique est-il brouillé par la télévision ?

Quiz

1 Vrai. Dans un État de droit, la loi s'impose à tous de la même manière, notamment au pouvoir politique.

2 Faux. Il ne peut que renverser le gouvernement par le vote d'une motion de censure.

3 Faux. Le scrutin majoritaire ne permet pas à tous les partis d'être représentés.

4 Faux. Ce sont des associations. Ils sont officiellement indépendants des partis.

5 Vrai. C'est la règle de l'équité qui assure le pluralisme politique.

Vérifiez vos connaissances

1 Texte à trous

L'État de droit repose sur une **Constitution**, qui fixe les règles de fonctionnement du système politique. Afin d'éviter que le pouvoir échappe à tout contrôle, on prévoit une **séparation** des pouvoirs. Les lois sont votées par le pouvoir **législatif** et sont appliquées ensuite par le pouvoir **exécutif**. Le président est élu pour cinq ans au **suffrage universel** selon un mode de scrutin **majoritaire**. Il a le pouvoir de **dissoudre** l'Assemblée nationale qui, en retour, peut voter une **motion de censure** et renverser le gouvernement. Lors des élections, les différents **partis** mobilisent les électeurs à travers la diffusion de leur programme. Parallèlement, les syndicats et associations mobilisent l'**opinion publique** afin d'orienter les décisions du pouvoir. Ils font partie de la **société civile organisée**. Les médias permettent au débat public d'exister et doivent respecter le **pluralisme** en accordant la même durée d'expression à chaque parti.

2 Questions courtes

1. La France est un régime semi-présidentiel, car le président dispose du pouvoir de dissoudre l'Assemblée nationale et de faire les lois par référendum en soumettant une question à la population. À l'inverse, le Parlement vote les lois et peut renverser le gouvernement par une motion de censure. Le pouvoir est partagé.

2. Le scrutin majoritaire peut être considéré comme moins démocratique, car seuls les partis qui arrivent en tête sont élus. De ce fait, les perdants disparaissent de la représentation nationale ou apparaissent de façon atténuée par rapport au nombre de voix qu'ils ont obtenues.

3. Les partis politiques se différencient de la société civile organisée par le fait qu'ils cherchent à conquérir et exercer le pouvoir, alors que les syndicats et associations n'interviennent que pour l'influencer dans un domaine précis ou servir des intérêts particuliers, comme certaines catégories de salariés, communautés ou collectifs d'usagers (chasseurs, consommateurs...).

4. La société civile organisée influence le pouvoir en mobilisant l'opinion publique à travers des manifestations, des actions de sensibilisation et d'information. Elle agit aussi auprès des élus par du lobbying. Elle peut également poursuivre l'État en justice.

5. Les médias sont indispensables à la vie politique, car ils offrent un moyen d'expression pour les partis politiques, et donc un moyen d'information pour la population, afin de l'aider à se faire une opinion. Par ailleurs, les investigations et reportages des journalistes permettent d'assurer plus de transparence dans la vie politique.

Exercices d'entraînement

1 Le nouveau visage de l'Assemblée nationale

1. Le profil type du député français est un homme entre 40 et 60 ans qui vient d'une catégorie sociale élevée (cadre et profession libérale).

2. En France, en 2017, les hommes représentent 48 % de la population totale et les femmes 52 %. La part des 18-30 ans est de 15 %.

Les cadres et professions intellectuelles supérieures représentent 18 % des actifs, les artisans commerçants, chefs d'entreprises 7 %, les ouvriers 21 % et les employés 27 %.

3. L'Assemblée, comparée à la société française, manque de jeunes (même si elle a rajeuni par rapport au passé), manque de femmes (même si elle s'est féminisée) et de catégories populaires. Il n'y a que 22 députés employés ou ouvriers sur un total de 577 députés, soit à peine 4 % de l'Assemblée, alors que ces deux catégories représentent près de 50 % de la population française.

2 L'engagement citoyen des Français

1. En France, en 2016, selon l'Insee, 2 % des hommes adhèrent à une association de défense de l'environnement. 7 % des Français adhèrent à un syndicat et 17,5 % des Français adhèrent à une association de défense des droits ou d'intérêts.

2. Ce sont les syndicats (avec 7 %) et les associations humanitaires et caritatives (avec 6 %) qui recueillent le plus haut taux d'adhésion.

3. On peut considérer qu'en dehors des syndicats (3 points de pourcentage, ce qui représente plus de 50 % d'adhésion en plus pour les hommes), le sexe n'intervient pas vraiment dans la décision de s'engager.

3 L'influence des médias sur le vote

1. Le média qui, en 2017, est la principale source d'information politique, est la télévision, avec 44 % des personnes interrogées, soit un tiers de plus qu'internet.

2. Le média qui a connu la plus forte progression depuis 2007 en tant que source d'information politique est internet, passant de 6 % à 31 %, soit une augmentation de 400 % (multiplié par 5). Le plus fort recul s'observe du côté de la presse écrite, qui passe de 18 % à 12 %, soit une baisse de 33 %.

4 Une influence contrastée

1. Les éléments qui tendent à jouer le rôle de filtre des médias sont tout d'abord l'influence des proches (famille et groupe de pairs) qui, à travers les conversations politiques, influencent les individus. Par ailleurs, le milieu social et la situation personnelle de l'individu sont déterminants dans ses choix politiques. Selon la position sociale qu'ils occupent, leurs intérêts propres et les expériences vécues, les individus vont entendre différemment le discours médiatique.

2. La télévision, comme d'autres médias, fait l'objet d'un usage sélectif, car les individus reçoivent un discours médiatique qui est filtré par leur socialisation politique, ce que l'auteur souligne comme des « opinions politiques préexistantes ». En effet, selon les valeurs politiques et les éléments de langage que l'on a intériorisés, on va plus facilement entendre et retenir des arguments qui correspondent déjà à nos convictions et rejeter, parfois sans même y réfléchir, des opinions contraires.

3. Selon l'auteur, le message politique est brouillé par la télévision, car le temps de ce média est court et impose un discours stéréotypé et soumis à une dimension spectaculaire. Le discours politique apparaît donc comme dégradé par la télévision aux yeux de l'opinion.

PARTIE 3 Regards croisés

CHAPITRE 5

Quelles relations entre le diplôme, l'emploi et le salaire ?

1 Diplôme et capital humain

De quoi s'agit-il ? **Les travailleurs disposent d'un stock de connaissances et de compétences qu'ils accumulent de plusieurs façons. En exerçant une activité, ils acquièrent de l'expérience, mais la plupart du temps, ils disposent d'une formation initiale certifiée par un diplôme.**

1 Qualification et marché du travail

- Parmi les individus en âge de travailler, seuls les actifs **occupent un emploi ou en recherchent un** sur le marché du travail. Les chômeurs sont à ce titre considérés comme actifs. Les inactifs sont ceux qui n'exercent pas d'activité et ne cherchent pas à en exercer une (retraité, personne au foyer).
- L'offre d'emplois qui émane des employeurs représente les **besoins des entreprises** qui, selon leur activité, réclament plus ou moins de qualifications.
- Depuis les années 1980, sous l'effet des mutations économiques (progrès technique, mondialisation), **la qualification des emplois augmente**. L'économie a besoin d'individus qualifiés avec des compétences nouvelles. On parle ici de capital humain, c'est-à-dire de l'ensemble des ressources (physiques et intellectuelles) qu'un individu peut mobiliser dans son travail.

2 Le diplôme, un investissement en capital humain

- Pour répondre à ces exigences économiques, l'État a conduit une **politique d'augmentation de la durée des études** et **diversifié** les voies de formation, notamment dans le supérieur, à travers les filières technologiques (DUT, BTS, licences professionnelles).
- De leur côté, les individus ont pris conscience de la **nécessité d'obtenir une qualification** et de prolonger leurs études.
- On peut donc considérer que, d'un point de vue collectif ou individuel, les dépenses et le temps consacrés à la formation initiale ont augmenté (**Doc.**). C'est donc un **investissement qui est réalisé afin de se doter d'un capital humain satisfaisant**. Le **diplôme** vient certifier un niveau de connaissances et de compétences initial.

3 Un capital humain à entretenir et à améliorer

- Durant sa carrière professionnelle, qui peut durer plus de quarante ans, un individu devra **maintenir ses compétences et les mettre à jour**, car l'économie évolue et les qualifications de l'emploi avec. Par ailleurs, le salarié doit pouvoir saisir des opportunités qui se présentent à lui, mais qui réclament d'autres qualifications.
- Le stock de connaissances et de compétences que représente le capital humain, s'use et devient obsolète (dépassé). De nombreux travailleurs doivent donc se former durant leur activité, soit par eux-mêmes, soit à travers leur entreprise. La formation continue permet de **mettre à jour ses connaissances ou d'acquérir de nouveaux diplômes**, afin de bénéficier de la promotion professionnelle ou de se reconvertir.

Doc. Les nouvelles générations sont plus diplômées

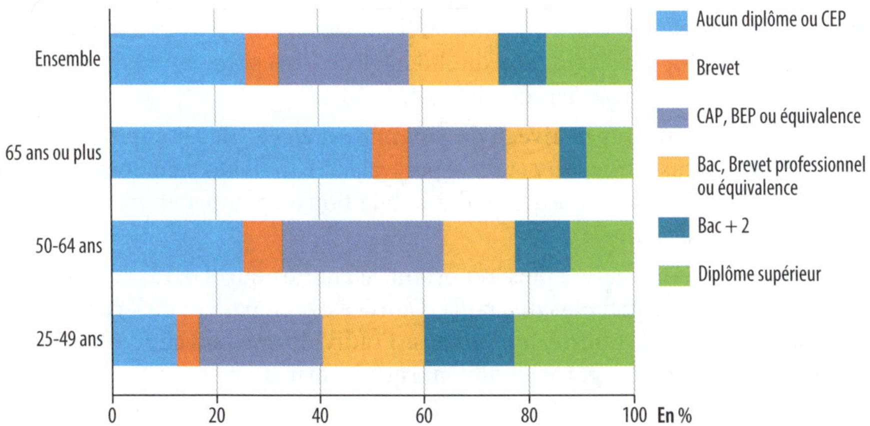

Champ : Individus hors études initiales en cours. France métropolitaine.

Source : Observatoire des inégalités, Insee, données 2016.

Vocabulaire

Actif : personne en âge de travailler qui occupe un emploi ou en recherche activement un.

Qualification : ensemble des aptitudes requises pour exercer un emploi donné. On parlera d'emploi qualifié quand celui-ci requiert un diplôme, une formation.

Capital humain : ensemble des capacités physiques et intellectuelles détenues par un individu et qui contribuent à accroître son efficacité et sa rémunération.

Formation initiale : formation dispensée par les systèmes scolaire et universitaire, ainsi que les centres d'apprentissage, et qui précède l'entrée sur le marché du travail.

Formation continue : formation accessible aux personnes déjà en emploi et qui souhaitent élargir et actualiser leurs qualifications.

2 Diplôme et accès à l'emploi

De quoi s'agit-il ? Dans l'ensemble, le niveau de qualification des emplois a augmenté. L'obtention d'un diplôme apparaît plus que jamais nécessaire, mais il s'agit de plus en plus d'obtenir le « bon » diplôme.

1 Une forte corrélation entre diplôme et emploi

- **Plus le niveau de diplôme est élevé, plus l'accès à l'emploi (taux d'emploi) est favorisé**. En effet, on constate que le taux de chômage recule à mesure que le niveau de diplôme augmente. On observe en moyenne un rapport de 1 à 3 entre le taux de chômage des diplômés du supérieur et celui des non diplômés.
- L'insertion est la phase la plus délicate de la vie active. En effet, en l'absence d'expérience professionnelle réelle, **seul le diplôme permet à l'employeur de connaître le potentiel professionnel** de l'individu qu'il embauche. Chez les 15-29 ans, l'écart est quasiment de 1 à 4, avec un taux de chômage de 10 % pour les plus diplômés et de 38 % pour ceux qui n'ont pas de diplôme.
- De plus, en général, **plus le niveau de diplôme est élevé, plus le capital humain est important** et plus l'individu peut être polyvalent. L'individu peut donc s'adapter à plusieurs emplois possibles ce qui facilite l'obtention du premier emploi (**Doc.**). On parle alors d'employabilité.
- Avec un niveau de formation plus important, le salarié pourra par la suite s'ouvrir un parcours professionnel plus diversifié. Dans ce cas en parlera de « capabilité ». Cette notion renvoie à la **liberté dont dispose l'individu dans ses choix** et l'éventail de possibilités qu'il s'offre grâce au diplôme et à la formation.

2 Des diplômes plus recherchés que d'autres

- Si, globalement, le niveau et la quantité de diplômes protègent du chômage et facilite l'insertion professionnelle, il faut toutefois relativiser ce constat. Les entreprises et administrations ont des besoins particuliers et **certains diplômes s'avèrent plus qualifiants que d'autres**.
- En termes d'emplois, les voies professionnalisantes, comme certains bacs professionnels ou technologiques, et les BTS ou DUT (informatique, bâtiment) qui y sont affiliés s'avèrent plus rentables que des masters très généraux. D'autre part, à niveau de diplôme équivalent (bac + 5 par exemple), les formations d'ingénieurs, de commerce ou de droit offrent des débouchés plus vastes que les formations en sciences sociales ou en lettres par exemple. **Ce n'est pas ici la qualité du diplôme qui est en cause, mais les besoins de l'appareil productif**.

Doc. **Le diplôme protège du chômage et facilite l'insertion professionnelle**

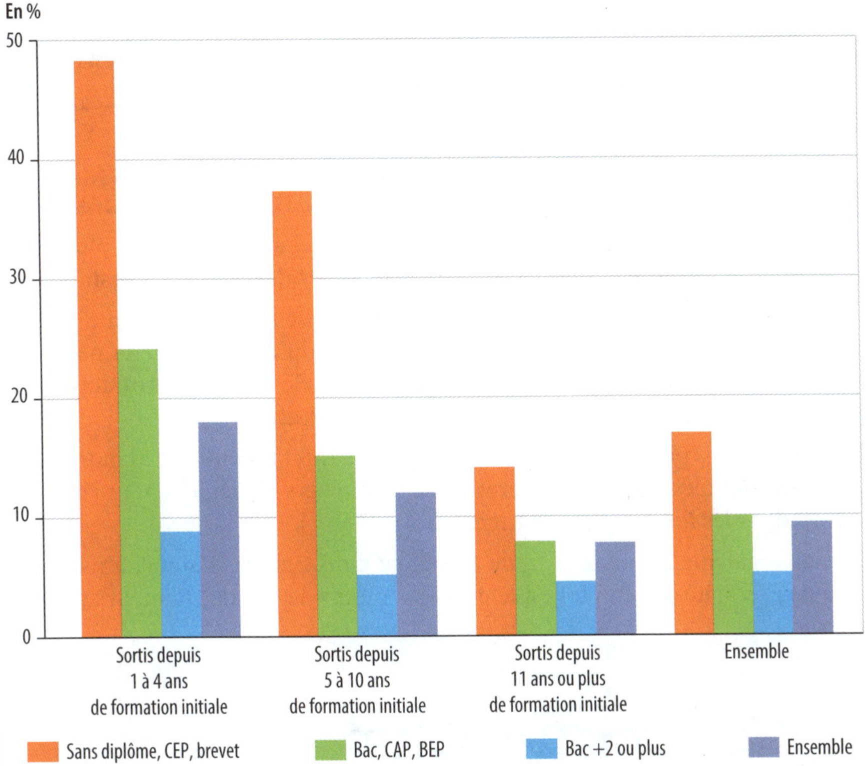

Lecture : en 2017, 8,8 % des personnes actives âgées de 15 ans ou plus, ayant un diplôme de niveau Bac +2 ou plus et ayant achevé leur formation initiale depuis 1 à 4 ans sont au chômage.
Champ : France hors Mayotte, population des ménages, personnes actives de 15 ans ou plus.

Source : Insee, enquête Emploi.

Vocabulaire

Emploi : activité professionnelle déclarée et rémunérée.

Taux d'emploi : part en % des personnes en âge de travailler qui occupent un emploi.

Chômage : situation d'un actif dépourvu d'emploi, qui recherche activement un emploi et est immédiatement disponible.

Taux de chômage : nombre de chômeurs rapporté à la population active multiplié par 100. Il est exprimé en %.

Employabilité : capacité individuelle à acquérir et à maintenir les compétences nécessaires pour trouver ou conserver un emploi, s'adapter à de nouvelles formes de travail.

Capabilité : notion créée par Amartya Sen (prix Nobel d'économie) qui correspond à la possibilité effective qu'a un individu de faire des choix parmi les biens qu'il juge estimable et de les atteindre.

3 Formation et niveau de salaire

De quoi s'agit-il ? Le salaire est la rémunération du travail. Pour les économistes, il est lié à la productivité du travailleur, c'est-à-dire son rendement. Or, plus le niveau de formation est élevé, plus la productivité sera importante, et donc le salaire élevé.

1 Des niveaux de formation et des emplois différemment rémunérés

- L'enjeu pour le diplômé n'est pas seulement d'accéder à l'emploi, mais plutôt à un **emploi dont le statut, les conditions de travail et le salaire soient satisfaisants**.
- Là encore, le niveau de rémunération et d'avantages en nature (véhicule de fonction, mutuelle, matériel multimédia...) dépendent du niveau et de la nature du diplôme. **Plus la qualification est élevée, plus le salarié aura une productivité du travail élevée**, ce qui suppose une plus haute rémunération.
- En moyenne, les professions libérales, les ingénieurs et les cadres du commerce et de la banque sont les mieux rémunérés. Or, ces emplois s'obtiennent pour l'essentiel à bac + 5 dans les filières précédemment citées (**Doc. 1**).
- On note également que le taux de chômage dans ces professions, ainsi que le niveau de précarité de l'emploi est le plus bas (moins de 4 % de chômeurs dans ces professions).

2 Un arbitrage entre coûts et avantages

- Dans la théorie du capital humain de Gary Becker (prix Nobel en 1992), l'étudiant est présenté comme un individu rationnel confronté à des choix. Avant de s'engager, l'étudiant **compare les coûts monétaires de la poursuite d'études** aux gains futurs qu'il pourra engranger grâce au surcroît de capital humain permis par les études.
- S'il est en mesure de connaître assez précisément le coût de ses études (frais de scolarité, hébergement, transports...), il doit également connaître le salaire qu'il percevra grâce à ces années supplémentaires de formation. Si le **gain en termes de salaire est plus élevé que les coûts**, il optera pour **des études et des formations plus longues**.
- On peut effectuer le même raisonnement concernant le **choix des filières**. Les formations les plus coûteuses (écoles de commerce, d'ingénieur ou d'arts appliqués) sont-elles rentabilisées par des salaires futurs plus élevés ? Les filières quasi-gratuites (université) sont-elles moins rémunératrices ?

Doc. 1 Écarts de salaires selon le diplôme (en euros)

Diplôme	Salaire annuel moyen (toutes expériences confondues)	Sur une carrière (41,5 ans)	Écart avec bac + 2 (sur une carrière)
Bac + 2	31 718	1 316 312	/
Bac + 3	32 811	1 361 657	45 345
Bac + 4	40 049	1 662 045	345 733
Bac + 5	46 050	1 911 093	594 782
École de commerce	46 814	1 942 770	642 459
École d'ingénieur	48 802	2 025 302	708 990

Doc. 2 Formation, productivité et salaire

Pourquoi un étudiant titulaire d'un master est-il assuré de se voir proposer un salaire supérieur à un étudiant de licence ? Parce que le premier est plus productif que le second, en raison d'un investissement plus important : telle est la théorie du capital humain développée par Gary Becker. L'éducation est considérée comme un investissement, destiné à produire un revenu futur. Autrement dit, investir dans sa formation, c'est accumuler du capital non pas matériel mais humain. L'idée de base de cette théorie est que plus on dépense dans son éducation, plus cela rapporte de revenu. Le coût initial correspond à l'ensemble des frais liés à la scolarité proprement dite et au revenu salarial dont on se prive pendant le temps que l'on passe à se former. Le revenu est supposé dépendre de cette dépense initiale : plus le niveau de formation est élevé, plus on peut escompter des salaires élevés, c'est-à-dire un retour sur investissement important. L'idée est que plus on est formé, plus on est efficace, or le salaire dépend de la productivité.

Dorothée Picon, « Est-on efficace parce qu'on a des diplômes, ou l'inverse ? », *Sciences Humaines* n° 205, juin 2009.

Vocabulaire

Salaire : rémunération du travail convenu (contrat de travail) entre un salarié et son employeur.

Productivité du travail : rapport entre la valeur produite par le travailleur (en euros, par exemple) à la quantité de travail utilisée (nombre d'heures).

Précarité : formes d'emplois qui n'assurent pas de stabilité dans l'entreprise, ni de revenus réguliers (emploi intérimaire, saisonnier, contrat à durée déterminée).

4 Les autres facteurs influençant le salaire

De quoi s'agit-il ? **Le niveau de diplôme conditionne en partie le niveau de salaire de départ. Mais, durant une carrière, d'autres éléments interviennent dans la rémunération.**

1 L'expérience professionnelle

- Lorsqu'un salarié est embauché, il dispose de **compétences** acquises par le diplôme, mais qui ne sont **pas immédiatement mobilisables** pour l'entreprise. L'individu devra mettre en phase ses compétences avec les attentes particulières de l'entreprise.
- Le fait d'être confronté chaque jour à des situations récurrentes ou nouvelles fait du salarié quelqu'un de plus productif, réactif et polyvalent. **Ce *learning by doing* renforce le capital humain** du salarié. Par ailleurs, le fait d'adhérer à la culture de l'entreprise, de coopérer, d'établir son réseau de connaissances, nécessite du temps. Or ces éléments, qui font partie de l'expérience professionnelle, déterminent également le niveau de salaire.

2 La taille de l'entreprise

- La taille de l'entreprise est déterminante pour le niveau de rémunération. En effet, les grands groupes sont souvent plus riches et offrent un éventail de métiers et de **niveaux hiérarchiques** bien plus grand que les petites entreprises (**Doc.**). Par ailleurs, la **présence d'organisations syndicales** est plus importante dans les grandes entreprises, ce qui a tendance à relever les salaires (conventions collectives, grilles de salaires).

3 Des facteurs sociaux sources d'inégalités

- La sphère professionnelle est soumise aux **relations humaines et sociales**. Certains individus disposent d'un **capital social** (réseau de relations) puissant, qu'ils peuvent mobiliser pour accélérer leur carrière. D'autres, du fait d'un fort **capital culturel**, d'un savoir-être important, tissent des liens qui s'avèrent rentables.
- Un des principaux éléments de discrimination dans les salaires reste aujourd'hui **le genre**. À temps de travail et poste égaux, les femmes gagnent 13 % de moins que les hommes. Elles occupent plus souvent des postes à temps partiel et des emplois moins qualifiés : l'écart de salaire moyen est donc en réalité de 25 %. Plus on monte dans l'échelle des salaires, plus ces écarts sont importants (30 % d'écart de salaires chez les 5 % les mieux payés).

• Certains sociologues expliquent ces écarts par des choix d'études moins rémunérateurs pour les femmes ou par des choix de vie plus centrés sur la sphère familiale. Mais l'idée de choix est à prendre ici avec précaution, car **les différences de socialisation liées au genre pèsent sur ces choix**.

• D'autre part, la domination masculine et les comportements sexistes de dirigeants, encore majoritairement masculins, continuent à peser sur le salaire des femmes.

Doc. Des salaires plus élevés dans les grandes entreprises

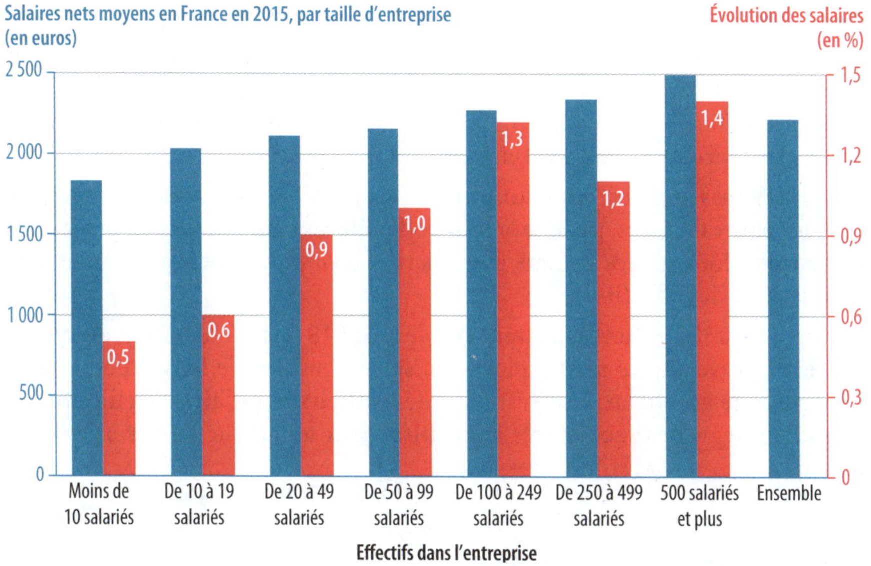

Source : Insee et DADS, données 2015 publiées en 2017

Vocabulaire

Expérience professionnelle : ensemble des connaissances acquises par une personne lors de l'exercice de sa ou ses profession(s).

Convention collective : accord conclu entre un employeur (ou un groupement d'employeurs) et une (ou plusieurs) organisation(s) syndicale(s) représentative(s) des salariés.

Grille de salaires : outil utilisé pour attribuer les salaires de chaque employé. Tableau renseignant la rémunération de l'ensemble des métiers d'une structure en fonction du poste occupé, des compétences et de l'ancienneté.

Discrimination : processus consistant à opérer une distinction d'une personne ou d'une catégorie sociale entraînant un traitement défavorable, voire une exclusion.

5 Un accès au diplôme socialement différencié

De quoi s'agit-il ? Depuis les années 1980, l'accès à l'enseignement supérieur s'est démocratisé. Le nombre d'années d'études a augmenté et la population est en moyenne plus diplômée. Cependant, les chances d'accès aux diplômes, notamment les plus prestigieux, ne sont pas les mêmes pour tous.

1 Des différences notables selon le milieu social d'origine

- Les enfants d'ouvriers représentent 11 % des étudiants, selon le ministère de l'Éducation nationale, soit trois fois moins que leur part parmi les jeunes de 18 à 23 ans. À l'opposé, les enfants de cadres supérieurs représentent 30 % des étudiants, mais seulement 17 % des 18-23 ans. On parle de **surreprésentation des enfants des catégories supérieures** dans l'enseignement supérieur (**Doc.**).
- Dans les **classes préparatoires aux grandes écoles** (CPGE), considérées comme les filières les plus valorisées, **près de la moitié des élèves sont enfants de professions supérieures**, alors que les enfants d'ouvriers et d'employés ne représentent à eux deux que 15 % des effectifs.
- À l'opposé, **10 % des élèves quittent l'école avant 18 ans**, 20 % sortent du système scolaire ou universitaire sans diplôme ou seulement avec le brevet des collèges. Parmi eux, une grande majorité est issue des **milieux populaires**. Cette situation constitue un marqueur social très stigmatisant sur le marché du travail pour les individus qui en sont victimes.

2 Des inégalités territoriales

- Dès le collège, mais surtout au lycée, certains élèves en territoire rural ou **périurbain**, doivent faire de **longs trajets pour se rendre dans leur établissement**. De plus, l'absence de choix dans l'établissement réduit souvent les enseignements proposés (options, spécialités), tandis que les élèves des lycées de centre-ville disposent d'une **offre scolaire très large**.
- Dans l'enseignement supérieur, ces mêmes territoires n'offrent que peu de formations. Les étudiants doivent alors se déplacer loin de chez eux ou limiter leurs ambitions. Ces déplacements entraînent des coûts (logements, transports, temps) que tous ne peuvent supporter ou alors au détriment de la qualité de leurs études (« job » étudiant). Or **les territoires sont souvent le reflet d'inégalités économiques et sociales**. Ceux qui sont éloignés des grands centres sont souvent les plus modestes.

Doc. Origine sociale des nouveaux bacheliers

Nouveaux bacheliers inscrits dans les principales filières de l'enseignement supérieur en 2015 (en %)

	Université			CPGE[3]	STS[4]	Ensemble
	Droit, économie, lettres, sciences et STAPS[1]	Santé	IUT[2]			
Agriculteurs, artisans, commerçants, chefs d'entreprise	10,2	10,8	12,2	10,7	10,4	10,6
Professions libérales, cadres, enseignants	28,4	42,1	27,1	48,8	13,6	27,8
Professions intermédiaires	13,7	14,0	16,8	12,6	13,3	13,9
Employés	15,2	12,5	15,3	9,1	15,6	14,4
Ouvriers	13,8	10,0	15,4	6,4	21,6	14,9
Retraités, inactifs	11,5	7,5	8,2	6,1	11,4	10,1
Indéterminé	7,2	3,1	5,0	6,3	14,1	8,3
Total	100	100	100	100	100	100

1. STAPS : sciences et techniques des activités physiques et sportives.
2. IUT : instituts universitaires de technologie.
3. CPGE : classes préparatoires aux grandes écoles.
4. STS : sections de techniciens supérieurs.

Source : ministère de l'Enseignement supérieur et de la Recherche, 2016.

Vocabulaire

Marqueur social : signe distinctif propre à un groupe, qui permet l'identification d'un individu à un groupe socio-culturel ou à une classe sociale.

Périurbain : espace caractérisé par sa situation d'entre-deux, entre l'espace rural et la « banlieue ».

6 Les facteurs explicatifs de l'inégal accès aux diplômes

De quoi s'agit-il ? **Malgré des enseignements secondaire et supérieur quasi gratuits, la réussite dans l'enseignement supérieur reste conditionnée à des variables sociologiques.**

1 Le rôle de la famille

- Très tôt dans la scolarité, les familles des milieux favorisés se mobilisent pour influencer la trajectoire de leurs enfants. Ces familles ont une **bonne connaissance des filières, des options et des stratégies d'orientation**. Elles sont également dotées d'un **réseau de connaissances** (capital social) qui renforce cette implication.
- D'autre part, elles disposent **des moyens financiers** pour améliorer la performance scolaire à travers des cours particuliers, des séjours linguistiques et des activités extra-scolaires (musique, théâtre, arts plastiques) qui jouent un rôle positif dans la réussite à l'école.
- Enfin, ces familles ont une relation de **familiarité avec l'école et les études** supérieures. Dans ces milieux, on est entouré de personnes diplômées, faire des études « va de soi ». On dispose d'un capital culturel (langage, goûts, manières d'être) qui correspond aux attentes en termes de formes et de contenus des enseignements les plus sélectifs et prestigieux.
- À l'opposé, les classes populaires ont **moins de moyens** (financiers ou humains) pour investir le champ scolaire. Elles disposent de **moins d'informations** et sont peu familières de l'enseignement supérieur et de l'éventail de diplômes qu'il offre. Enfin, leur **capital culturel** n'est **pas en phase avec ce qui est valorisé dans le supérieur**.

2 Entre tri social et auto-élimination

- La jeunesse des classes populaires accède moins à l'enseignement supérieur que les catégories favorisées et, quand elle y accède, c'est dans des **filières moins prestigieuses**.
- Pour les sociologues, **deux types de mécanismes** sont à l'œuvre. Tout d'abord, **l'école**, à travers l'enseignement qu'elle dispense (culture classique) et les formes de l'évaluation (dissertation, abstraction), **place les élèves des milieux populaires en difficulté**, car ils ne disposent pas d'un capital culturel suffisant. Ils subissent une forme de **tri social** qui les élimine à mesure que l'on avance dans les études (**Doc.**).
- En outre, les élèves des milieux populaires subissent une « violence symbolique » de la part de l'école, qui stigmatise leur handicap par rapport à l'aisance apparente

des milieux favorisés. Ils **perçoivent** donc **les études comme un parcours difficile aux perspectives aléatoires**. On observe alors, dans ces milieux, un renoncement aux études supérieures ou un choix considéré comme plus sûr (mais moins valorisé) qu'est celui des filières courtes (BTS, DUT). Soit par méconnaissance, soit parce qu'ils ne se sentent pas légitimes, on constate une auto-élimination des jeunes des catégories populaires des filières les plus prestigieuses.

Doc. L'inégalité des chances à l'école

Les dispositions et les compétences acquises dès la petite enfance déterminent les succès et les échecs scolaires et, malgré quelques parcours héroïques d'élèves issus des milieux les plus modestes, l'école n'arrive pas à neutraliser les effets des inégalités sociales et culturelles initiales. Cette tendance est d'autant plus implacable que l'école elle-même ne parvient pas à être véritablement neutre. « Toutes choses égales par ailleurs », les systèmes scolaires traitent plus favorablement les élèves issus des milieux privilégiés : l'offre scolaire est de meilleure qualité dans les beaux quartiers, les choix d'orientation avantagent les favorisés, les jugements scolaires profitent plus aux élèves socialement proches des enseignants et, au bout du compte, l'arbitre est loin d'être impartial.

François Dubet, « L'égalité des chances et ses limites », *Cahiers français* n°386, mai-juin 2015.

Vocabulaire

Capital social : ensemble des ressources qu'un individu peut mobiliser à travers ses relations, ses réseaux.

Capital culturel : ensemble des ressources culturelles dont dispose un individu (langage, connaissances artistiques).

Violence symbolique : processus de soumission par lequel les dominés perçoivent la hiérarchie sociale comme légitime et naturelle. Les dominés intègrent la vision que les dominants ont du monde, ce qui les conduit à se faire d'eux-mêmes une représentation négative.

Auto-élimination : fait de s'éliminer soi-même par manque de légitimité sociale ou d'estime de soi.

RÉVISION EXPRESS

LES POINTS À RETENIR

- Depuis les années 1980, le niveau de **qualification** (niveau d'aptitudes requis pour exercer un **emploi**) réclamé par les entreprises a globalement augmenté. Les **actifs** doivent donc se former et obtenir des **diplômes** leur permettant de certifier un niveau de compétences.
- Pour une grande part, les diplômes sont obtenus lors de la formation initiale (qui précède l'entrée sur le marché du travail) mais, du fait d'une évolution rapide des connaissances et compétences, il est souvent nécessaire pour les actifs d'entretenir leur **capital humain** par la formation continue.
- Le diplôme constitue un élément déterminant dans l'accès à l'emploi. Plus son niveau est élevé, plus l'insertion sur le marché du travail est rapide et plus le risque de **chômage** est faible. Cela offre, en outre, davantage de choix à l'individu, car ses compétences sont élargies (notion de « **capabilités** »).
- Le diplôme permet d'obtenir les emplois aux conditions de travail et rémunérations les meilleures, à condition d'obtenir des diplômes qui sont fortement demandés par les employeurs et requièrent des compétences élevées.
- D'autres facteurs interviennent dans le niveau de rémunération, comme l'**expérience professionnelle**, la taille de l'entreprise. La présence de syndicats et de conventions collectives joue en faveur de salaires plus importants. Par ailleurs, des inégalités persistent entre les genres.
- Malgré une massification et une démocratisation des diplômes, on constate encore un accès socialement inégal aux filières les plus prestigieuses et qualifiantes. Les jeunes issus des milieux populaires obtiennent moins de diplômes, font des études plus courtes et dans des filières moins valorisées.
- Cette inégalité s'explique principalement par des ressources financières et humaines différentes, ainsi qu'une **dotation inégale en capitaux culturel et social**, éléments déterminants dans la compétition scolaire.

LES MOTS IMPORTANTS

- Actif
- Capabilités
- Capital humain
- Chômage
- Diplôme
- Discrimination
- Emploi
- Employabilité
- Expérience professionnelle
- Qualification
- Salaire

LE SCHÉMA IMPORTANT À RETENIR

Les relations entre le diplôme, l'emploi et le salaire

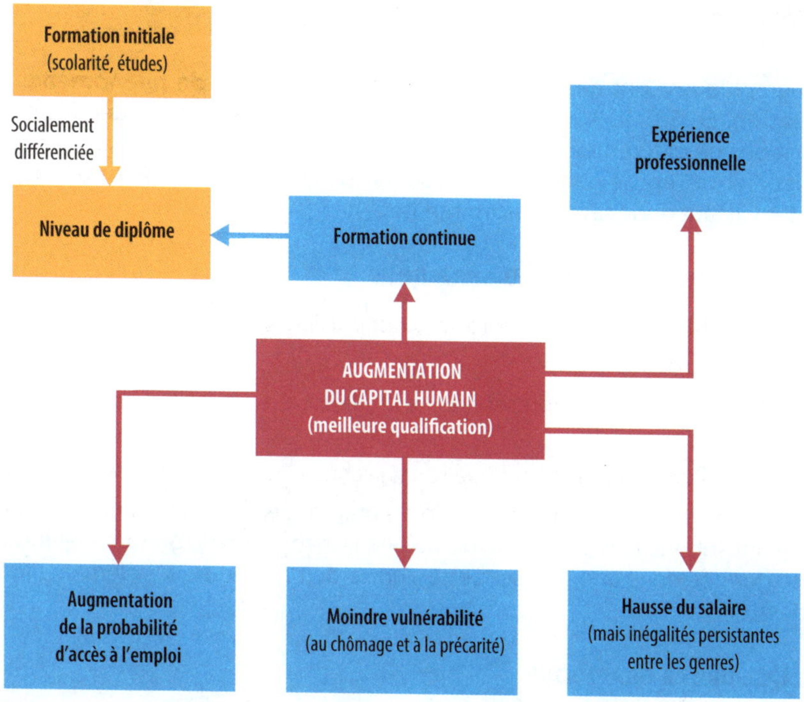

QuiZ

1. Le diplôme protège du chômage.
☐ Vrai ☐ Faux

2. Diplôme et capital humain sont synonymes.
☐ Vrai ☐ Faux

3. Tout emploi est rémunéré.
☐ Vrai ☐ Faux

4. Seul le diplôme détermine le niveau de salaire.
☐ Vrai ☐ Faux

5. L'accès au diplôme en France est égalitaire.
☐ Vrai ☐ Faux

→ **Réponses p. 172**

Lire et interpréter des représentations graphiques

MÉTHODE

- Les graphiques sont des **représentations par le dessin de phénomènes ou situation**. En SES, ils s'appuient sur des données statistiques et décrivent des situations de différentes natures : répartition, évolution, comparaison. Le choix de leur forme repose principalement sur la lisibilité du phénomène qu'ils représentent. Il faut donc savoir les commenter.

1. Comprendre le sens du graphique

- Sur un graphique, on doit d'abord se poser plusieurs questions :
  - que nous apprend le titre ?
  - quelle est la variable représentée ? est-elle mise en relation avec une autre variable ?
  - quelle est l'unité de mesure ? quelle est l'échelle ? quelle est la date ?
- Pour vérifier la bonne compréhension du graphique, il faut choisir une donnée (un point sur une courbe, une barre ou une tranche d'un diagramme) et insérer cette donnée dans une phrase. Cette phrase doit reprendre les éléments listés ci-dessus.

2. Décrire le graphique

- Pour une évolution, il faut commencer par **dégager une tendance générale** pour ensuite observer si cette tendance est régulière. Si des phases de hausse et de baisse se succèdent, il faut repérer les points d'inflexion (moments où la baisse ou la hausse s'amorcent). On doit enfin relever les situations exceptionnelles (chute brutale ou hausse remarquable).
- Pour une **répartition**, il faut bien distinguer les groupes de données et noter les valeurs extrêmes (maximales et minimales).
- Quand plusieurs variables sont étudiées, il faut établir les relations qui les associent (corrélations) : sont-elles positives (les variables évoluent dans le même sens) ou négatives (les variables évoluent en sens inverse) ?

3. Rédiger un commentaire

- La rédaction doit reprendre les étapes précédentes. Après avoir présenté la nature du document et sa source, on montre la tendance générale en faisant la lecture de quelques données, puis on s'attache aux détails qui fournissent des informations.
- On fait alors ressortir les corrélations (quand il y a plusieurs variables) et les éléments qui peuvent amener à relativiser ces corrélations (valeurs exceptionnelles). S'il s'agit d'un document chronologique, on peut contextualiser les dates où apparaissent des points d'inflexion (crises, conflits, krach boursier).

Piège à éviter

Ne faites jamais une lecture de toutes les données. Pour donner du sens il faut trier l'information fournie par le graphique et faire ressortir les valeurs significatives.

L'astuce du prof

N'hésitez pas à faire quelques calculs (différence en points, coefficient multiplicateur, écart en %) pour donner plus de sens à votre commentaire.

APPLICATION : EXERCICE CORRIGÉ

1. Lire, commenter et interpréter une courbe

Taux de croissance du PIB en volume et de la productivité horaire du travail entre 1976 et 2016 en France (en %)

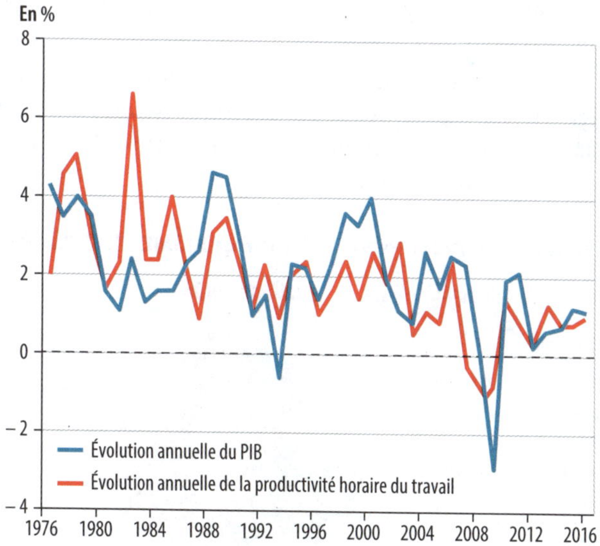

Source : d'après données OCDE, 2017.

QUESTIONS

1. Présentez le document.

2. Rédigez une phrase avec les données des deux courbes en 2001 et 2009.

3. À quelles situations économiques ces deux dates correspondent-elles ?

4. Quel lien peut-on établir entre l'évolution des deux courbes sur toute la période ?

CORRIGÉ

1. Ce document présente deux courbes qui traduisent l'évolution en % du taux de croissance du PIB, ainsi que celle de la productivité horaire du travail ($\frac{\text{quantités produites}}{\text{nombre d'heures travaillées}}$) en France entre 1976 et 2016. Ce document a été publié par l'OCDE en 2017.

2. Selon l'OCDE, la France connaît en 2001 une croissance de son PIB de 4 % et une augmentation de la productivité horaire du travail de 2,5 %. En 2009, le PIB recule de 3 %, alors que la productivité du travail baisse de 1 % environ.

3. Les années qui précèdent 2001 sont les années de l'introduction et du développement d'internet dans les entreprises et les foyers. L'arrivée d'internet a permis d'augmenter la productivité dans les entreprises et de stimuler la demande de nouveaux biens et services, ce qui se traduit par une forte croissance du PIB. L'année 2009 correspond aux conséquences économiques liées à la crise des subprimes.

4. On observe clairement une corrélation positive entre l'évolution du PIB et celle de la productivité horaire du travail. Les périodes de croissance de l'économie correspondent à une augmentation du rendement du travail. Les périodes de crise s'accompagnent d'un recul de ce rendement.

2. Lire, commenter et interpréter un diagramme circulaire

Fréquence de la consommation d'alcool chez les étudiants en 2016

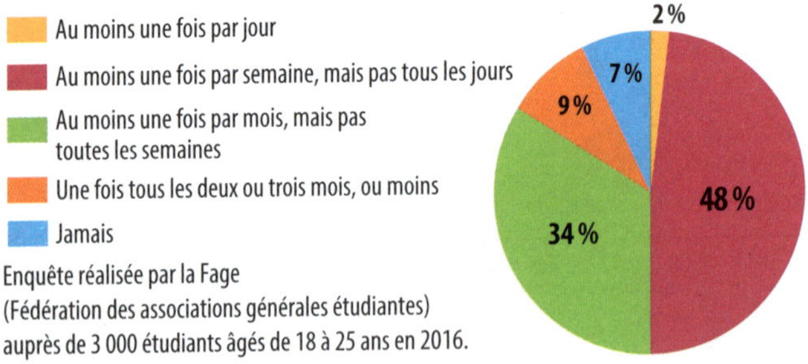

Enquête réalisée par la Fage (Fédération des associations générales étudiantes) auprès de 3 000 étudiants âgés de 18 à 25 ans en 2016.

QUESTION

Que montre ce graphique à propos de la consommation d'alcool chez les étudiants ?

CORRIGÉ

Ce graphique est un diagramme circulaire qui présente la répartition en % des étudiants en fonction de la fréquence de leur consommation d'alcool en 2016.

On observe tout d'abord que les deux fréquences extrêmes (« ne jamais boire » et « boire tous les jours ») recueillent les plus faibles pourcentages. 2 % des étudiants déclarent boire tous les jours, alors que 7 % déclarent ne jamais boire.

Près de la moitié (48 %) des étudiants interrogés disent consommer de l'alcool au moins une fois par semaine, mais pas tous les jours, et plus d'un tiers (34 %) consomment de l'alcool au moins une fois par mois, mais pas toutes les semaines.

On en déduit que la consommation d'alcool est présente dans la vie des étudiants, mais ne correspond pour la plupart qu'à une pratique occasionnelle.

3. Lire, commenter et interpréter un diagramme

Évolution de la proportion de bacheliers dans une génération depuis 1980 (en %)

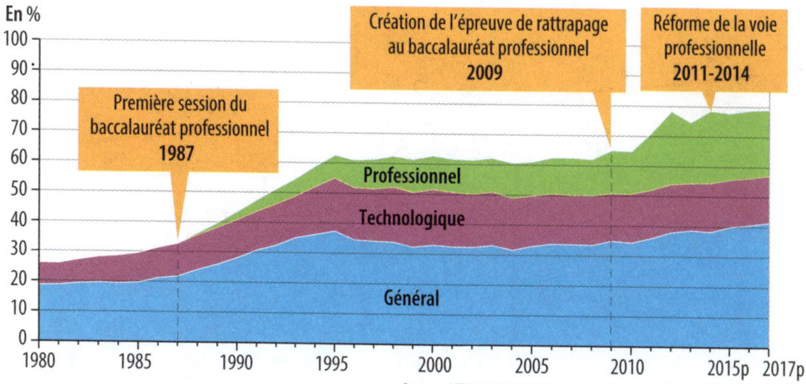

Sources : MEN-MESRI-DEPP, Système d'information Ocean-Safran ; Insee 2016.

QUESTION

Commentez l'évolution de la proportion de bacheliers dans une génération depuis 1980.

CORRIGÉ

Le document est un diagramme qui présente l'évolution de la proportion de bacheliers par génération de 1980 à 2017. Il a été publié par le ministère de l'Éducation nationale en 2016.

On constate une forte progression de la part de bacheliers dans une génération sur la période. En effet, ils étaient 25 % à obtenir un bac en 1980, ils sont près de 80 % à l'obtenir en 2017, soit plus du triple. La première phase d'augmentation s'étale sur la période 1985-1995, période durant laquelle tous les bacs progressent de façon similaire : la proportion de bacheliers dans une génération double. Après 1995, on assiste à une stabilisation de cette proportion, jusqu'en 2010, date à partir de laquelle on constate une hausse légère pour les bacs généraux et technologique, plus nette pour les bacs professionnels (+ 15 points de pourcentage).

Sur la période 1980-2017, on assiste donc à un accès plus important des jeunes au bac, notamment grâce à la création (en 1987) et au développement des bacs professionnels. En 1980, les bacs généraux représentaient près des 3/4 des bacheliers d'une génération ; ils n'en représentent qu'à peine plus de la moitié (41,3 % par rapport à 80 %) en 2017.

Vérifiez vos connaissances

1 Questions courtes

1. Comment le salarié améliore-t-il son capital humain ?

2. Pourquoi le diplôme augmente-t-il l'employabilité ?

3. Comment expliquer les différences de rémunération ?

4. Pourquoi l'origine sociale détermine-t-elle en partie l'accès au diplôme ?

2 Texte à trous

Complétez le texte avec les termes suivants : *discriminant – chômeurs – initiale – emploi – qualification – employabilité – compétences – capital humain – expérience professionnelle – culturel – origine – social.*

Parmi la population en âge de travailler, on trouve les ...., c'est-à-dire la population qui a ou qui cherche un .... À ce titre, les .... sont des actifs. Pour s'insérer sur le marché du travail, l'individu doit disposer d'une ...., afin de répondre aux besoins de l'employeur. Il l'obtiendra d'abord par une formation .... durant ses études, mais aussi plus tard grâce à l'................... acquise durant sa carrière. L'ensemble de ses connaissances et compétences constitue le .... de l'individu.

On observe que, parmi les plus diplômés, le taux de .... est le plus bas. L'accès à l'emploi est facilité par le diplôme car il améliore l'................... du salarié en certifiant ses .... L'accès aux diplômes s'est démocratisé depuis les années 1980, mais de fortes inégalités demeurent en fonction de l'................... sociale entre les actifs. Les familles les plus aisées disposent de capitaux .... et .... qui leur permettent d'accéder aux filières les plus valorisées. Même si les inégalités salariales entre hommes et femmes diminuent, le genre reste un facteur .... face à la rémunération.

Exercices d'entraînement

1 Diplôme et insertion professionnelle

Parcours des jeunes durant les trois années suivant la fin des études initiales (en %)

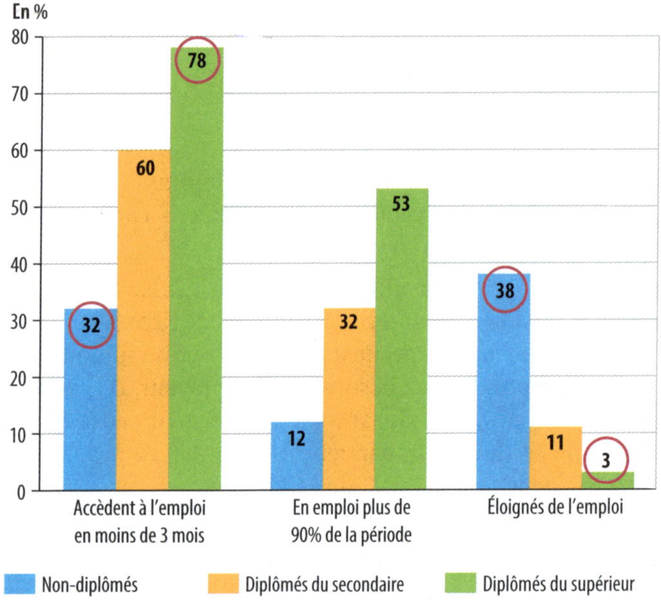

Lecture : 78 % des jeunes diplômés du supérieur ont accédé à un emploi en moins de trois mois, 32 % pour les non-diplômés.
Champ : France entière, primo-sortant du système éducatif.

Source : Céreq, enquêtes Génération

1. Rédigez une phrase avec les données entourées.

2. Calculez l'écart d'insertion professionnelle en moins de trois mois pour les diplômés du supérieur et les non-diplômés.

3. Comment peut-on expliquer les écarts d'insertion entre les différents niveaux de diplômes ?

2 Chômage et inactivité selon le diplôme et le genre

Situation d'activité des jeunes sortis de formation initiale depuis 1 à 4 ans, selon le diplôme, en 2017 (en %)

	Supérieur long	Supérieur court	Bac ou équivalent	CAP, BEP	Brevet ou sans diplôme	Ensemble
Actifs occupés						
Ensemble	85,9	80,4	61,7	59,0	29,2	68,7
Hommes	88,4	80,4	63,9	60,6	32,7	68,7
Femmes	84,0	80,3	59,3	57,0	23,5	68,6
Part de chômage						
Ensemble	6,8	11,6	17,0	24,4	27,4	14,8
Hommes	6,3	12,8	17,1	27,2	29,5	16,5
Femmes	7,1	10,4	16,8	20,8	23,9	13,2
Inactifs						
Ensemble	7,4	8,0	21,4	16,7	43,5	16,6
Hommes	5,3	6,8	19,0	12,2	37,8	14,9
Femmes	8,9	9,2	23,9	22,2	52,7	18,3
Ensemble	100,0	100,0	100,0	100,0	100,0	100,0

Lecture : en 2017, 14,8 % des jeunes sortis de formation initiale depuis 1 à 4 ans sont au chômage.

Champ : France métropolitaine + DOM hors Mayotte, données provisoires.

Source : Insee, « Enquête emploi », calculs MENJ-MESRI-DEPP, 2018.

1. Rédigez une phrase avec les données soulignées.

2. Peut-on dire que le diplôme protège du chômage ? Peut-on établir un lien entre diplôme et inactivité ?

3. Quelles différences entre les genres ce document fait-il apparaître ? Comment peut-on les expliquer ?

3 Diplôme et milieu social

La mobilité sociale régresse en France

Pourquoi le niveau de diplôme des enfants est-il influencé par leur milieu familial ? La mobilité sociale entre générations [le fait de pouvoir changer de position sociale par rapport à celle de ses parents] régresse en France. C'est le résultat d'une étude récemment publiée dans l'*Economics of Education Review*. [...] Les auteurs distinguent deux canaux par lesquels les parents influencent l'éducation des enfants. Le premier, les transferts intrafamiliaux, recouvre les transmissions de connaissances, de culture, de comportements et de réseaux qui s'opèrent au sein de la famille. Le second est lié au revenu des parents, les familles à haut revenu dépensant plus pour l'éducation de leurs enfants. Les deux canaux participent à la baisse de la mobilité sociale. D'une part, les transferts intrafamiliaux ont une influence grandissante sur le niveau éducatif des enfants. D'autre part, l'impact sur la réussite scolaire des différences de revenu entre familles s'est accru. Ces résultats confortent ceux de l'enquête PISA 2012, qui témoigne d'un creusement des inégalités scolaires en France. [...] L'importance accrue du revenu des parents sur la réussite scolaire montre l'incapacité grandissante de l'école républicaine à assurer l'égalité des chances. Selon le Centre d'analyse stratégique, les familles font de plus en plus appel au soutien scolaire privé et onéreux pour l'éducation de leurs enfants.

Nathalie Chusseau et Joël Hellier, « La mobilité sociale régresse en France », lemonde.fr, 12 juin 2014.

1. À quoi les « transferts intrafamiliaux » qu'évoque la phrase soulignée correspondent-ils ? Illustrez par un exemple.

2. Quelle est l'autre variable susceptible d'influencer la réussite scolaire de certains enfants ?

3. En quoi ces deux arguments peuvent-ils avoir une influence sur l'accès aux études supérieures ?

4 Diplôme et position sociale

Catégorie socioprofessionnelle des actifs occupés sortis de formation initiale depuis 1 à 4 ans, selon le diplôme, en 2017 (en %)

	Supérieur long	Supérieur court	Bac ou équivalent	CAP, BEP	Brevet ou sans diplôme	Ensemble
Agriculteurs, artisans, commerçants, chefs d'entreprises	2,0	2,3	3,0	1,6	2,2	2,3
Cadres et professions intellectuelles sup.	41,3	2,1	0,8	0,5	0,0	18,4
Professions intermédiaires	39,7	46,1	17,4	6,9	13,6	30,2
Employés	14,0	32,8	46,1	44,0	39,9	29,6
Ouvriers	3,0	16,7	32,8	47,0	45,3	19,5
Ensemble des actifs occupés	100,0	100,0	100,0	100,0	100,0	100,0

Champ : France métropolitaine + DOM hors Mayotte, données provisoires.

Source : Insee, « Enquête emploi », calculs MENJ-MESRI-DEPP, 2018.

1. Rédigez une phrase avec les données soulignées.

2. À quoi la colonne « ensemble » correspond-elle ?

3. Peut-on établir une corrélation entre diplôme et catégorie socioprofessionnelle ?

Quiz

1 Vrai. Le diplôme protège du chômage, car plus le niveau de diplôme est élevé, plus le taux de chômage baisse.

2 Faux. Diplôme et capital humain ne sont pas synonymes, car pour le capital humain, il faut ajouter l'expérience professionnelle au diplôme.

3 Vrai. Tout emploi est rémunéré. Dans le cas contraire, on considère qu'il s'agit de bénévolat et non d'un travail au sens économique du terme.

4 Faux. D'autres éléments que le diplôme entrent en considération dans le salaire, notamment l'expérience, mais aussi des éléments plus discriminatoires, comme le genre.

5 Faux. On constate que les enfants des catégories favorisées sont surreprésentés dans les diplômes les plus élevés et les plus prestigieux.

Vérifiez vos connaissances

1 Questions courtes

1. Le salarié améliore son capital humain par la formation initiale (scolarité puis études supérieures), puis par l'expérience professionnelle qu'il va acquérir durant sa carrière. Enfin, il peut recourir à la formation continue pour améliorer ses compétences ou se reconvertir.

2. Le diplôme augmente l'employabilité car, d'une part, il certifie le niveau de qualification auprès d'un employeur potentiel, et d'autre part, plus le diplôme est élevé, plus l'éventail des emplois possibles est large.

3. Les différences de rémunération peuvent se justifier par les différences de qualifications. En effet, un salarié plus qualifié aura une productivité du travail plus élevée. Par ailleurs les entreprises vont avoir tendance à mieux rémunérer les qualifications plus rares et précieuses pour leur activité. Il y a des salariés dont les compétences sont nécessaires à la bonne marche des entreprises (cliniques et hôpitaux manquent par exemple d'anesthésistes et sont prêts à les rémunérer davantage).

4. L'origine sociale détermine l'accès au diplôme, car elle influence la dotation en capital social et culturel. Mieux dotés, les enfants des catégories favorisées disposent de plus de ressources face aux exigences scolaires et de plus d'informations sur les filières les plus sélectives.

2 Texte à trous

Parmi la population en âge de travailler, on trouve les **actifs,** c'est-à-dire la population qui a ou qui cherche un **emploi**. À ce titre, les **chômeurs** sont des actifs. Pour s'insérer sur le marché du travail, l'individu doit disposer d'une **qualification**, afin de répondre aux besoins de l'employeur. Il l'obtiendra d'abord par une formation **initiale** durant ses études, mais aussi plus tard grâce à l'**expérience professionnelle** acquise durant sa carrière. L'ensemble de ses connaissances et compétences constitue le **capital humain** de l'individu.

On observe que, parmi les plus diplômés, le taux de **chômage** est le plus bas. L'accès à l'emploi est facilité par le diplôme car il améliore l'**employabilité** du salarié en certifiant ses **compétences**. L'accès aux diplômes s'est démocratisé depuis les années 1980, mais de fortes inégalités demeurent en fonction de l'**origine** sociale entre les actifs. Les familles les plus aisées disposent de capitaux **culturel** et **social** qui leur permettent d'accéder aux filières les plus valorisées. Même si les inégalités salariales entre hommes et femmes diminuent, le genre reste un facteur **discriminant** face à la rémunération.

Exercices d'entraînement

1 Diplôme et insertion professionnelle

1. Selon l'Insee, en 2017, 32 % des jeunes sans diplômes ont un emploi dans les trois ans qui suivent leur sortie de formation initiale. Ils sont 78 % chez les diplômés du supérieur. 38 % des non-diplômés sont éloignés de l'emploi, contre seulement 3 % des diplômés du supérieur.

2. Les diplômés du supérieur sont 2,4 fois plus nombreux en emploi trois mois après leur sortie d'études que les non-diplômés (78/32). Ils sont 12 fois moins éloignés de l'emploi que les non-diplômés (38/3).

2 Chômage et inactivité selon le diplôme et le genre

1. Selon l'Insee, en 2017, 68,7 % des jeunes sortis de formation initiale depuis 1 à 4 ans sont actifs. 6,8 % de ceux qui sont sortis avec un diplôme du supérieur long sont au chômage. 27,4 % de ceux qui sont sortis avec brevet ou sans diplôme sont au chômage. 52,7 % des femmes sorties avec le brevet ou sans diplôme sont inactives.

2. On peut affirmer que le diplôme protège du chômage, car on observe que, plus le diplôme est élevé, plus le taux de chômage est faible. Les plus diplômés sont 4 fois moins au chômage que les non-diplômés. De la même manière on constate que l'inactivité diminue avec le diplôme, les diplômés du supérieur long sont 6 fois moins inactifs à leur sortie d'études que ceux ne disposant au mieux que d'un brevet (7,4 % contre 43,5 %). Le diplôme favorise donc l'insertion professionnelle.

3. Concernant les différences entre les genres, deux situations sont notables. D'une part, les femmes sont dans l'ensemble plus exposées à l'inactivité que les hommes, en particulier chez les peu ou pas diplômées (15 points de pourcentage d'écart entre les deux sexes pour cette catégorie). D'autre part, plus le diplôme est faible, plus les femmes sont exposées au chômage (plus de 6 points de pourcentage d'écart pour les diplômés d'un CAP-BEP et la catégorie « Brevet et sans diplôme »). Cette situation peut s'expliquer par le fait que les femmes les moins qualifiées, et donc exposées aux plus bas salaires, renoncent parfois à la vie professionnelle pour rester ou devenir femme au foyer.

3 Diplôme et milieu social

1. Les transferts familiaux évoqués par la phrase soulignée correspondent au capital culturel (habitus) et au capital social (réseau de connaissances). On parle de transferts, car ils sont transmis par la famille lors de la socialisation et forment une sorte d'héritage pour les enfants qui les reçoivent. On peut illustrer ces transferts de capital culturel par le langage employé par la famille dont l'enfant s'imprègne, ou par les sorties culturelles. Pour le capital social, les enfants bénéficient des relations de la famille pour s'informer ou profiter d'un « piston » (népotisme).

2. L'autre variable qui est susceptible d'influencer la réussite scolaire est le capital économique (revenu, patrimoine) que la famille peut mobiliser pour financer du soutien scolaire ou des séjours culturels et linguistiques, par exemple.

3. Ces éléments ont une influence sur l'accès aux études supérieures à plusieurs niveaux. D'une part, ils dotent l'élève d'un niveau de langage et de connaissances que l'institution scolaire attend et qui correspond à ce qu'apprécient les professeurs. Les enfants des classes populaires partent avec un handicap culturel, car ils n'ont pas reçus autant de ressources par leur famille. D'autre part, le réseau de relations et d'informations dont disposent les familles aisées leur donne un avantage sur la connaissance des bons établissements et des bonnes filières. Les enfants des catégories populaires ne disposent dans leurs relations que de peu de personnes familières des stratégies à adopter pour les études supérieures. Enfin, le fait de disposer de ressources financières importantes permet aux catégories favorisées d'investir davantage dans le soutien scolaire, mais aussi de payer les droits d'entrée à certaines grandes écoles et de financer les besoins matériels, parfois coûteux, d'un étudiant (logement, équipement, transport).

4 Diplôme et position sociale

1. Selon l'Insee, en 2017, parmi les actifs occupés sortis de formation initiale depuis 1 à 4 ans avec un diplôme du supérieur long, 41,3 % sont cadres et professions intellectuelles supérieures. 0,5 % de ceux qui sont sortis avec un CAP-BEP sont cadres, et 45,3 % de ceux qui sont sortis avec le brevet ou sans diplôme sont ouvriers.

2. La colonne « Ensemble » correspond à la structure sociale de la population active occupée sortie de formation initiale depuis 1 à 4 ans en 2017. Ainsi, dans cette population 18,4 % des individus sont cadres et professions intellectuelles supérieures et 19,5 % sont ouvriers.

3. On observe clairement une corrélation entre diplôme et position sociale (en dehors des agriculteurs pour lesquels le recrutement n'est pas spécifique). En effet, ce sont essentiellement des diplômés du supérieur court et long qui occupent les positions de cadres ou de professions intermédiaires. Pour les statuts d'ouvriers et d'employés, ce sont les actifs sortis avec un bac, un CAP-BEP ou sans diplôme qui sont les plus représentés.

Annexes

La richesse mondiale : vers un rééqu

Les États-Unis, première puissance économique mondiale… mais plus pour longtemps ?

Évolution du PIB par habitant de quelques grandes puissances

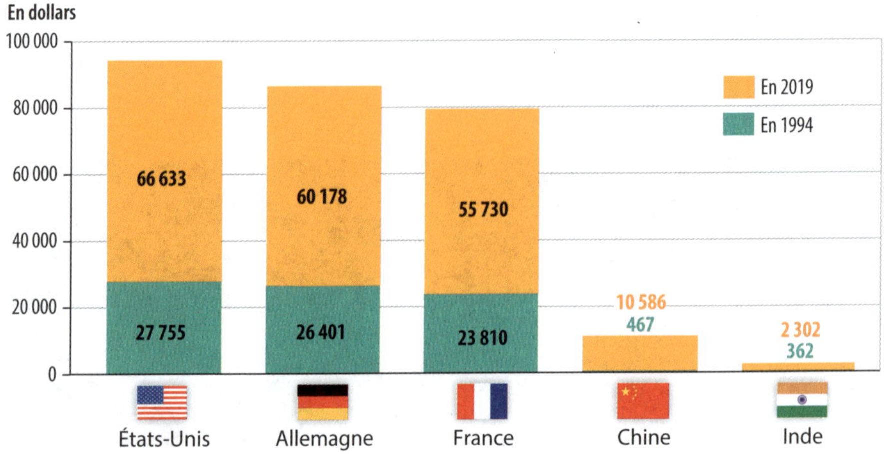

Et la richesse par habitant ?

1995

PIB par habitant Chine 60 fois < PIB par habitant États-Unis
PIB par habitant Inde 76 fois < PIB par habitant États-Unis

2019

PIB par habitant Chine 16 fois < PIB par habitant États-Unis
PIB par habitant Inde 29 fois < PIB par habitant États-Unis

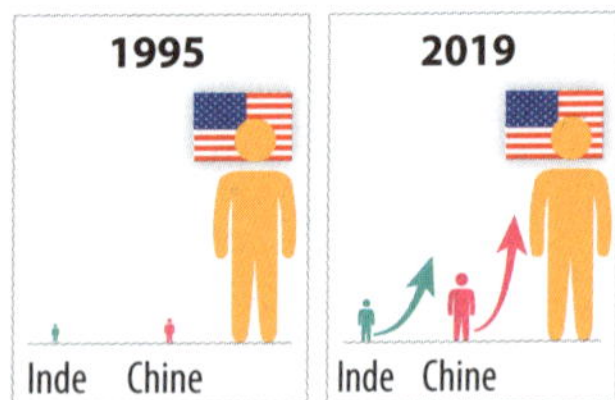

La Chine face aux États-Unis

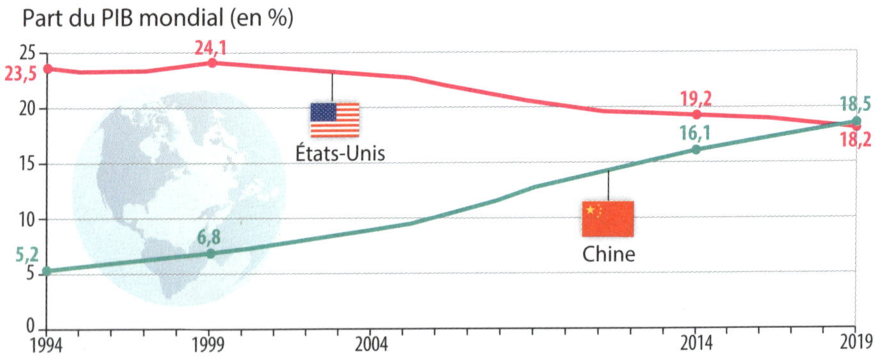

Le rattrapage des pays émergents

Poids des pays développés et émergents dans le PIB mondial

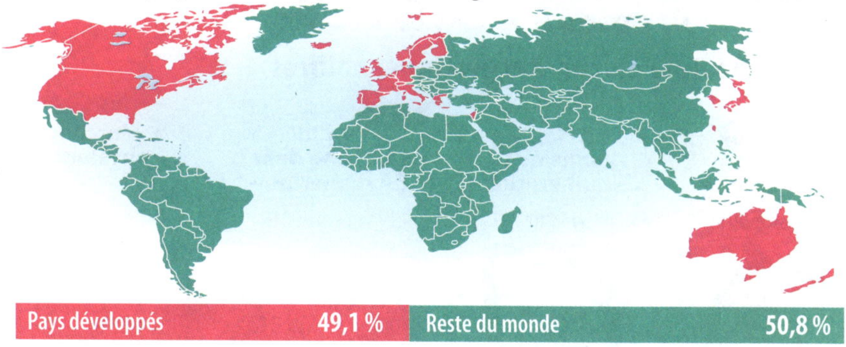

Part des 10 premières puissances dans le PIB mondial

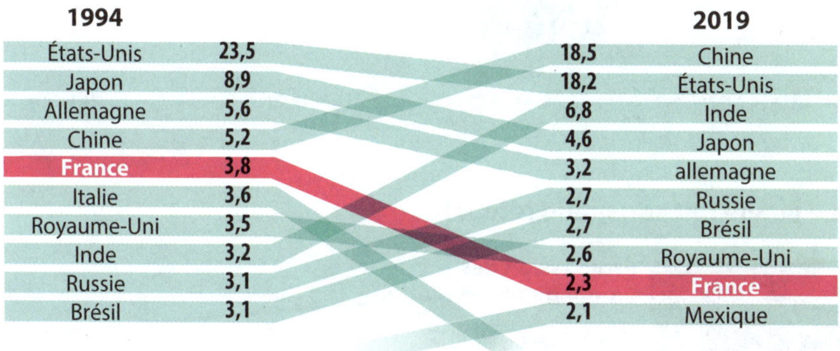

La montée en puissance de pays africains

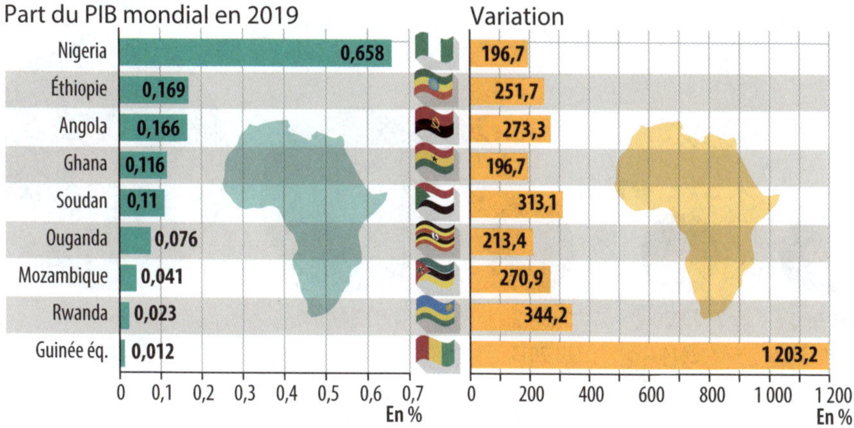

La musique en France, un marché en

Un marché au poids économique conséquent

● Le marché de la musique en quelques chiffres

CA marché français musique
1er semestre 2018

256 M€
(+ 3,3 % vs 2017)

CA musique numérique
1er semestre 2018

(+ 16,2 % vs 2017)

Part du steaming dans CA numérique
1er semestre 2018

89 %
137 M€
(+ 23,2 % vs 2017)

Marché physique
1er semestre 2018

92 M€
(– 12,9 % vs 2017)

● Le vinyle fait son grand retour !

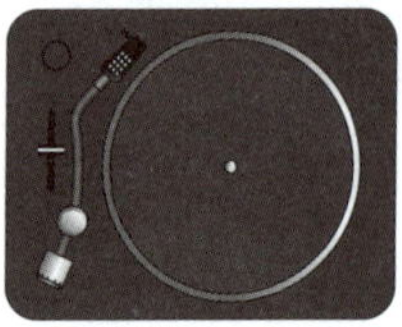

Progression des équipements en platine
145 000 ventes en 2017
↗ **+ 45 % vs 2016**

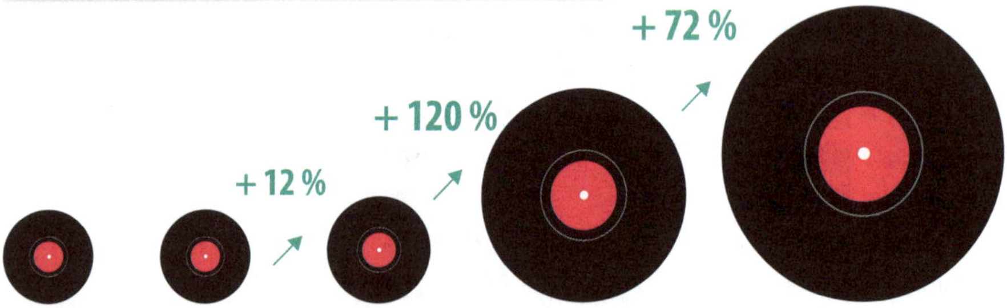

1 euro sur 2 dépensé dans le vinyle l'est par un **acheteur de moins de 30 ans.**

Source : GFK.

ine évolution

Un marché dopé par le streaming

Les ventes numériques dépassent les physiques

Évolution du nombre mensuel d'écoute en streaming (en milliards)

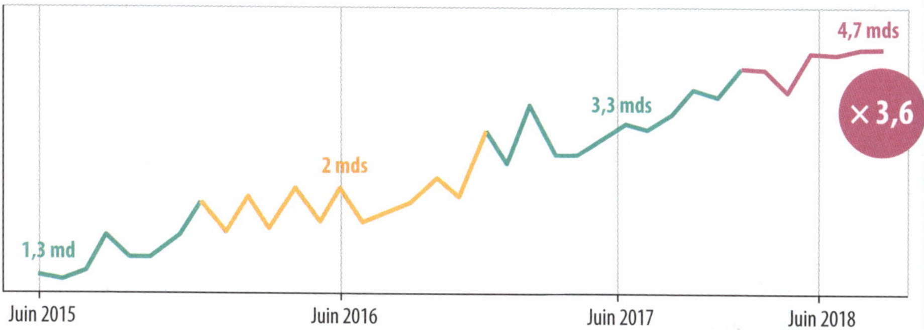

Source : Évolution du nombre mensuel d'écoute en streaming depuis juin 2015. SNEP.

Marché physique (vente de CD, vinyles, etc.) **– 12,8 %**

Streaming : plus d'un milliard d'écoutes (streaming payant + financé par la pub) **chaque semaine** sur les plateformes de streaming audio

Un nouveau modèle économique qui transforme les acteurs du marché

La musique numérisée est un produit aux coûts marginaux (coût d'une unité supplémentaire) quasi-nuls. Autrefois dominantes, les grandes maisons de disques n'ont pas su s'adapter aux mutations de ce marché (technologies à la portée de tous, attentes des consommateurs totalement renouvelées, avec les systèmes d'abonnements, de playlists...).

Le piratage toujours très présent

Les modes de piratage évoluent très vite, le *stream ripping* est l'usage illicite dominant et ne cesse de se développer.

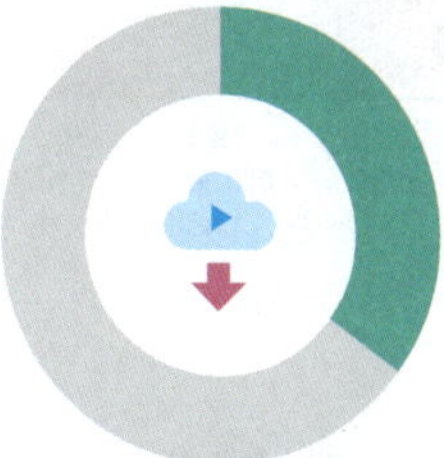

35 %
des internautes pratiquent le stream ripping
(30 % en 2016)

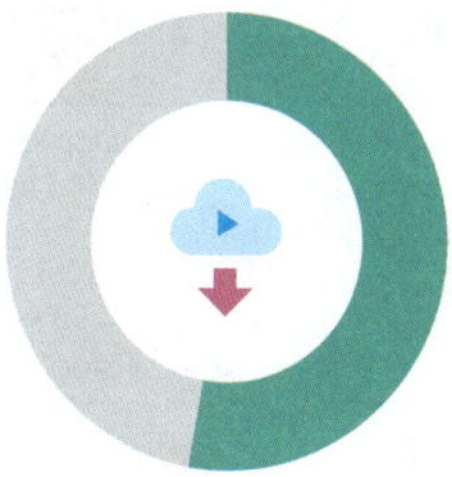

et
53 %
des internautes de 16 - 24 ans

***Stream ripping* :**
fait d'enregistrer des titres écoutés en streaming.

Source : *La Tribune*, 21 sept. 2017.

Infographies

Les pratiques culturelles et de loisirs

Les pratiques culturelles et de loisirs selon le milieu social

Des pratiques culturelles qui diffèrent selon les catégories sociales...

Au moins un fois au cours des douze derniers mois (en %)

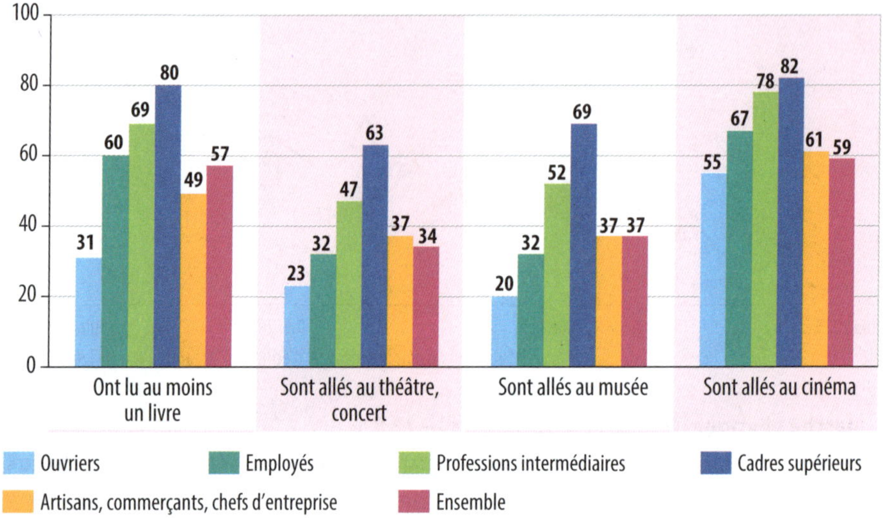

Lecture : 69 % des cadres supérieurs ont visité un musée au moins une fois dans l'année contre 20 % des ouvriers.
Source : Insee, 2017.

... et selon les revenus

En %, sur un an

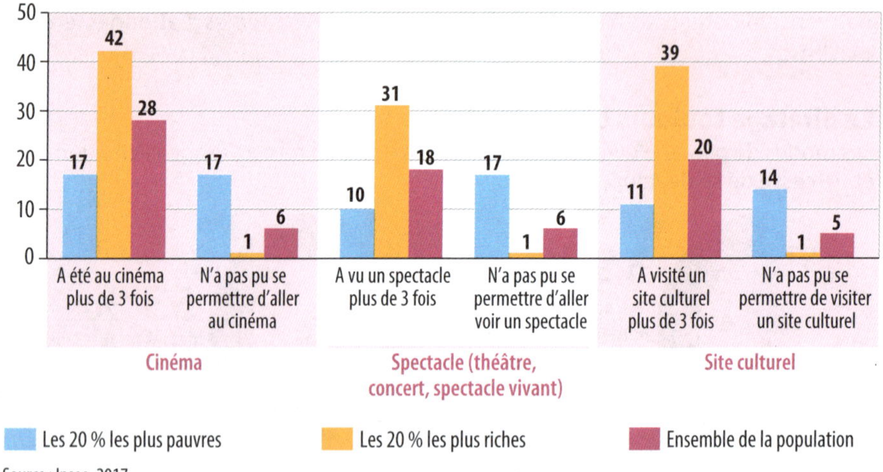

Source : Insee, 2017.

Des différences dans la pratique sportive

Taux de pratique d'une activité sportive au cours des 12 derniers mois (en %)

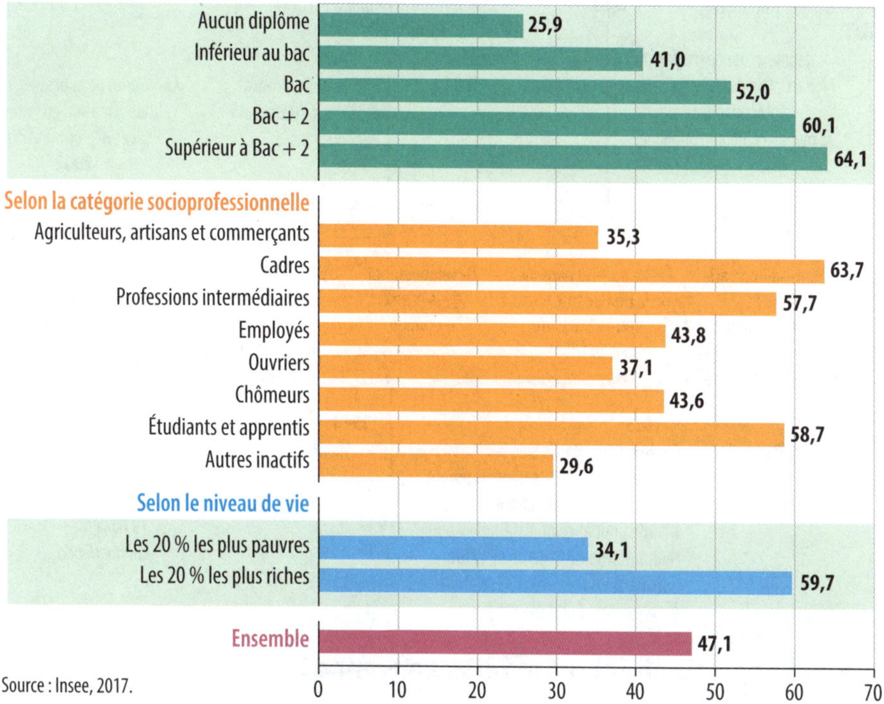

Source : Insee, 2017.

Des départs en vacances liés aux catégories sociales

Taux de départ en vacances des Français en 2017 selon la catégorie socio-professionnelle (en %)

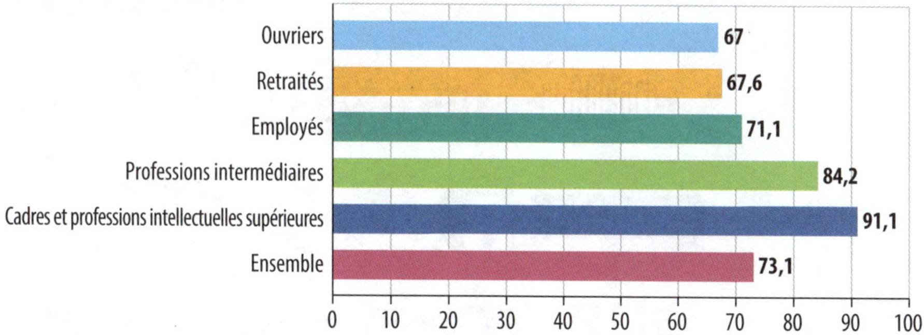

Lecture : Le taux de départ des cadres en vacances est plus de 30 % supérieur à celui des ouvriers. Par ailleurs, aucune enquête ne nous informe sur la durée et le lieu du séjour (France ou étranger, etc.).

Source : Statistica, 2019.

Les médias et la démocratie

Les médias et le pouvoir

L'évolution des liens entre pouvoir politique et médias

Monarchie absolue + empire : Presse et pré-démocratie : la presse au service du pouvoir

- **1631** Le médecin de Louis XIII crée la *Gazette* (monopole).
- **1777** *Le Journal de Paris*, 1er quotidien, paraît en France
- **1804-1815** Napoléon Bonaparte fait du *Moniteur* l'un des piliers de son dispositif propagandiste afin de modeler l'opinion publique.

IIe République / 2nd Empire : Presse écrite et naissance de la démocratie entre liberté et censure (1789/1881)

- **1835** Charles-Louis Havas crée la 1re agence de presse. En 1838, le gouvernement le charge de lui confectionner une « correspondance ministérielle » pour tenir informés les agents de l'État, dessinant les prémices des relations étroites entre l'État et l'Agence.
- **1863** Moïse Polydore Millaud fonde *Le Petit Journal* pionnier de la presse populaire.

IIIe République : Développement de la presse d'opinion

- **1881** Loi sur la liberté de la presse.
- **1904** *L'Humanité*
- **1908** *Les Échos*
- **1915** *Le Canard enchaîné*
- **1918** Charte des journalistes et Syndicat National des Journalistes
- **1935** Loi Blanchard qui donne un statut professionnel aux journalistes

IVe République : Renouveau de la presse et naissance des « news magazines »

- **1944** *Le Monde*

Ve République : Liberté de la presse Gloire et crise de la presse quotidienne

- **1970** *Charlie Hebdo*
- **1973** *Libération*
- **2002** Apparition de la presse gratuite d'information en France, avec le journal *Métro*

À qui appartiennent les médias en France ?

Groupes :	Presse :
LAGARDÈRE	ELLE MAGAZINE ; PARIS MATCH ; Europe 1
ALTICE	Libération ; L'EXPRESS ; L'Expansion
BOLLORÉ	CANAL+ ; 8 ; 17 ; i TELE ; Direct Matin (Détient 70 % du journal Direct Matin)
ÉTAT	france télévisions ; france 2, france 3, france 4, france 5, france ô ; france inter, france bleu, fip, france info, france musique, france culture, le mouv'

Qu'en pensent les Français ?

La crédibilité de la presse

En général, à propos des nouvelles que vous lisez dans le journal est ce que vous vous dites :

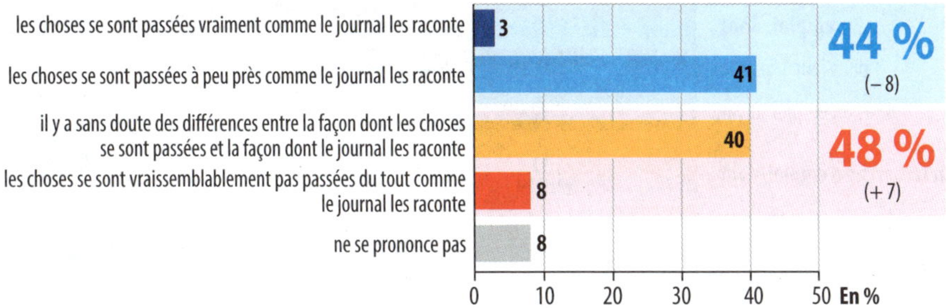

La crédibilité des informations qui circulent sur les réseaux sociaux

Avez-vous confiance dans les informations qui circulent sur les réseaux sociaux (comme twitter ou Facebook par exemple)...

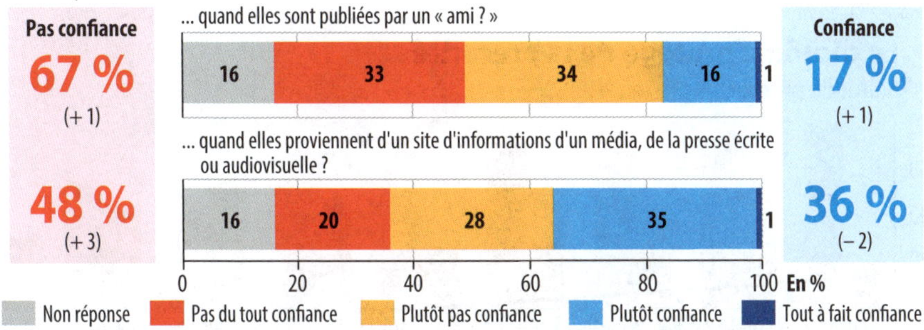

Les acteurs qui devraient agir contre la propagation des *fake news*

Les informations qui déforment la réalité ou qui sont fausses sont appelées les *fake news*, selon vous, quels sont les acteurs qui devraient agir contre la propagation de ces *fake news* ?

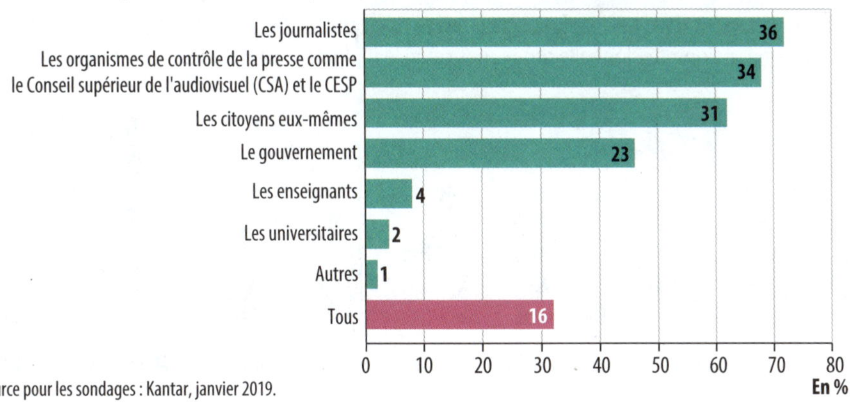

Source pour les sondages : Kantar, janvier 2019.

Les jeunes et l'emploi

L'insertion professionnelle des jeunes diplômés

8 jeunes diplômés sur 10 sont en emploi au bout d'un an

Situation d'emploi à 12 mois, selon le niveau de diplôme (en %)

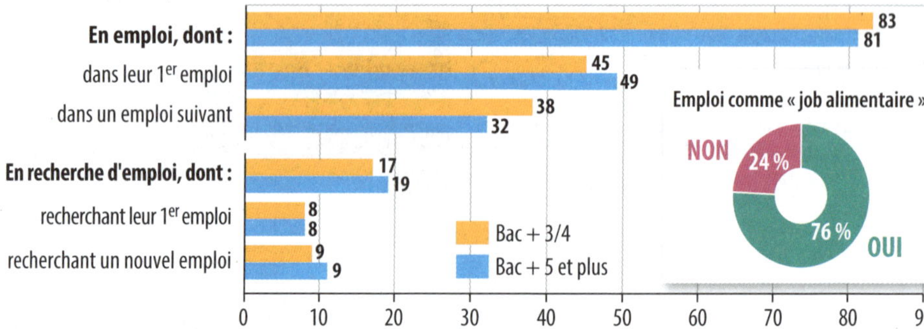

Lecture : 82 % des jeunes diplômés sont en emploi un an après l'obtention de leur diplôme, selon l'Apec. Mais 23 % de ces jeunes considèrent que leur premier poste est un « job alimentaire » qui ne correspond pas à leur aspiration.

Source : Apec, 2017.

Le diplôme protège de la précarité

Statut du premier emploi (en %)

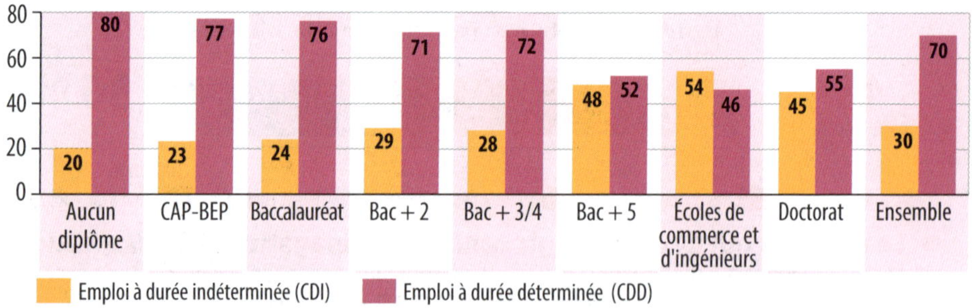

Des jeunes cadres principalement diplômés du supérieur long

Catégorie socioprofessionnelle des jeunes selon le diplôme trois ans après la fin des études (en %)

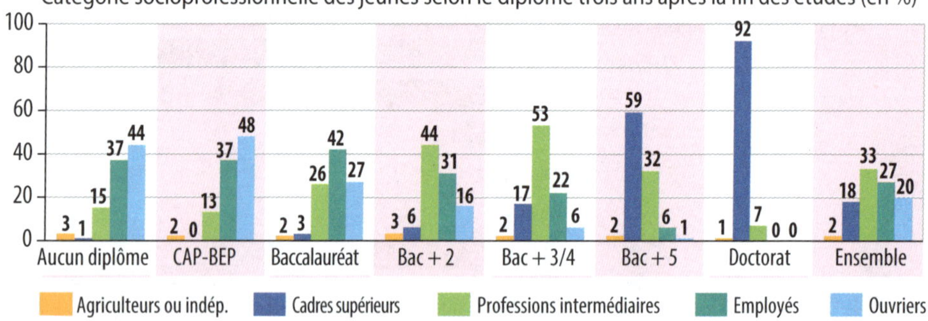

Source : Céreq - Enquête 2016 auprès de la génération sortie de l'école en 2013 - Observatoire des Inégalités.

De plus en plus d'apprentis

Évolution des contrats d'apprentissage selon le niveau de diplôme

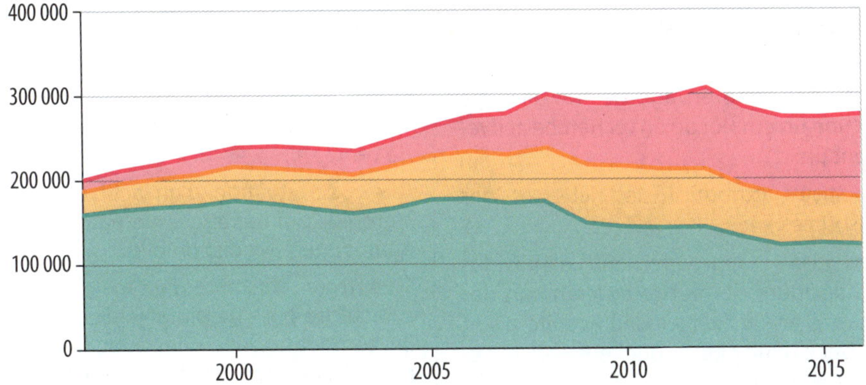

Source : Dares/septembre 2017, Secteur privé en France.

Quelques chiffres sur l'insertion des apprentis

Le nombre d'apprentis de niveau bac + 2 et plus a été **multiplié par trois** entre 2000 et 2016.

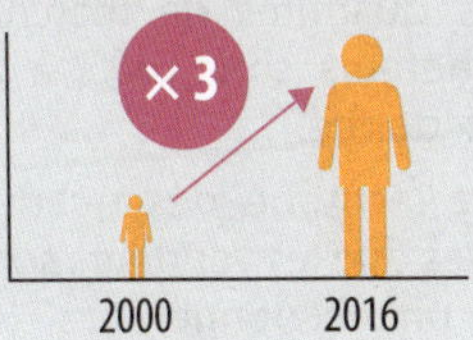

93 %

des diplômés bac + 5 ou plus qui ont suivi une formation en alternance sont en poste au bout de deux ans.

Salaire brut médian annuel des anciens apprentis

32 000 euros contre 30 400 euros pour ceux qui n'ont pas réalisé leurs études en alternance.

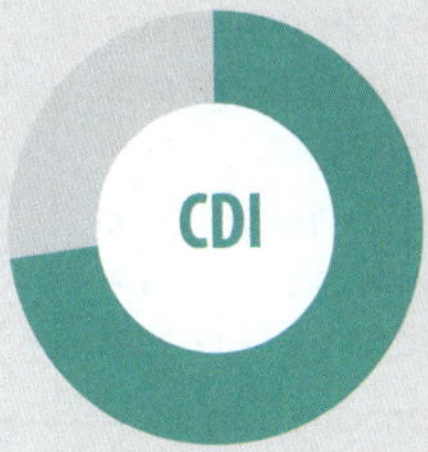

73 %

des anciens apprentis sont en CDI contre 61 % de ceux qui n'ont pas réalisé leurs études en alternance.

Les anciens apprentis ont davantage de **responsabilité**.

Source : *La Tribune*, 2018.

Lexique-Index

A-B

Abstention : fait de ne pas participer au vote lors des élections. 129

Acquis : ce qui se construit par l'apprentissage et l'expérience. 15

Actif : personne en âge de travailler qui occupe un emploi ou en recherche activement un. 149

Allocation : attribution des richesses, des ressources. 11

Association : regroupement d'individus qui décident de mettre en commun des moyens afin d'exercer une activité ayant un but premier autre que leur enrichissement personnel. 43

Bénéfice : chiffre d'affaires – coûts de production (ensemble des dépenses et des charges associées à la production). On parle également de profit ou d'excédent brut d'exploitation. 47

C

Capabilité : notion créée par Amartya Sen (prix Nobel d'économie) qui correspond à la possibilité effective qu'a un individu de faire des choix parmi les biens qu'il juge estimable et de les atteindre. 151

Capital circulant : moyens de production détruits ou transformés lors du processus de production. Il s'agit principalement des matières premières et de l'énergie. 45

Capital culturel : ensemble des ressources culturelles dont dispose un individu (langage, connaissances artistiques). 109, 159

Capital fixe : moyens de production durables matériels (machines, locaux) ou immatériels (logiciels et brevets). 45

Capital humain : ensemble des capacités physiques et intellectuelles détenues par un individu et qui contribuent à accroître son efficacité et sa rémunération. 149

Capital social : ensemble des ressources qu'un individu peut mobiliser à travers ses relations, ses réseaux. 109, 159

Causalité : lien qui rattache une cause à un effet. 23

Chiffre d'affaires : quantités vendues × prix de vente. 47

Chômage : situation d'un actif dépourvu d'emploi, qui recherche un emploi et est immédiatement disponible. 47

Concurrence : structure d'un marché qui se caractérise par une pluralité d'entreprises en compétition les unes avec les autres pour bénéficier de la préférence des consommateurs. 71

Constitution : ensemble de textes juridiques qui définit les institutions composant l'État et qui organise leurs relations. 123

Corrélation : lien entre deux éléments qui varient ensemble. 23

Courbe de demande : représentation graphique des quantités de marchandises que les acheteurs sont prêts à acheter pour un prix donné. 77

Courbe d'offre : courbe des quantités de marchandises que les vendeurs sont prêts à offrir pour un prix donné. 77

Coût fixe : coût qui ne varie pas proportionnellement à la production. Il progresse par palier. L'achat d'une machine représente un coût fixe jusqu'à ce qu'elle soit utilisée au maximum et qu'on doive en acheter une nouvelle. 73

Coût variable : coût qui varie selon le niveau d'activité. Les matières premières sont des coûts variables. 73

Crise : dégradation brutale de l'activité économique qui se traduit par un fort ralentissement de la croissance, voire d'un recul du PIB. 51

Croissance soutenable : modèle de croissance capable d'assurer aux générations futures les capacités de satisfaire leurs besoins et de maintenir leur bien-être. 53

D

Démocratie représentative : une démocratie (pouvoir du peuple, par le peuple et pour le peuple) est dite représentative quand la conduite du pouvoir est assurée par des représentants élus et non directement par le peuple lui-même. 17

Dépression : période caractérisée par une réduction forte et durable du PIB. 51

Déterminisme : courant de pensée sociologique qui considère que les comportements individuels sont le produit de contraintes sociales et non du libre choix des acteurs sociaux. 101

Discrimination : processus consistant à opérer une distinction d'une personne ou d'une catégorie sociale entraînant un traitement défavorable. 155

Données qualitatives : données auxquelles on ne peut pas donner de valeur (des sentiments, une opinion). Elles permettent de répondre aux questions « comment ? » ou « pourquoi ? ». 19

Données quantitatives : données auxquelles on attribue une valeur permettant de mesurer un phénomène. 19

E

Économie : science qui étudie la façon dont les agents opèrent des choix dans un contexte marqué par la rareté. 11

Élasticité : mesure de la sensibilité de la demande à une variation du prix ou du revenu. Pour la calculer, on rapporte la variation de la demande à la variation du prix ou du revenu. 75

Emploi : activité professionnelle déclarée et rémunérée. 151

Employabilité : capacité individuelle à acquérir et à maintenir les compétences nécessaires pour trouver ou conserver un emploi, s'adapter à de nouvelles formes de travail. 151

Empreinte écologique : mesure de la surface nécessaire pour produire les ressources et absorber les déchets d'un groupe humain. C'est un indicateur de l'impact global de l'homme sur la planète. 53

Entreprise : organisation productive dont l'objectif est de réaliser des bénéfices. .. 43

État de droit : système dans lequel la puissance publique est soumise au droit, au même titre que la population. 123

Expansion : phase de croissance économique soutenue et durable. 51

Expérience professionnelle : ensemble des connaissances acquises par une personne lors de l'exercice de sa ou ses profession(s). 155

F-G-H

Facteurs de production : moyens de production durables : travail, capital et ressources naturelles. 45

Flexibilité du prix : capacité du prix à varier librement en fonction de l'offre et de la demande. 71

Formation continue : formation accessible aux personnes en emploi et qui souhaitent élargir et actualiser leurs qualifications. 149

Formation initiale : formation dispensée par les systèmes scolaire et universitaire, et qui précède l'entrée sur le marché du travail. 149

Gains de productivité : augmentation de l'efficacité du processus productif. On produit autant, en utilisant une quantité moindre de facteurs de production. 51

Groupe de pairs : ensemble de personnes présentant des éléments communs (âge, milieu social, préoccupations). 107

Groupe d'intérêt (lobby) : association porteuse d'intérêts spécifiques, qui développe des actions pour influencer les décisions politiques 131

Groupe social : ensemble d'individus formant une unité sociale durable caractérisée par des liens internes (conditions de vie communes, activités similaires). 99

Habitus : concept créé par Pierre Bourdieu pour définir ce que l'on a acquis et qui s'est incarné de façon durable dans le corps et l'esprit de l'individu sous forme de dispositions permanentes. 101

Hypothèse de départ : proposition visant à fournir une base à un raisonnement, à une démonstration. 21

I-L

Identité sociale : manière dont les individus ou les groupes se définissent par eux-mêmes et sont définis par les autres. ... 99

Inné : ce qui est donné à la naissance. ... 15

Instance (ou agent) : organisation qui participe à la socialisation (famille, école). .. 103

Institution : structure d'origine coutumière ou légale, faite d'un ensemble de règles, qui participe à l'organisation de la société ou de l'État. 13

Interactions sociales : réactions réciproques entre l'individu et son environnement (autres individus, institutions). 15

M-N-O

Marché : lieu fictif ou réel où se rencontrent l'offre et la demande pour donner naissance à un échange. 71

Média : moyen technique et support de diffusion massive de l'information (presse, radio, télévision, internet, cinéma...). .. 133

Modèle : représentation simplifiée de la réalité. Cette représentation est souvent mathématisée. 21

Modèle culturel : ensemble de manières de faire (coutume, usages), de sentir (sensibilité) et de penser (croyances, morale) propre à une collectivité humaine. 99

Mœurs : ensemble des pratiques sociales communes à un groupe social ou à une société. 15

Motion de censure : vote qui permet aux députés de mettre en cause la responsabilité gouvernementale. 125

Normes : règles et usages informels socialement prescrits. À différencier des lois qui sont des normes écrites formelles. .. 13, 99

P

Parti politique : organisation ayant pour objectif de conquérir et d'exercer le pouvoir afin de mettre en œuvre un projet politique. 129

PIB : ensemble des richesses créées sur un territoire sur une année. PIB = somme des valeurs ajoutées + TVA + droits de douane. 49

PIB par habitant : il s'agit d'une richesse moyenne par habitant. C'est un indicateur de niveau de vie. 49

Pluralisme : système politique qui reconnaît la diversité des opinions et de leurs représentants. 129

Pouvoir d'achat : capacité d'un agent à consommer en fonction du revenu dont il dispose. 75

Pouvoir exécutif : pouvoir de faire exécuter, de mettre en œuvre des lois. 125

Pouvoir législatif : pouvoir de voter et de modifier les lois. 125

Pouvoir judiciaire : pouvoir de contrôler l'application des lois et de sanctionner leur non-respect. 125

Pouvoir politique : domination exercée par une personne ou un groupe de personnes dans une société, dans le but d'organiser celle-ci. 123

Prix d'équilibre : prix qui assure, sur un marché, l'égalité entre les quantités offertes et demandées. Graphiquement, c'est le point de rencontre des courbes d'offre et de demande. 77

Prix plafond : prix au-dessus duquel un bien ne peut être vendu sur le marché. 79

Prix plancher : prix en dessous duquel un bien ne peut être vendu sur le marché. 79

Production marchande : biens et services dont la vente permet de dégager un profit. .. 43

Production non marchande : biens et services destinés à être offerts ou vendus à un prix très inférieur aux coûts de production. . 43

Productivité : rapport entre les quantités produites et les moyens utilisés (travail et capital). La productivité mesure l'efficacité des facteurs de production. 45

Productivité du travail : rapport entre la valeur produite par le travailleur (en euros, par exemple) à la quantité de travail utilisée (nombre d'heures). 153

Progrès technique : ensemble des innovations permettant d'améliorer l'efficacité du système productif, de créer de nouveaux produits ou de nouveaux procédés commerciaux. 45

Q-R

Qualification : ensemble des aptitudes requises pour exercer un emploi donné. On parle d'emploi qualifié quand celui-ci requiert un diplôme, une formation. ... 149

Rareté : caractère limité des ressources. Il n'y a pas forcément d'idée de caractère précieux ou peu ordinaire 11

Récession : période de ralentissement de l'activité économique. 51

Règle : prescription d'ordre moral ou pratique, plus ou moins impérative, relative au domaine social, juridique, administratif, idéologique ou religieux. 13

Représentation : construction d'une réalité, interprétation de notre environnement. 105

Reproduction sociale : processus par lequel les positions sociales se perpétuent de génération en génération. 101

Rôle social : conduite attendue par les membres de la société. 15

S

Salaire : rémunération du travail convenue (contrat de travail) entre un salarié et son employeur. 153

Science politique : discipline qui étudie les proc essus politiques mettant en jeu des rapports de pouvoir entre les individus, les groupes, l'État. Elle s'intéresse par exemple aux institutions, aux partis et aux comportements politiques (comportement des électeurs). 17

Scrutin majoritaire : mode de scrutin basé sur le découpage en circonscriptions électorales d'un territoire. Le candidat qui obtient le plus grand nombre de voix est proclamé élu. 127

Scrutin mixte : mode de scrutin qui emprunte des éléments aux scrutions majoritaire et proportionnel. 127

Scrutin proportionnel : mode de scrutin qui vise à donner à chaque parti un nombre de sièges proportionnel au total des suffrages qu'il a obtenus sur un territoire donné. 127

Seuil de rentabilité : niveau de production ou de prix à partir duquel les recettes couvrent l'ensemble des coûts de production. En dessous de ce seuil, l'entreprise fait des pertes. Au-delà, elle réalise des bénéfices. 73

Sociabilité : ensemble des relations interpersonnelles entre individus. 107

Socialisation : processus d'apprentissage des normes et des valeurs dont le but est de permettre à l'individu de participer à la vie sociale. 99

Socialisation primaire : apprentissage des normes et des valeurs qui se réalise durant l'enfance. 101

Socialisation secondaire : apprentissage des normes et des valeurs durant une partie de l'adolescence et la vie d'adulte. 101

Société civile organisée : regroupement de citoyens dans des organisations sur des bases volontaires.. 131

Sociologie : science qui étudie l'homme vivant en société. Elle s'intéresse aux facteurs sociaux qui conduisent les individus à adopter tel ou tel comportement et cherche à comprendre le sens que les individus donnent à leur action. 13

Sondage : enquête statistique dont le but est de connaître, à un moment précis, la manière dont se répartissent les opinions individuelles sur une question donnée. 19

Statut social : place, souvent hiérarchisée, qu'un individu ou un groupe occupe dans la société. 15

Stéréotype : représentation caricaturale figée, idée reçue acceptée et véhiculée sans réflexion, concernant un groupe humain. 109

Subvention : aide financière versée par l'État justifiée pat l'intérêt général. 79

Suffrage universel direct/indirect : reconnaissance du droit de vote à l'ensemble des citoyens. Le suffrage est « direct » lorsque les électeurs désignent directement leurs représentants. Il est « indirect » lorsque les électeurs élisent des « grands électeurs » qui, à leur tour désignent le (ou les) représentant(s) du peuple. 125

Syndicat : groupement constitué pour la défense d'intérêts professionnels. 131

T-U-V

Taux de chômage : nombre de chômeurs rapporté à la population active multiplié par 100. Il est exprimé en %. 151

Taux d'emploi : part en % des personnes en âge de travailler qui occupent un emploi. 151

Taxe carbone : impôt environnemental proportionnel aux quantités de dioxyde de carbone (CO_2) émises lors de la production et/ou de l'usage d'un bien ou d'un service. Elle peut être payée par le producteur ou par le consommateur.. 79

Travail : activités humaines socialement organisées dans le but de produire des richesses et donnant lieu à une rémunération. 45

Utilité : satisfaction procurée par la consommation d'un bien ou d'un service. 75

Valeurs : idéaux orientant la conduite des individus ou des groupes sociaux. .. 13, 99

Valeur ajoutée : chiffre d'affaires – consommations intermédiaires. 47

Variable : élément qui peut prendre des valeurs différentes au sein d'un ensemble ou d'une relation. 21

Crédits photographiques :
p. 45 : Shutterstock ; p. 109 : Shutterstock

N° de projet : 10278736 - Dépôt légal : juillet 2023
Achevé d'imprimer en juin 2023 par Estimprim à Autechaux, France